水浒新论

【柳忘言 著】

哈尔滨出版社
HARBIN PUBLISHING HOUSE

浅议影响理解《水浒传》的几个方面（代序）

新时期以来对《水浒传》的研究是多层面的，包含政治的、文化的、民俗的、宗教的、哲学的、神话的等等。但是，在我国民间依然对《水浒传》有很大争议，甚至包括许多专家学者，对水浒人物的认识都不尽相同。比如，某些人认为宋江是一个"忠厚长者"，一些人则认为宋江是"虚伪狡诈"之辈，还有人认为宋江是"阴险毒辣"之徒……各种巨大差异的认识和宣教，往往让读者无所适从。

虽说"一千个读者有一千个哈姆雷特"，毕竟作者塑造的哈姆雷特只是"一个人"。只有寻找到作者心中的这一个人，才能真正体会作者的思想以及作品的意义。

影响到我们对《水浒传》认识的因素有很多，如书中人物的谎言、作者自相矛盾的写作方式、俗语的影响、作品中各种各样的隐晦的艺术表达方式等等。

如谎言，例：张顺、张横兄弟曾经在浔阳江打劫，他们作案的过程，由张横嘴巴说出来是这样：

【张横道："我弟兄两个，……却先问兄弟讨起，教他

假意不肯还我，我便把他来起手，一手揪住他头，一手提定腰胯，扑通地揿下江里，排头儿定要三贯。一个个都惊得呆了，把出来不迭。都敛得足了，却送他到僻静处上岸。"】

张横自述的含义很清楚，就是"盗亦有道"，谋财不害命。

可是，一个乘客不报案，所有被抢钱的乘客都不报案吗？毕竟大家伙儿都亲眼看见船夫溺死乘客啦！官府对清风山和梁山的几百人的团伙不敢围剿，对江面上的两个小毛贼也不敢抓捕吗？在接近城市的江边作案，既不蒙脸，又谋财不害命，岂不是等着官府抓人？书中写当时宋江的反应：

【宋江道："可知江边多有主顾来寻你私渡！"李俊等都笑起来。】

很多人来找张横过河干吗？看他们兄弟演双簧？还是看他们哥俩演杂技？这是宋江拿出装傻的模样，故意讽刺撒谎的张横，所以李俊等人忍不住就笑出来了。

作者对张顺、张横前期的犯罪历史略过不提，只简单写了张横的谎言。这样的谎言，或者说是一些言不由衷，在《水浒传》中非常多。如果我们不了解这样的谎言，或者对人物言不由衷的话信以为真，必然对故事情节的发展以及人物的性格不理解。

又如，作者自相矛盾的写作方式。在第五十一回《插翅虎枷打白秀英 美髯公误失小衙内》中，我们若仔细分析文本，会发现是雷横、吴用及李逵三人联手作案，偷走了小孩子。但是，作者在回目中却故意把丢孩子的责任，怪罪到朱仝头上。

在第六十一回《吴用智赚玉麒麟 张顺夜闹金沙渡》中，也是如此。许多人对卢俊义相信吴用的卦词而上梁山感到不解，若仔细分析文本，会发现卢俊义之所以上梁山，完全不是"智赚"的作用。

作者的回目名称对读者产生了严重的误导，显然，这样的误导又是作者有意为之。作者的误导不仅仅表现在回目中，在回目开始的回前诗、中间插入的旁白诗词，以及文本中故意掩饰的文字，比比皆是。

作者这种既暴露好汉们的恶行，又为其掩饰的写作方式，导致许多读者产生了困惑和不解，甚至对小说人物的认识，都产生极大的分歧。

另外，还有俗语的影响。

众所周知，《水浒传》采用大量的北方俗语写作。如果对这些俗语不了解，必然对人物性格和故事情节发展的理解造成影响。一些前辈学者已经做了大量工作对其中的俗语进行了解释，不过依然有漏网之鱼，并且，个人认为对某些词语，一些学者的解释值得商榷。

如"抄手"。何心先生的《水浒研究》一书解释为：便是"拱手"。（上海古典文学出版社，一九五七年出版，第二百一十一页。）

抄手的动作指左右手交叉放在袖子中，双臂下垂。延伸至俗语中表示闲着没事干，抄手看着，即袖手旁观的意思。

在第三回，鲁达在酒楼听见哭哭啼啼的声音，发火，把碗碟丢了一地。正常情况下，酒保上来应该问："大爷谁

得罪您了？有事您说话。"但是，酒保却说了一句与鲁达发火毫无关系的语言。

【酒保抄手道："官人要甚东西，分付卖来。"】

这句话描写的含义是：因鲁达是军官又是厉害人物，酒保不敢得罪他。嘴巴说着无关的客气话，但是抄手的小动作，暴露出酒保内心对鲁达的不满。所以，他毫不关心鲁达为何发火，袖着手，装傻一样，问：您想买啥？

在原著文本中，"抄手"一词，并没有俗语的延申含义，而是一个动作。作者用一个小动作，就活灵活现地描写出一个生动真实的小人物形象，这是非常精彩的一笔。若按"拱手"解，人物形象干瘪，故事的含义完全南辕北辙。

又如"鬼脸儿"，这个词作为杜兴的外号出现。书中用杨雄的嘴巴解释，是长得丑的意思，导致现在许多读者都认可这一说法。其实，这是作者一如既往地掩饰书中人物的真实品性，同时也是表达杨雄对杜兴的不了解。

"鬼脸儿"，在北方俗语当中的含义是"面具"，其中的"儿"字不能读出来，是"脸"字后面卷舌的儿话音。面具往往作为演员的道具使用，那么，就产生一个有趣的问题：谁是演员呢？谁在使用这个道具呢？

还有"装幌子"，它另外一个表达方式是"装望子"。

清朝学者李鉴堂《俗语考原》（民国二十六年出版，出版人不详）讲："装幌子：北人以事物专饰外观。谓之装幌子。亦曰装样子。"（第五十二页。）

而当代大多数学者都把其解释为"出丑"。据了解，最

早出现此种解释的，是前辈学者何心先生的《水浒研究》一书。其解释为："幌子是'做门面'的意思。此处作'出丑'用，是反词。"（第二百二十页。）

请注意一点，李鉴堂先生的解释是单一解释，没有"出丑"一说。

这两个词的含义明显有差异。出丑未必因为装样子，装样子成功了同样会蒙蔽人，未必会出丑。这两个词没有必然的相关联系。而从何心始，当代许多学术著作都把这两种解释并列，是很奇怪的事，甚至当代的工具书都把这一词并列解释为"装样子"和"出丑"。对于此种解释，本人始终持怀疑的态度，因为"出丑"一说，没有让人信服的证据。

至今天为止，在中国北方的河南、辽宁等省份，甚至在中部的湖北省，人们依然会说"装幌子"一词，而且表达的含义就是装样子，没有其他的含义。

到今天为止，没有任何人能够具体说出，在中国哪个时代、哪个省份、哪个地区出现"装幌子"一词，是出丑的意思。据本人了解，到目前为止，没有发现中国民间的任何地方有此种表达方法。所有把其解释为"出丑"的含义，都是由学者根据小说内容做出的判断，缺乏依据。在读古典小说时，中国文字和语言习惯的变迁，容易导致对小说的内容产生误判。对俗语的研究，以小说内容为依据并不科学，这一点，绝对不能照搬研究成语的方法。

俗语来源于老百姓的生活，是老百姓在生活中创造的词汇。我们若是寻求某个成语的出处，可以到经史典籍中寻

找它的起源，但若是在典籍中寻找俗语的源头，恐怕永远找不到，因为俗语的源头在老百姓的嘴巴里，由民间口口相传而存在。

那么，当我们读明清小说，遇到"装幌子"一词的时候，到底应该理解为"装样子"，还是"出丑"？

我愿意选择民间的说法，何况这一说法，还有清朝学者李鉴堂先生的记录为证。

幌子，原意是指店铺门楣处插的像锦旗一样的招牌，延伸到俗语当中，意思是打着一种招牌，却干另一种事，具体说，就是暗中有所图，却用一种借口掩饰自己的行为。这种行为，叫"打幌子"或者"装幌子"，表达的含义就是"装样子"。

在第四十五回《杨雄醉骂潘巧云 石秀智杀裴如海》中，潘巧云说：【本待要声张起来，又怕邻舍得知笑话，装你的幌子。】

若按"出丑"解，整句话缺乏逻辑性。怕邻居知道的事，就是丑事，潘巧云何必再对老公强调"出你的丑"呢？此话的原意是：本想闹起来，怕邻居知道笑话，（只好）给你装幌子。言下之意是，假装什么事都没有发生，所以才没吭声。

"装幌子"一词，在《警示通言·第二十卷 计押番金鳗产祸》中多次出现。

例，计安老婆说：【"却是怎的计结？爹归来时须说我在家管甚事，装这般幌子！"】这句话是表达，老公回家后会指责自己，在家管理家业都是装样子，言下之意是没有做

好一个母亲的责任。这是自责的意思。

例，【浑家道："只有一法，免得装幌子。"】庆奴肚子大了，必须想一法子，省得装样子。因为装也装不下去，所以只能想一法。

以上几例，整个语句中，前后是存在逻辑关系的，若按"出丑"解，虽然意思不同，也能通顺。但是，看看以下二例：

【计安听说，肚里道："也好，一则两遍装幌子，二则坏了些钱物；却是又嫁什么人是得？"】

计安是肚里寻思，自己在反思庆奴的婚姻问题。计安两次逼迫女婿离婚，都是找了借口，没有暴露离婚的本意，所以自嘲，两次装样子找借口离婚，还损失了不少钱。两次的女婿都不满意，所以自问，还能嫁给谁？

若按"出丑"解，则不通。庆奴第一次未婚先孕，外人完全不知道，通过结婚的方式圆满解决了，只是险些出丑而已，并没有出丑，女人再嫁也属于正常行为，怎么能算出丑？在大多人眼里，两次出丑指的是两次离婚。但是，在计安眼里，离婚恐怕不是出丑的事，所以才两次逼迫女婿离婚。他若是认为离婚是出丑的事，岂能两次主动逼迫自己和家人出丑？这世界有主动逼迫自己出丑的人吗？如此，谁还能说清计安嘴巴里的两次出丑，是哪两次？

《金瓶梅词话》第九十回中，【那吴月娘叫吴大舅来商议："已是出丑，平白又领了来家做甚？没的玷污了家门，与死的装幌子。"】

若以"出丑"解，前句"已是出丑"，与后面"给死人出丑"不通。请问，哪个死人被出丑了？"死的"到底是指何人？活人办的事，怎么出了死人的丑？谁办了丑事谁出丑，这才是正常道理吧。

中国人会表达，某人出丑，丢了死人的脸，或丢祖宗的脸，给某人抹黑等。前一句"玷污了家门"就是这个意思，但是不会说"出了祖宗的丑"。

吴月娘的原意是：奸盗的丑事已经公开了，带回家干什么呢？只能玷污了家门，给死人装样子而已！这句话有强烈的讽刺意味，含意是，出了这样的丑事，无论如何都遮掩不过去，装样子也只能糊弄死人，糊弄不了别人，所以才用讽刺的语言说：只能给死人装样子。即：与死的装幌子。

"装幌子"一词，在多部明清小说中出现过，不一一举例，无一例外，都是"装样子"的意思。在此，表达出我的个人意见。

在《水浒传》第二十四回《王婆贪贿说风情　郓哥不忿闹茶肆》中，武松这样对哥哥说话：

【武松道："哥哥不要问。说起来装你的幌子。你只由我自去便了。"武大那里敢再问备细，由武松搬了去。】

与上面例子相同，武松这一句"装你的幌子"，同样没有出丑的意思，仍然是指责哥哥装样子。这就很有意思了！金圣叹说他们哥俩情如父子，儿子怎敢讽刺父亲"装样子"？即便是弟弟如此讽刺哥哥，恐怕也算是极为无礼吧。笔者在第六章用了几万字来分析武松的心路历程，希望能解决其中

的疑问。

何心先生的《水浒研究》一书，是中国近代研究水浒的重要里程碑，给中国近代及当代研究《水浒传》做出了巨大贡献。本人之所以指出其中的瑕疵，并非不尊重，因为只有用批判和挑毛病的眼光看待前辈的著作，才能取得进步。这才是真正的学习态度。即便我的观点是错误的，若能起到抛砖引玉的作用，引起人们重新审视《水浒传》这部伟大的作品，也就足矣。

造成我们对《水浒传》误读的因素还有很多，简单一文说不完。

所以，我觉得有必要认真分析小说内容，才能知道作者在讲什么故事，以及这些故事带给我们的真正意义。感谢前辈学者们的努力，发掘出百回容与堂本《水浒传》，并确认其为最接近原作者思想的版本。笔者能力有限，只能把重点放在百回容与堂本《水浒传》中，从生活和道德角度出发，逐一分析一些主要人物的故事，争取理顺小说中存在的各种疑问，看看作者到底在与我们讲述什么样的故事。这是笔者创作此文的重要目标。

如果故事内容依然会给人们带来很大疑问，那么，所有写作技巧的分析和作品的意义等重大问题，都容易走偏。

目　录

第一章　天微星的失败人生

在中国南方的一些农村，在进门正厅的中央往往挂着一幅字，作为祭拜的神位，上面写着"天、地、君、亲、师"五个大字。"敬天，敬地，忠君爱国，尊长辈爱亲人，尊敬师长"，这是中国人最传统的、最淳朴的人生观。现在农村的房子越盖越漂亮，则显得这五个大字太"落伍"。慢慢的，这五个大字，在房屋的中堂上越来越少见。

最后的"师"字，是尊师重教的意思。中国人自古以来便重视教育，但是教育往往是最难的事。"十年树木，百年树人。"于是，史进这个教育失败的受害者，就成为第一个出场的梁山好汉。

【住了五七日。觉道母亲病患痊了，王进收拾要行。当日，因来后槽看马，只见空地上一个后生脱膊着，刺着一身青龙，银盘也似一个面皮，约有十八九岁，拿条棒在那里使。】

王进来到史家村，因母生病，滞留了一个星期，临行之时才发现了史进。这时候，产生了一个不大不小的问题：在此之前史进干什么去了？闷在自己屋里刷卷纸？不可能

吧。偶尔耍棒子与王进错过了？不可能吧。王进那匹马得天天喂啊！总而言之，史进这段时间一定是没在家。不过，史太公也没对王进解释，儿子这几天为何不在家。估计他老人家知道自己儿子干什么去了，他说不出口。

史进自己曾这样说：【"小弟旧在东平府时，与院子里一个娼妓有染，唤做李瑞兰，往来情熟敬我。"】

华阴县的史进，居然跑到东平府去胡闹！在古代妓女是合法职业，全国各地哪儿都有，华阴县也会有妓女。他怎么会跑到东平府去呢？有朋友可能说："在家门口，怕影响不好，所以走远点。"史进要是有这觉悟，他妈就不会被他气死了。

【老汉的儿子，从小不务农业，只爱刺枪使棒。母亲说他不得，呕气死了。老汉只得随他性子。】

似乎史进的母亲，因为他太喜欢玩枪弄棒才被气死了。仔细想想这事儿，有可能吗？习文练武，是中国古代最基本的教育内容。岳飞喜欢练武，岳母在儿子后背刺上"精忠报国"，告诉儿子：好好练武，好好读书，以后报效国家！"岳母刺字"是中国古代教育成功的典范，从古到今，练武保家卫国是人生正道。史进的母亲是有什么邪门的人生观，才会被气死呢？

注意史太公的用词，他说儿子"从小不务农业"。农业在中国古代就是正业，干其他行业就叫"不务正业"，这个词发展成贬义词，是难听的骂人话。史太公心里就是想骂儿子，嘴巴上急转弯，把"正业"说成"农业"，既给儿子留面子，

又遮了家丑。史太公根本就管不了自己的儿子，人老了，又要脸面，家丑不可外扬，所以对王进说话比较委婉，对儿子行为的解释含糊其词。

无论史进是何种原因去的东平府，都说明他走到哪儿都会乱来，从不干正事儿，所以他老妈才会被气死。

【只是令郎学的都是花棒，只好看，上阵无用。小人从新点拨他。】

王进教史进的本事都是上阵杀敌用的武艺，但是王进却没有告诉史进，人生为何要上阵杀敌，人生走什么样的道路才能上阵杀敌。这些道理，王进统统没讲。把只会花拳绣腿的史进培养成武林高手，看似一个成功教育的典范，其实却是失败的教育。

【我一心要去延安府，投着在老种经略处勾当。那里是镇守边庭，用人之际，足可安身立命。】

王进投奔老种经略的目的就是安身立命。明知国家用人之际，军队需要人才，而王进并没有选择投身报效国家的道路，却利用军队招人的窗口，追求自己安稳的小日子，以朝廷黑暗为借口，选择了明哲保身的道路，根本也不可能为国家做贡献。最终碌碌无为地消失在人海之中，是王进的必然结局，也是他个人追求的结果。看看王进是为何逃亡的：

【半月之前，已有病状在官，患病未痊，不曾入衙门管事。】王进在家病了半个月，听到新领导上任点名，抱病来见上司。

【高太尉喝道："你这贼配军！且看众将之面，饶恕你

今日之犯。明日却和你理会。"】

王进一看情况不妙，第二天就跑了！琢磨一下：王进牵着马，驮着母亲，自己步行，长途跋涉向延安府逃亡，像有病的样子吗？他可以餐风露宿地长途跋涉，怎么就不能去上班呢？可以设想一下，假如没有高俅出现，王进在第二天会是什么状态？十有八九还是在家"生病"吧。但是，他碰上刁难他的高俅，病立刻就好了，马上跑路。这不是装病是什么呢？

高俅虽然是小人得志，公报私仇，不过，王进确确实实就是一个混饭吃的蛀虫。他空怀一身本领，在衙门里面装病混日子，从来没有想过要报效国家，为国家做贡献。所以，他的追求仅仅是"安身立命"。这是他一贯的思想体现。

高俅是小说中的大反派，不等于他的对立者就是正派。评价小说中的人物，不能简单地以朝廷黑暗为幌子，赞扬王进这种不作为。如果类似赞扬能够成立，我们怎么看待中国封建历史上数不清的立国中流砥柱，为国开疆拓土、为民请命献身的人物呢？同时，也不能把他视作被奸臣排挤的代表，即便没人排挤他，他照样天天装病不上班，这种人是典型的尸位素餐者。

王进就是一个苟且混日子的人，他是"传艺不传德"的老师。

史进的父亲史太公，热情招待素不相识的陌生人王进，发现王进母亲病了，安慰他母子二人多住几天，又找人帮忙抓药，对陌生人如亲人一般体贴关怀。史太公做这一切，并

没有任何功利性，完全是发自内心的善良。但是，这个善良人教育儿子却有很大问题。

【老汉只得随他性子。不知使了多少钱财，投师父教他。又请高手匠人，与他刺了这身花绣，肩臂胸膛，总有九条龙，满县人口顺，都叫他做九纹龙史进。】

第一，"随他性子"。这四个字就暴露了史太公教育方面的最大问题。史进已经把母亲都气死了，可见他犯了多严重的错误。可是，史太公却放任不管，没有任何办法来改变自己孩子的错误。史太公对王进讲："若是打折了手脚，也是他自作自受。"明显是恨铁不成钢的语气。要是暴脾气的父亲，早把到处胡混的儿子腿打断了。

第二，对孩子的爱好无节制地花钱，没有对孩子的爱好进行正确引导，更没有从思想上树立正确的人生观。

史太公宠着儿子练武，却和儿子的老师一样，从来没有告诉史进，练武的目的是什么。如果是强身健体，有李忠就够了。喜欢练武，可劲地花钱，到处找师父；喜欢纹身，挑最好的、最高档的。史进一不经商，二不管理家业，到处胡混的钱从哪来的？找个借口就能从爹妈手里搞到钱，用我们今天的话讲，就是父母惯孩子，溺爱孩子。

以上两条，是教育过程中家境较好的父母最容易犯的错误。在史进刚刚出场的时候，在与王进的对话、比武过程中，就暴露出史进是一个没有礼貌、任性、不知天高地厚的熊孩子形象。

父亲死后，除了练武、比武无所事事，史进根本没有

人生目标，更不会打理祖业。听说强盗横行，这回有事干了。

【史进对众人说道："我听得少华山上有三个强人……。倘若那厮们来时，各家准备。我庄上打起梆子，你众人可各执枪棒，前来救应。你各家有事，亦是如此。递相救护，共保村坊。如若强人自来，都是我来理会。"】

"九纹龙"的外号来自身上的纹身，给人错觉，以为史进是一个外皮好看的绣花枕头。但是，从史进对付强盗采取的"联村共保"的策略来说，史进却是一个聪明有才干的青年。另外，作者用了许多文字来写史进给父亲办丧事的过程。可以仔细看看：

【史进使人远近请医士看治，不能痊可。呜呼哀哉，太公殁了。史进一面备棺椁盛殓，请僧修设好事，追斋理七，荐拔太公；又请道士建立斋醮，超度生天。整做了十数坛好事功果道场，选了吉日良时，出丧安葬。满村中三四百史家庄户，都来送丧挂孝。】

给父亲的丧事，办理得体面、讲究、有排场，却又井井有条。这段文字在告诉我们，史进是有才干、办事能力很强的青年，绝非如外号一般的绣花枕头。聪明、有才干、办事能力强的史进，为何被朱武等人通过两擎眼泪和"桃园三结义"的说词，就给忽悠了呢？

【朱武哭道："小人等三个，累被官司逼迫，不得已上山落草。当初发愿道：'不求同日生，只愿同日死。'虽不及关、张、刘备的义气，其心则同。……"】

"桃园三结义"的目的是"同心协力，救困扶危；上报

国家，下安黎庶"。刘关张三人是因为共同的报国救民的理想和信念而结义啊！朱武、陈达、杨春三人占山为王，既不能"上报国家，下安黎庶"，更不能救困扶危，但他们"同心协力"去抢劫倒是真的。书中写：【陈达道："蒲城县人户稀少，钱粮不多，不如只打华阴县，那里人民丰富，钱粮广有。"】打劫，不是单抢官府，而是百姓遭难。朱武无非是用"三结义"的故事，给自己脸上贴金而已。

【史进听了，寻思道："他们直恁义气！我若拿他去解官请赏时，反教天下好汉们耻笑我不英雄。"】

史进只了解三结义的故事，不了解故事反映出来的思想，当然是教育不到位的结果。"桃园三结义"的典故，大概是中国人用得最烂的典故。拉帮结派的小团伙从来都不知道，桃园三结义的目的是报国安民！完全不知道，国家民族的大义，才是真正的义！

史进的人生没有目标，没有树立正确的人生观。没有人生观，立场必然模糊。立场不够坚定，再聪明的人，也容易被人忽悠。史进与其他梁山好汉的不同之处就在于，他有非常优越的教育条件。可是，看到了史进父亲的言行，以及史进老师的言行，自然能够发现，没有孝道、生活放荡的史进，是教育失败的典型。他只学到了艺，没有学到德。

朱武等人逃过一劫，又拉拢来史进，摆宴贺喜。可是，对现如今的史进是何心情，朱武等人根本就没当回事。按道理说，事情已经到了如此地步，应该与朋友一条道走到黑。可是史进却做出相反的决定：这地方不能待。

【朱武三人道："哥哥休去，只在我寨中且过几时，又作商议。如是哥哥不愿落草时，待平净了，小弟们与哥哥重整庄院，再作良民。"】朱武的话，纯粹把史进当小孩子糊弄！拒捕杀官兵，说没事，就没事了？

【史进道："我是个清白好汉，如何肯把父母遗体来点污了？你劝我落草，再也休提。"】

史进当然不是傻子，到这时候，总算看清楚朱武三人的嘴脸，明白自己上当了。当着少华山朱武、陈达、杨春三个的面说，如果落草就是玷污了父母，这种话，明摆着是在暗骂他们三人，不是清白人。

史进离开少华山，去寻找自己不靠谱的师父，却结交了鲁智深这个朋友，然后目睹鲁智深在酒楼行侠仗义挽救金翠莲。后来，他在瓦罐寺又一次帮助鲁智深行侠仗义，杀死崔道成、丘小乙，试图挽救王有金的女儿。

史进前期的故事当中，与鲁智深的交往过程只有这两次，却每次都看见鲁智深风风火火地抢起拳头和禅杖去挽救别人。近朱者赤，近墨者黑，这大概就是史进后来在少华山救王义、刺杀贺太守这种侠义行为的源头所在。在遇鲁智深之前，史进心中的"义"，是狭隘的朋友之义，而他后来在少华山挽救无辜受害者的侠义之心，绝对不是凭空产生的。任何人物的人生轨迹都有逻辑可循。鲁智深的行为，很有可能对年少的史进产生了影响，或者，鲁智深已经成为史进心中的榜样。

史进胡闹的生活居然能达到气死老妈的程度，但他却

知恩图报。他对王进说:【"师父只在此间过了。小弟奉养你母子二人,以终天年,多少是好。"】他愿意把师父当成自己的亲爹亲妈供养。

他见到自己没出息的、只能在街头卖艺的启蒙老师李忠,依然很尊敬地主动打招呼,一点嫌弃的意思都没有。

第二次在瓦罐寺见到鲁智深,他毫不犹豫地帮助鲁智深行义。别忘了,他第一次见鲁智深,双方只有一顿饭的交情。这说明在史进的心中,佩服鲁智深,愿意把鲁智深当成真正的朋友。并且,他被朱武的两擎眼泪和一番虚假的情义就给骗了,可见史进心中有情义,也相信情义。

官兵围捕朱武时:【朱武等三个头领跪下道:"哥哥,你是干净的人,休为我等连累了。大郎可把索来绑缚我三个出去请赏,免得负累了你不好看。"】

可是史进的选择是:【我赚你们来捉你请赏,枉惹天下人笑我。若是死时,与你们同死。活时同活。】

史进如果向官府撒谎,说自己有意诱捕强盗,有很大的概率能独善其身。最终落草为寇是人生观的不成熟,再加年少善良,不肯违背道德情义,才导致无法改变人生方向。从上面这些事迹能看出史进像他的父亲一样,骨子里面透出善良。并且,史进很容易受到高尚行为的影响,向善的方向学习。可以说,史进是一块最有价值的璞玉,可惜,却没能雕琢成晶光耀眼的大器!

史进的星宿名称是天微星。"微",即星光黯淡,没有散发出一个星宿应有的光芒。

都说望子成龙。史进的父亲，只在儿子的外表文上了龙，却没能让史进在学识上成为真正的龙。从此，史进的人生＝失败＋失败＋失败……

第一，试图组建"联村共保"机制，保护家园。结果自己一把火，把家烧成平地。轻易动摇立场，是人生观的失败！

第二，要做清白人，坚决不落草为寇。结果无路可走，主动回到了少华山当匪。这是人生目标的失败！

第三，见贺太守强抢民女，试图行侠仗义刺杀贺太守，解救玉娇枝，结果被人轻松抓进监狱。试图重塑自己的人生形象，依然失败！

第四，刚上梁山逞强，带领原班人马单挑芒砀山团伙，结果被人家打得屁滚尿流，伤亡惨重，学了王进一身本领也没用。能力上的失败！

第五，攻打东平府想立功，顺便把自己旧识的妓女李瑞兰带上山，结果被他们一家子出卖。情感上的失败！

他经常出入勾栏瓦舍，难道不懂得"戏子无义，婊子无情"这样的道理吗？不是不懂，这是重情重义的人，往往过于相信情感的作用，而对人心险恶不够重视的结果。宋江是注重情义的人，他就认可了史进的计策；而吴用是理智而冷血的人，他立刻判断史进的计策会失败。对人生的认识和判断，往往与见识多寡并不成正比，甚至与见识毫无关系。

第六，最失败之处，就在他的结局。在大战昱岭关的时候：

【史进、石秀、陈达、杨春、李忠、薛永六员将校，带领三千步军，前去出哨。……说言未了，飕的一箭，正中史进，颠下马去。五将一齐急急向前，救得上马便回。又见山顶上一声锣响，左右两边松树林里，一齐放箭。五员将顾不得史进，各自逃命而走。】

陈达、杨春可是史进的老部下、老朋友，为了保住自己的命，照样把史进丢下不管。如果说战场上的危险，让恐惧的人自顾不暇，也能让人理解，可是，看看朱武对待阵亡朋友的态度：

【朱武道："输赢胜败，兵家常事，死活交锋，人之分定。……"】

道理固然不错，可是，每一个字都透出森森冷气，让人心寒。史进宁可舍去自己的生命，倾家荡产保护了朱武等人，却换不来朱武的一滴眼泪。重情重义的史进做人，就是如此失败啊！

早前看金圣叹评注七十回本《水浒传》对史进的评语：〖史进只算上中人物，为他后半写得不好。〗心中有老大的疑问，哪里写得不好呢？有什么败笔处？苦思不得要领。

后来猛然醒悟，大概金老先生网上的爽文看习惯了，面对英俊帅气的少年英豪总是失败的倒霉样，必然心中气闷，所以，他批评作者对史进后半部分写得不好。其实，打从史进登场亮相以来，从来就未成功过，永远都是失败者。这种失败貌似巧合，其实却符合逻辑，一个教育失败的受害者，怎么会成为人生赢家？

第二章　佛的音容

1

鲁智深的结局是在六和寺坐化。个人认为，《水浒传》中每一个主要人物的结局，都是作者精心设计并具有重大意义。

"坐化"是佛门的专用词。有很多关于"坐化"的解释，几乎都语焉不详。因为，用我们今天的科学观点，无法合理地解释"坐化"这一现象。通俗理解"坐化"，是指有道高僧，在打坐时候自然圆寂。用今天的科学观点来看，更有可能是人老体衰的时候，在病入膏肓的时刻，相信自己强大的心理力量，相信佛的力量，而不肯看医生，导致在打坐时候的偶然性死亡。和尚们把这种死亡夸大得非常崇高，从佛门的角度来说，则有非凡的意义。

首先，佛门强调"坐化"是在有道高僧身上才会出现的现象，一般和尚还没这资格。估计哪个小沙弥，一不小心坐着死了，师傅和师兄们，一定要把他的胳膊腿抻直了，再

塞进棺材。师傅还没有得道成佛，小徒弟哪有资格？

俗话说，"成仙的尸解，成佛的坐化"。作者似乎通过这样的方式告诉我们：鲁智深成佛了，或者说，鲁智深就是一个佛。不过，了解鲁智深故事的读者，对此种表达方式，还是会感觉到蛮滑稽的。鲁智深不识字，一本佛经都没读过，既没听师傅讲过经，更不会打坐参禅，思考什么佛门教义。和尚的五戒，除了淫戒以外，其他的全犯了。显然，作者如此安排鲁智深的结局，绝对不是把他视作佛教中的"佛"。

鲁智深坐化的过程如神话小说，与《水浒传》整体的写实风格完全不符。开篇的"洪太尉误走妖魔"，以及书中许多故事，都有妖魔鬼怪出现。类似故事，个人认为都有特别意义。（关于这一点，在后文中讨论。）鲁智深临死前，留下一篇颂子：

【平生不修善果，只爱杀人放火。忽地顿开金枷，这里扯断玉琐。咦！钱塘江上潮信来，今日方知我是我。】

这一段大气豪迈的文字，给人印象深刻。许多读过《水浒传》的人，都能记住这段文字。暂时不说内容，先说说这颂子谁写的。

【换了一身御赐的僧衣，便叫部下军校："去报宋公明先锋哥哥，来看洒家。"又问寺内众僧处，讨纸笔写下一篇颂子。去法堂上，捉把禅椅，当中坐了。焚起一炉好香，放了那张纸在禅床上……】

这篇颂子是鲁智深自己写的。可是，鲁智深拳打镇关西之后，作者有过鲁达看通缉令的描述：【鲁达看见众人看

榜，挨满在十字路口，也钻在丛里听时，鲁达却不识字，只听得众人读道："代州雁门县，……支给赏钱一千贯文。"】

鲁智深不识字，还在装模作样地看通缉令。而在六和寺，鲁智深居然写出那么大气和奇妙的颂子！

现代对《水浒传》的研究基本有这样的共识：《水浒传》的前期文字，与后期征方腊的文字以及结局，是施耐庵一个人所写。既然如此，说明这处文字是施耐庵亲笔的低级错误。应该感觉到，鲁智深不识字比较合理。而鲁智深坐化的过程及"颂子"的出现，显然是作者虚构，而且还出现逻辑不通的错误。

鲁智深的星宿名称叫"天孤星"。"孤"字，给人的印象是孤独，无父无母，鹤立鸡群，形单影只，没有知己等等概念。个人认为这些概念，不能代表鲁智深。作者是生活在元末明初的古人，在古代只有王者自称为"孤"。这应该是作者对鲁智深的评价，他是没有与之并肩的王者一样的人物。

鲁智深坐化的结局，恐怕不完全是作者对他的赞美。鲁智深临死之前说：【摇首叫道："都不要！要多也无用。只得个囫囵尸首，便是强了。"】失望之情溢于言表。晁盖在第二十回于梁山称雄，宋江在第四十一回上梁山。而鲁智深从第三回出现，至小说结束，在整部小说中都有他的身影。

宋江的毒酒、柴进的无疾而终、武松的出家、吴用和花荣的自杀……这些人物的结局，都是符合逻辑的。当把鲁智深的故事放在整部书中，与其他主要人物对比来看，会发

现只有鲁智深的结局，采用了违背逻辑的隐喻性写法，而显得如此与众不同！作者真实的写作目的到底是什么？我们把鲁智深的结局与故事内容结合来看，也许能一窥端倪。

2

……

"拳打镇关西"在中国是家喻户晓的故事。但是，这个故事背后包含的一些社会意义，被一些读者忽视。先看看受害者金翠莲自述。

【奴家是东京人氏，……此间有个财主，叫做镇关西郑大官人，……便使强媒硬保，要奴作妾。谁想写了三千贯文书，虚钱实契，要了奴家身体。……他家大娘子好生利害，将奴赶打出来，不容完聚。……因此啼哭。不想误触犯了官人。】

有几个重要信息要理解清楚。第一，"强媒硬保"，表示郑屠使用强硬手段，单方面走程序。但是，不管用的什么手段，程序是有了。第二，"虚钱实契"，表示郑屠耍花招，没花钱，程序却落实了，契约形成了，那么，从法理的角度看，金翠莲已经成了郑屠的小妾，成了郑屠合理合法的家人。用现在的话说，通过郑屠的运作，金翠莲与郑屠的关系是受法律承认的关系。但是，法律没能保护金翠莲，她被赶出了家门。

【他家大娘子好生利害，将奴赶打出来，不容完聚。】

金翠莲并没有说出她被赶打出来的详细原因。想当然地认为，一定是大老婆吃醋。这种判断当然没有错，不过，其性质与今天的第三者被吃醋的原配殴打完全不同。

作者是六百年前的古人，他描述的社会状态和家庭结构是六百年前的状态。在古代的中国，夫、妻、妾三角关系，是典型的和正常的家庭结构，妾是正式的家庭成员。既然如此，他们之间发生的暴力冲突，按照今天的说法，就是"家庭暴力"事件。

在《红楼梦》中，大醋坛子王熙凤发现自己的老公在外面养了小妾，她不但不赶走尤二姐，反而把尤二姐接回家。因为王熙凤担心社会舆论，说她"容不得人"，这是王熙凤惧怕社会道德压力的表现。最后尤二姐受折磨而死，就是一个"隐形的家庭暴力"。王熙凤这么做，就是为了既不违法，又避免道德谴责。

而郑屠的大娘子，不像王熙凤是一个上等贵族。她完全不在乎社会舆论，可以不要脸面地直接采用暴力手段赶走小妾。准确地说，郑大娘子的这种做法在当时是违法的。为何金翠莲不采用法律手段维护自己的利益呢？为何官府不干涉这种显而易见的违法行为呢？答案很简单——"清官难断家务事"！这种事儿，没谁愿意管。

先不要冲动地指责封建社会的道德和法律，还是看看现今的生活。关于"家庭暴力"的处理，不单在古代是个难题，在二十一世纪的今天，也仍然是个难题。不单在中国是个难题，在西方社会也同样是个难题。在讲法律的今天是如此，

何况大宋朝呢？

从金翠莲的述说中，读者完全无法判断，在此次家庭冲突中，金翠莲本人是否存在其他过错。而鲁智深根本没打算判断谁是谁非，他只是看到金翠莲是弱者，然后很单纯地站在同情弱者的立场上出手打人。

有意思的是，鲁智深还打错人了，真正对金翠莲施暴的人是郑大娘子。从"虚钱实契"就肯嫁给郑屠来看，她希望能过上安稳日子，衣食无忧，所以宁可当低下的小妾。即便按照金翠莲的说法，郑屠采用了欺骗手段，但是，他没有违背法律的大框架，甚至，金翠莲很有可能是自愿上当。

金翠莲真正的悲剧源头，是不作为的法律，是不公正的社会。而无论社会形态如何，家庭暴力事件在整个人类历史当中都没有断绝，是人类社会普遍存在的悲剧。这个悲剧在今天也不是很好解决，在宋朝更是难以解决。尤其像金翠莲这种小妾，在身份上天然伤害大老婆的利益，碰上的类似悲剧恐怕更多。

当这样看待"拳打镇关西"的故事背景时，从除暴安良的角度来评价鲁智深的侠义行为，显然有非常大的误差。从古到今，行侠仗义的人有不少，但是，却极少有人干涉家庭暴力，像鲁智深这种对于家庭暴力事件敢于出手打击的人更是少见。这是鲁智深区别于普通人的最大特点之一，也是文学史上少见的人物形象。同时，也是小说带给我们的一个重要社会问题——家庭暴力问题。

3

鲁智深刚刚出场的时候，豪横得像个地痞。他结识史进后，看史进的面子，拉李忠喝酒。李忠不想去，他就把看热闹的，也是李忠潜在的客户们喝骂赶走。这个小情节，显示鲁智深任性而为，不太在乎社会舆论，不太在乎周围人对他的评价。在酒楼喝酒，听见隔壁卖唱女哭哭啼啼，随手就把碗盘丢在地上发火，显示鲁智深既任性又霸道。他救助金翠莲时候手头钱不够，问史进和李忠借钱。史进很大方地拿出十两银子，并且说，不用还。

【李忠去身边摸出二两来银子。鲁提辖看了，见少，便道："也是个不爽利的人。"鲁达只把这十五两银子与了金老，……鲁达把这二两银子丢还了李忠。】

小时候读课文，老师解释，这段故事对比着讲，史进大方有豪气，李忠是个吝啬的家伙。这种解释是顺着鲁智深的思维来看待李忠的，现代网络上的一些人已经给李忠平反了。

史进是一个典型的富二代，又是一个败家子，当然不会把十两银子放在心上。而李忠在社会上流浪，靠卖艺为生，是社会最底层人士。像李忠这样的人，不管在任何朝代都是最穷苦的人。他手里的二两银子，恐怕是省吃俭用，积攒了很久的全部家当。当一个人拿出自己全部财产来帮助别人的时候，怎么能说他是吝啬呢？

身为提辖官的鲁达应该知道李忠是穷人啊！用"丢还

二两银子"的行为,严重伤害李忠的自尊,又是什么原因呢?
先看看鲁智深打死镇关西之后发生了什么。

【鲁达寻思道:"俺只指望痛打这厮一顿,不想三拳真
个打死了他。洒家须吃官司,又没人送饭。不如及早撒开。"
拔步便走。】

让人难以理解的就是这一句:"洒家须吃官司,又没人
送饭。"鲁智深后来在瓦罐寺打不过崔道成和丘小乙,他首
先想到的是:【他两个并我一个,枉送了性命。】鲁智深解
救林冲之后,为了躲避高俅的迫害流落江湖,同样是为了保
命。这些行为,反映出正常人的思维。

"杀人偿命,欠债还钱。"在普通人眼里是天经地义的事,
鲁智深此时为何把关注点放在吃饭上,而不是杀人偿命?这
种思维显然不符合普通人的思维逻辑。

若是普通的老百姓打死郑屠,官府处理这个案件的程
序应该是这样:首先,郑屠家属到衙门报案。衙役或者都头
到案发现场确认,立即就可以逮捕犯罪嫌疑人,没必要非得
请示上级。然后,把犯罪嫌疑人带入衙门,由县令或者府尹
审问,分辨是非曲直,最终给案件定性。

可是,在鲁智深这个故事里,上面这些过程都省略了,
而是直接写了府尹亲自拜访小种经略,向小种经略汇报案
件。当小种经略得知鲁达无故打死人,首先想的是:【俺如
何护得短】,并且说:【"如若供招明白,拟罪已定,须教我
父亲知道,方可断决。"】也就是说,鲁达有罪没罪,是老
种经略说的算,而不是渭州的司法系统说的算。最后,小

种经略说：【"怕日后父亲处边上要这个人时，却不好看。"】什么不好看？当然是老种经略的面子不好看。

以上过程说明：第一，衙役或者都头，听说是鲁达打死了人，根本不敢去抓人，只能向上级汇报。第二，府尹听到了汇报，也不敢下达抓人的命令，只能亲自去向小种经略请示。把这两条汇总，说明了一个现实：在渭州，鲁智深打死人，下到衙役，上到府尹，整个渭州的司法系统，没人敢抓鲁智深。因为他不是一般的提辖官，他是老种经略手下的提辖官！

而之所以后来渭州府能下发通缉令，是因为鲁达"畏罪潜逃"。自己认罪了，官府当然就很好处理了。

了解这些情况以后，自然明白，假如以老种经略为靠山的鲁达被抓进监狱，他不但有饭吃，恐怕还会有酒有肉，吃得白白胖胖。就像后来石秀和卢俊义在大名府大牢一样，同样没有家属给送饭，照样吃得白白胖胖。可是，鲁达居然跑了！

在《红楼梦》中，薛蟠为了争夺英莲做小妾，打死了冯渊，然后像无事人一样，游山玩水去了。因为薛潘知道，凭他们四大家族的势力，没人敢判他有罪，杀了人自然会有官员帮他想法子。而从小种经略的话里，可以得出结论：鲁智深杀了人，一样会有官员包庇他，不会定他有罪！

何必借钱掩护金翠莲父女逃跑？何必一会瘦肉一会肥肉地找茬儿？何必打死人之后去流亡？鲁智深利用自己军官的身份和背后的势力，有一万种方法可以把郑屠欺负折磨

得生不如死。如果是这样，整个渭州的司法系统都必须装糊涂。

　　所有动物都有趋利避害的本能，包括我们人类。当我们选择方法时，无一例外，都会选择对自己有利少害的方法。可是，他却选择了在大街上打死人之后逃跑，去过危险的流亡生活。他怎么蠢成这个样子？上学的时候，听老师分析鲁达一大早上跑到旅馆，打了店小二，防止店小二去郑屠那告状，自己掩护金氏父女逃跑，坐在旅馆门前两个时辰，说这是鲁达粗中有细的表现。现在回想起这样的评语多么滑稽可笑！他已经蠢成不懂得选择最有利、最简单的方式处理问题，这种简单的选择，普通人都不具备，可是鲁达却有得天独厚的条件，这个条件便是：权力与势力。

　　如果鲁智深的心理思维像我们普通世俗人的心理，"拳打镇关西"的故事则根本不成立，或者将大幅改写。在我们普通世俗人的眼中，这个故事虚构得离谱，这个故事的合理性完全值得怀疑。

4

　　这个故事最大的问题在哪呢？先分析一下"拳打镇关西"故事的本质。往大了说，这是鲁智深行侠仗义的故事；从个人角度说，也是鲁智深替受了欺负的金翠莲，对坏人采取武力报复来发泄愤怒的过程。简单说，就是报复泄愤。当然，这个报复泄愤含有正义的情感。

021

在正常情况下，一旦产生报复泄愤心理，在愤怒情绪的支配下，施暴者往往会直接出手打人。那么鲁智深是不是铁了心，想打郑屠泄愤呢？看看书。

【鲁达听了，道："呸！俺只道那个郑大官人，……"回头看着李忠、史进道："你两个且在这里，等洒家去打死了那厮便来。"史进、李忠抱住劝道："哥哥息怒。明日却理会。"两个三回五次劝得他住。……只说鲁提辖回到经略府前下处，到房里，晚饭也不吃，气愤愤的睡了。主人家又不敢问他。】【鲁达喝道："咄！你是个破落户。若是和俺硬到底，洒家倒饶了你。你如何叫俺讨饶，洒家却不饶你！"】

鲁智深的语言在讽刺郑屠欺软怕硬。从以上文字能看出，鲁智深是铁了心想暴揍郑屠，所以，采用"肥肉、瘦肉"的找茬儿行为，是不合乎常理的行为。

找茬儿打人，往往是施暴者，对于被打一方的人，采取可以打也可以不打的态度。因厌恶对方而采用找茬儿的方式欺负对方，当对方有了反抗或不满言行，才导致暴力对待。首先，找茬儿行为的先决条件，是建立在可以打也可以不打的心理基础上。

所谓的找茬儿打人，无非是施暴者利用找茬儿的行为，给被打者安插一个罪名，给自己打人的行为找一个"合理"的理由。其实，无论施暴者采用何种找茬儿方式，无论施暴者采用何种打人的理由，都无法掩盖打人这一行为是非法的、应该受到谴责的暴力手段。在打人的过程中，所有的找茬儿行为，所有的支持和赞同找茬儿的人，都是极其幼稚的。

所以，渭州府尹最终依然认定，鲁达是【无故打死郑屠】。

报复泄愤打人与找茬儿打人，都是暴力行为。但是，这两种暴力行为，反映出施暴者的心境与情绪，却有极大的差别。报复泄愤者的心理是极为愤怒的状态；而找茬儿打人者，内心的愤怒并不强烈，甚至未必有愤怒，而是有快乐和刺激的感觉。这两种施暴者的心理状态差别极大，绝对不相同。

而作者却把鲁智深有着强烈的"报复泄愤"的心理，转化成幼稚的"找茬儿打人"的行为，是非常不符合常理的描述。明明是不符合常理的行为，偏偏当成正常行为去看，这种现象是国人对《水浒传》最为严重的误读现象。而作者偏偏采用这样的手法，一本正经地给读者描述不正常的心理行为。

曾经有人认为，鲁智深的找茬儿行为是故意消耗郑屠体力，这恐怕不正确。因为故意消耗对方体力是不够自信的表现，而鲁智深是能倒拔柳树的力大无穷的人，会如此没自信吗？在打架的过程中，镇关西拿起了案板上的杀猪刀，空手的鲁智深明显处于劣势。

【鲁提辖早拔步在当街上。】鲁智深的态度再明显不过了！不是想打架吗？找个宽敞地方，来吧！打吧！这是鲁智深非常有自信的表现，他根本没把手中有刀的镇关西放在眼里。总结一下故事中，除了幼稚的"找茬儿"行为以外，鲁智深还有哪些特点？

第一，鲁智深像个地痞流氓一样，推搡喝骂李忠的观众，

说明他不在乎世俗人对他的评价。

第二，在酒楼心情不高兴就扔碗盘，说明他行为任性、霸道。

第三，嫌弃李忠的二两银子，说明鲁智深不懂得社会阶层的冷酷，更加不懂穷人挣钱的艰辛。

第四，打死人后，头脑首先想到没人送饭，而不是杀人偿命。说明他缺少法律概念。

第五，鲁智深逃跑，说明不懂得权力的概念和威力，更不懂得使用权力。

第六，鲁智深不懂得老种经略这样的朝廷大员对社会的影响力。

第七，鲁智深不懂得小种经略试图保护自己的官官相护的潜规则。

第八，毫不犹豫地帮助金翠莲，说明鲁智深有爱心，有同情心，却不懂得家庭暴力的复杂性。

第九，打店小二，掩护金翠莲父女逃跑，说明他的精明是有限度的。

以上所有的特点，加上"找茬儿打人的幼稚行为"，能等于什么呢？能够满足以上所有条件的人，大概只能是一种人——天真的少年。

恐怕没有哪个成年人能满足上列所有条件。他的心理思维，或者说他的心理年龄，就是一个单纯的孩子。这就是作者给鲁智深铺垫出来的思维模式，这就是作者给读者蒙上的一层窗户纸，让我们看不清楚鲁智深的真实面目。

　　在雁门县重逢金氏父女，金老告诉鲁智深：【结交此间一个大财主赵员外，养做外宅。】然后，安排女儿在家中楼上招待鲁智深。正在喝酒，一个大官人带人来准备打鲁智深。我们成年人一看就明白，这大官人准是赵员外，吃醋了，误解了金翠莲与鲁智深的关系。鲁智深却什么都不琢磨，拿起凳子就要对打。他根本没有把这个官人的身份与金翠莲的老公联系起来，直到最后金老向他解释，他才反应过来。

　　这一段文字，不能简单地认为鲁智深头脑太笨，也不能认为这只是耿直的人才会产生的反应。而是因为，头脑单纯并且胸怀坦荡的鲁智深，完全没有成年人的龌龊念头和复杂的人际关系概念。他心里从没觉得与别人的老婆单独喝酒有啥不妥，我们常人经常会避免的"瓜田李下之嫌"，这种概念完全没有在鲁智深的头脑中出现。

　　金圣叹的"天真烂漫"用错地方了。鲁智深才是《水浒传》中最像一个孩子，也是最纯真的人。

5

　　【长老邀员外向客席而坐。鲁达便去下首坐在禅椅上。员外叫鲁达付耳低言："你来这里出家，如何便对长老坐地？"鲁达道："洒家不省得。"起身立在员外肩下。】

　　这段文字，不能简单地认为鲁智深不懂礼貌。鲁智深刚认识史进的时候：【"敢问阿哥：你姓甚么？"】看他说的话是很懂礼貌的。鲁智深到桃花村的时候，【倚了禅杖，与

庄客打个问讯。】也能看出鲁智深是很懂礼貌的。

鲁智深是不懂社会规则，而且这个规则是非常浅白的社会规则。几乎所有成年人都懂：在上级面前，不能大模大样地坐着，应该表现得谦卑一点。这是一种"明"的社会规则。这种"明"的社会规则他都不懂，更加不懂得小种经略试图保护他的潜规则。而五台山文殊院不是超越凡俗社会的净土，它同样是这个社会的一部分。鲁智深大闹五台山，完全是因为他不懂社会规则而形成的纯真与社会规则之间的矛盾冲突。

【起来净手，大惊小怪，只在佛殿后撒尿撒屎，遍地都是。】他连一个文明人应该去何处解手都不懂。

【鲁智深回到丛林选佛场中禅床上，扑倒头便睡。"……既要出家，如何不学坐禅？"智深道："洒家自睡，干你甚事！"】困了就睡，关别人什么事？

小贩不肯卖他酒喝，【只一脚交裆踢着】。馋酒了就想喝，完全出自简单的生理欲望。若阻拦他的简单欲望，他就给你一脚，跟幼儿园抢玩具的霸道小朋友没啥区别。第一次喝酒大醉之后，【指着廊下对长老道："智深吃了两个酒，又不曾撩拨他们。他众人又引人来打洒家。"】品品他的语气，像不像跟老师告状的委屈的小学生？

酒醉的第二天，【待他起来，穿了直裰，赤着脚，一道烟走出僧堂来。侍者吃了一惊，赶出外来寻时，却走在佛殿后撒屎。侍者忍笑不住。】

鲁智深上山已经四五个月了，很久没有喝酒，猛然大

量喝酒以后，肠胃不适应，必然会拉肚子，所以光着脚丫，不及穿鞋，飞快地奔出屋。在整部《水浒传》中，生动地描写一个人解手，这大概是唯一的一次。作者写这些事干吗？在鲁智深完全不懂社会规则的情况下，剩下就是简单的生理需要，就是简单的吃喝拉撒。作者给我们描述的是一个完全不懂社会规则的调皮的天真少年。

【出得那"五台福地"的牌楼来看时，原来却是一个市井，约有五七百人家。智深看那市镇上时，也有卖肉的，也有卖菜的，也有酒店面店。智深寻思道："干呆么！俺早知有这个去处，不夺他那桶酒吃……"】

第一次酒醉之后，忍了三四个月，出来寺庙一溜达，发现自己真是个傻瓜！鲁智深不懂寺庙之外，必然是凡俗社会，寺庙不可能脱离世俗社会单独存在，没有老百姓创造财富和物质，和尚靠什么活下去？他们不单是活下来了，还活得很好。看看书中写长老招待赵员外喝的茶：

【只见行童托出茶来。怎见得那盏茶的好处？有诗为证：

玉蕊金芽真绝品，僧家制造甚工夫。兔毫盏内香云白，蟹眼汤中细浪铺。战退睡魔离枕席，增添清气入肌肤。仙茶自合桃源种，不许移根傍帝都。】

这茶叶好到什么程度？连皇帝都喝不到。其实，作者在讽刺和尚们的奢侈。

鲁智深不光喝酒打人，他还撒谎！下山骗了酒喝，吃了狗肉，又醉。酒后回山，有点兴奋。

【下得亭子，把两只袖子搭在手里，上下左右，使了一回。

使得力发，只一膀子，扇在亭子柱上，只听得刮剌剌一声响亮，把亭子柱打折了，坍了亭子半边。】亭子上有顶，下有柱。或方，或圆。俗话说：没有规矩，不成方圆。而鲁智深的行为，就是在无意当中挣脱世俗的规则。

门子见鲁智深又醉了，不给他开门。他把寺门前的金刚打倒。和尚们真急了，报告长老。长老说："……请他的施主赵员外自来塑新的。"护法神说换就换了，可见长老心中也没把金刚当成神。

【长老道："休说坏了金刚，便是打坏了殿上三世佛，也没奈何。"】

三世佛是三种佛：燃灯、释迦摩尼、弥勒，分别代表了过去、现在、未来。三世佛为佛教中地位最高的佛。不过在文殊院方丈眼里，还是泥巴人！坏了？换新的。

鲁智深面对复杂的社会规则、社会结构和社会关系，永远是不懂的。但是，在天真少年眼里，社会中一些蒙蔽人的东西，一点都不复杂，就是一些泥巴人而已。鲁智深哈哈大笑着就把它们砸碎了。恰恰是许许多多凡夫俗子，永远也搞不懂最简单的东西。

【……今番你又如此大醉无礼，乱了清规，……我这里五台山文殊菩萨道场，千百年清净香火去处，如何容你这等秽污……】

智真长老教训鲁智深，说他很脏，搅了佛门净地。这话看起来不错，鲁智深随地大小便，喝多了就吐，是够脏。可是想想看，五台山附近的小贩，怕这些和尚怕得要命。那

个被鲁智深抢了酒喝的小贩，都不敢告状，挨了一脚以后，飞似的下山去了。鲁智深走了几家酒店，没一家敢卖他酒喝，因为有了"长老法旨"，敢卖酒给五台山和尚，立刻砸了你的饭碗！大宋朝的官府还没这么霸道呢！

和尚凭什么有这么大的权力？和尚哪来的那么大的产业？这些权力与财富，是佛教追求的目标吗？和尚在获得这些权力与财富的过程中，用的是什么手段？到底是谁脏？很显然，作者利用鲁智深大闹五台山的故事，带给读者又一个社会性问题——佛教对社会的影响。

有些人可能对佛教在历史上带给中国社会的影响不大清楚，在此简要地补充说明一下。在佛教传入中国并不是太久的时候，就产生过"灭佛"运动。

早前出现的"灭佛"运动，掺杂一些宗教之争。其实，本质还是一些人的利益之争。另外，主要因为佛教畸形地壮大，影响到了国家经济，统治者不得不采取一些强制手段限制佛教的发展。这种情况，最有代表性的"灭佛"事件，则是柴进的老祖宗周世宗的"灭佛"运动。

小时候的课本里面有一句诗，"南朝四百八十寺，多少楼台烟雨中"。当时，老师只给我们讲解了诗中的美景，并没告诉我们这首诗描写的恐怖之处。想想看，四百八十个寺庙，里面得有多少和尚？有密集恐惧症的人，别去想象。

和尚既不从事生产，也不经商，当这群人几万、几十万地存在于社会中，在生产力非常低下的古代时期，对于一个国家来说，是沉重的负担。而且，他们的行为与他们自

己宣讲的佛理，常常是背道而驰的。

鲁智深到了大相国寺。【知客问道："有信香在那里？"智深道："什么信香？只有一炷香在此。"知客再不和他说，肚里自疑忌了。】这个知客僧分明是拐弯抹角地索要贿赂。这修行的和尚与和珅的大管家有啥区别？

因为历史的原因，佛教在今天，对国家和社会的影响已经大大削弱了。很多读者没有意识到，佛教在古代是一个严重的社会问题。在整部《水浒传》当中，施耐庵对佛教采取的都是讽刺和批评态度。

6

鲁智深离开五台山，来到了桃花村，碰上了土匪强娶民女。这种事件算不算常见的社会性问题？其实也是。作者不过是把某些强权的身份设定成强盗而已。看看《红楼梦》里面讲述的相似的故事：

【有个施主姓张，是大财主。他有个女儿小名金哥，……不想遇见了长安府府太爷的小舅子李衙内。那李衙内一心看上，要娶金哥，打发人来求亲，不想金哥已受了原任长安守备的公子的聘定。张家若退亲，又怕守备不依，因此说已有了人家。谁知李公子执意不依，定要娶他女儿，张家正无计策，两处为难。……不想守备家听了此言，也不管青红皂白，便来作践辱骂，说一个女儿许几家，偏不许退定礼，就打官司告状起来。那张家急了，只得着人上京来寻门路，赌气偏

要退定礼。……求太太与老爷说声，打发一封书去，求云老爷和那守备说一声，不怕那守备不依。】

已经定下的婚姻，出现了第三方。而女方家显然更相中了后来的第三方，然后通过老尼姑的门路找到了王熙凤。王熙凤这么说：

【"你是素日知道我的，从来不信什么是阴司地狱报应的，凭是什么事，我说要行就行。你叫他拿三千银子来，我就替他出这口气。"老尼听说，喜不自禁，忙说："有，有！这个不难。"】王熙凤收了对方三千两银子，就把这事搞定。

这个婚姻的主角是叫金哥的女孩子。可是，金哥的婚姻大事，是素不相识的王熙凤决定的。金哥能够嫁给谁，就是王熙凤一句话的事儿！在这个过程中，有人问过金哥的意见吗？婚姻不公、无视妇女权益，在中国封建历史上是常态啊！

强盗找老婆的方式，通常是王英的硬抢模式。在王英眼里只有女人，没有夫人。而周通试图利用婚姻程序，把女人变成夫人，所以没有像王英那么粗鲁。小霸王周通来娶亲的时候，刘太公跪下迎接。【那大王把手来扶道："你是我的丈人，如何倒跪我？"太公道："休说这话，老汉只是大王治下管的人户。"】

在老百姓眼里，强盗与官府没区别，都是有权力的统治者而已。在小说中，刘太公的女儿对自己的婚姻无任何决定权，自然没有露面的必要，所以，婚姻的主角好像不存在。这就是古代中国的社会现实。

那些不能露面的女孩子，能成为土匪的压寨夫人，还是成为一个王爷的妃子，或者成为一个农民的老婆，或者成为一个书生的太太，或者成为一个流氓的小妾……她们自己完全没有任何发表意见的机会！她们的父亲能否保护自己的女儿，不让她们掉进火坑里，也完全是未知数。所以，在中国的历史上，有着千千万万的女孩子，掉入婚姻的火坑里，默默承受强加的一切，并且，还会自认为是天经地义。

在古代的中国社会，利用权势强娶或指定婚姻是常态。作者一定目睹这些不公的社会现象并深恶痛绝。"小霸王"这个外号，不仅仅是周通的自我吹嘘，而是作者点明了，这种人就是欺男霸女的恶霸。

以个人的力量对抗强盗团伙，既容易付出生命的代价，更容易给桃花村的百姓带来严重的后果，这是成年人眼中的基本常识。而鲁智深撒谎骗刘太公，用"说姻缘"劝周通，说明他还是忍不住，希望用自己的方式来解决问题。

这种思维恰恰是许许多多调皮孩子的思维。他们徒手攀登陡峭的山崖；攀爬到十米高的树梢上嬉闹；十二三岁就敢把汽车开跑；撑开雨伞从房顶上跳下来；不会游泳，抱根木头就敢下河……类似种种危险行为，经常会发生在调皮少年身上。他们当然懂得这些行为的危险性，但是，会瞒着家长或老师，甚至撒谎，然后在冒险中寻找乐趣！现在的鲁智深就是如此。

【那大王推开房门，见里面黑洞洞地。大王道："你看

我那丈人是个做家的人，房里也不点碗灯，由我那夫人黑地里坐地。明日叫小喽啰山寨里扛一桶好油来与他点。"鲁智深坐在帐子里都听得，忍住笑，不做一声。】

　　山大王很认真地来做女婿，而产生了错位思维，让人感觉好笑。但是，当事人鲁智深看待山大王的滑稽行为，与读者产生的笑意，恐怕不是一种笑意。准备揍人的鲁智深，应该产生这样的思维："你小子还准备扛一桶好油呢？一会把你打成葱油饼！看你还扛油不？"对山大王产生的笑意，应该是讽刺性的冷笑，这种笑意仅仅会一闪而过，不需强忍。但是，书中写鲁智深若是不忍着点，就会笑出声来，说明他的笑意不是因为山大王的语言而产生的。

　　【那大王摸进房中，叫道："娘子，你如何不出来接我？你休要怕羞。我明日要你做压寨夫人。"一头叫娘子，一面摸来摸去。一摸摸着销金帐子，便揭起来，探一只手入去摸时，摸着鲁智深的肚皮……】

　　周通有很多语言和动作花了一些时间。鲁智深并没有提前动手，是因为周通摸到他的肥肚皮，才能知道床上的新娘子是冒充的！鲁智深必须等到自己的恶作剧完美成功，才会出手打人。整个过程，鲁智深就像一个天真少年一样，在享受自己制造出来的恶作剧，所以才高兴得几乎要笑出声。

　　鲁智深忽视现实中的危险性，通过恶作剧的方式来惩恶扬善。这一段故事，最能够反映他天真的少年心理状态。

　　鲁智深与李忠重逢后，到了桃花山劝周通：【他只有这个女儿……。不争被你把了去，教他老人家失所。】周通的

强娶，是非常不道德的行为。而鲁智深只从人的基本伦理方面劝导周通，并不是因为鲁智深说话婉转，而是因为鲁智深对于社会道德上的规范不理解，也不重视。这一点，导致他后来在瓦罐寺造成很大的失误。这是后话。

【鲁智深见李忠、周通不是个慷慨之人，作事悭吝，只要下山。】

李忠和周通都不喜欢他，故意表现得很吝啬，其实在变相地赶他下山。对于这种人际交往的暗招子，鲁智深完全不懂。

【李忠、周通道："哥哥既然不肯落草，要去时，我等明日下山，但得多少，尽送与哥哥作路费。"】

这些话表面看起来显示李忠、周通很抠门，其实，含义更恶心。李忠是强盗，他们抢来的钱自然就是贼赃，鲁智深若是拿了贼赃，岂不是也成了贼！李忠当初被鲁智深因"二两银子"羞辱，所以现在从人格上报复鲁智深，故意恶心鲁智深。其实，桃花山上的财物，哪一样不是抢来的？即便李忠拿出现成的金银送鲁智深，实际也是贼赃，何必费事再去作案，抢东西送人呢？李忠是担心外表傻乎乎的鲁智深，对自己财物的道德意义搞不清楚，所以，当着鲁智深的面再去抢一次。

【鲁智深寻思道："这两个人好生悭吝。见放着有许多金银，却不送与俺，直等他去打劫得别人的送与洒家。这个不是把官路当人情，只苦别人。"】

鲁智深像一个小孩子一样来理解这事。这个反应，说

明他对于社会道德层面的东西和社会法律、社会架构层面的东西完全不懂。他根本不明白，假如他收了李忠抢来的财物，他就是"贼的同伙"，即便没有落草为寇也是贼。

【便取出包裹打开，没要紧的都撒了。只拿了桌上金银酒器，都踏扁了，拴在包里……却把身望下只一滚，骨碌碌直滚到山脚边，……拽开脚手，投东京便走。】

这种惩戒手段，对于孩子来说是极为公平、极为合理的。你抢别人的东西，我就拿你的东西。

【李忠道："我们赶了去，问他讨，也羞那厮一场。"】偷拿坏人的东西，算不算是贼呢？这种问题对于小孩子来说根本不是问题。鲁智深若是认为这事算耻辱，他还会拿吗？李忠想多了。

<h1 style="text-align:center">7</h1>

鲁智深离开桃花山后到达瓦罐寺。在故事的开始之前书中写道：【一座古寺，已有年代。入得山门里，仔细看来，虽是大刹，好生崩损。……智深寻思道："这个大寺，如何败落的恁地？"】

古寺为何损毁？这是鲁智深第一个疑问。遇到几个老和尚，却找不到像样的食物。老和尚熬的粥，鲁智深也不好意思吃了。通过与老和尚的对话，鲁智深才知道，是崔道成和丘小乙把古寺糟蹋了。然后，双方发生了冲突。一个重要的问题出现了：鲁智深为何要与崔道成、丘小乙打架拼命？

看看书中怎么写的：

【智深提着禅杖道："你这两个如何把寺来废了？"那和尚便道："师兄请坐，听小僧说。"智深睁着眼道："你说！你说！"】

说不清，就揍你。鲁智深在向崔、丘二人问责，在向他们追究毁掉寺庙的责任。被二人用谎言敷衍之后，【智深嗔忿的出来，指着老和尚道："原来是你这几个坏了常住，犹自在俺面前说谎。"】

他误信谎言后，又指责老和尚们损毁瓦罐寺。几个老和尚说，他手里有武器，他们自然害怕。况且，崔、丘二人有酒肉吃，他们连粥都被他抢了，他认为谁在说实话？鲁智深一琢磨，也是。返身回去，双方动手打起来了。

前半段故事，作者真真切切地告诉我们，鲁智深因为瓦罐寺的损毁，与崔、丘二人打架拼命。这个原因很让读者困惑。具有侠义心肠的鲁智深，不是为了受欺负的老和尚们出头打架。在与崔、丘的对话过程中，鲁智深根本没提老和尚们一个字，而是反复向双方追究，到底是谁毁坏了瓦罐寺。鲁智深的关注点，为何始终是瓦罐寺的损毁？

作者的这种写法，给人不符合逻辑的感觉。通过鲁智深大闹五台山，读者们可能都会想到，若不是老奸巨猾的智真长老把鲁智深打发走，五台山的文殊院恐怕迟早会被鲁智深这个酒鬼烧了。鲁智深自己就是拆寺庙的专家，他什么时候心疼过寺庙的损毁？甚至，鲁智深投奔东京这一路，宁可自己掏钱住旅馆，也不肯找寺庙借宿。可见鲁智深多么厌恶

寺庙。

鲁智深打架的原因，读者不理解，书中人物也没有想象到。几个老和尚，通过鲁智深不肯再与他们抢粥，看出来了鲁智深具有正义心。当鲁智深与崔、丘发生冲突，几个老和尚以为鲁智深是在为他们出头行侠仗义。鲁智深被打跑后，他们误认为崔、丘必然报复，干脆，自己都吊死了。

其实，鲁智深与崔、丘二人的对话过程中，心中只有两个疑问：一是瓦罐寺为何被毁，二是旁边的女孩子是谁。他完全没提老和尚们一个字，更没有提老和尚们受欺负的事。这些老和尚纯属于自作多情。

曾有网友提出，鲁智深被崔、丘二人打跑后，停留在桥上。而鲁智深遇见史进打一架，相认后聊天，吃了东西，返回瓦罐寺。这过程需要一点时间，而崔、丘二人怎么还停留在桥上，等着鲁智深回来打死？好像不符合情理。

个人猜测，崔、丘二人在桥上休息，顺便讨论一个重要问题：这胖大和尚为何要找他们打架？为了旁边的女孩子吗？几句谎言就把他糊弄走了，也没见他提出疑问啊！这胖大和尚见面就气势汹汹地问：你们如何把寺来废了？废不废的，跟他有啥关系？他们坐在桥上，讨论了半天，恐怕都想不明白这事。

抛开人人知道鲁智深不喜欢佛教的因素，瓦罐寺还有什么意义？它是古建筑，是文物古迹。除此之外，它不会再有别的意义吧？读者和书中人物都不理解鲁智深打架拼命的原因，是因为，现实生活中，极少听说有人因为文物古迹

的损毁去找人打架拼命！

在金圣叹的七十回本《水浒传》中，"瓦罐寺"被改成"瓦官寺"，不可解！大概金老先生觉得"瓦罐"二字土得掉渣，干脆改名叫"瓦官"，洋气！

瓦罐在过去普通老百姓家里面，是最常见的生活用品。用泥巴烧制而成，一不小心就打烂了。烂就烂了呗，再买一个，反正也不值钱。但是，有些不起眼的瓦罐，可能有几百年、上千年的历史。其实，许多中国人对待文物古迹的态度，就像对待家里的一个瓦罐。

贫穷，缺少物质，是文物古迹消失的客观原因，缺少保护意识是文物古迹消失的主观原因。

在中国历史上，大概只有梁思成一个人，像鲁智深一样怒喝：你们如何把寺来废了？可惜，作者在写《水浒传》的时候，历史上还没有出现梁思成。所有的普通民众都不是佛，能够成佛的人，必定是无以比肩的王者！

鲁智深打人的原因，现代人不理解，宋朝人更不理解，所以才会出现故事后面发生的一系列悲惨的阴差阳错。几个老和尚自杀后，【智深、史进直走入方丈后角门内看时，那个掳来的妇人，投井而死。】

作者为啥不早点说明，这个女子是掳来的呢？因为对女子最终身份的判断，不是作者的判断，而是史进的判断。从头一点点看。

【智深随即跟到里面看时，见绿槐树下，放着一条桌子，铺着些盘馔，三个盏子，三双箸子，当中坐着一个胖和

尚。……边厢坐着一个年幼妇人。】

和尚崔道成与年少女子在寺庙中喝酒，是既违背佛教法规的行为，又是道德败坏的行为，这种行为违背了出家人基本的道德规范。在老和尚嘴巴里，无论崔道成是如何作恶多端，鲁智深都可以有理由不相信。但是，自己亲眼所见的场景，却完全没有让鲁智深意识到崔道成是一个道德败坏的家伙。

正是因为鲁智深作为一个有着少年心理出现的角色，对社会道德的无知，才会傻乎乎地问了一句：【智深道："这妇人是谁？却在这里吃酒？"】

在《水浒传》中有一个类似场景可以对比。武松在蜈蚣岭，【傍山一座坟庵，约有十数间草屋。推开着两扇小窗，一个先生搂着一个妇人，在那窗前看月戏笑。……"这是山间林下，出家人却做这等勾当！"便去腰里掣出那两口烂银也似戒刀来……】

武松见到这种不道德的行为，立刻拔刀剁人。假如，来到瓦罐寺的不是鲁智深而是武松的话，崔道成的脑袋，恐怕分秒之间就被砍掉。武松是非常崇尚道德的人，而鲁智深却对社会道德非常无知。这一点，在两人之间有着非常鲜明的对比。

【那和尚道："师兄容禀：这个娘子，他是前村王有金的女儿。在先他的父亲是本寺檀越，如今消乏了家私，近日好生狼狈，家间人口都没了，丈夫又患病。因来敝寺借米，小僧看施主檀越面，取酒相待，别无他意。只是敬礼。师兄

休听那几个老畜生说。"】

崔道成的谎言完全摘录在此。这段谎言的背后，包含着这个女孩子最悲惨的人生。这些话，哪些是谎言？哪些是真实的？一句句看。

【这个娘子，他是前村王有金的女儿。】真实的吗？是真的。

【在先他的父亲是本寺檀越，如今消乏了家私，近日好生狼狈】，真实的吗？是真的。

【家间人口都没了，丈夫又患病。】真实的吗？是真的。

崔道成的谎言，目的是遮掩与这女子喝酒的不道德行为，以及女子出现在瓦罐寺的真相，所以，对于女人的身份没必要撒谎。况且，真正会撒谎的人，都会说出一大堆真实的细节为自己的谎言做铺垫。只有在关键的环节，也是试图掩盖的环节才是谎言，这样才容易把人骗过去。

【因来敝寺借米。小僧看施主檀越面，取酒相待，别无他意。】这话还是真的吗？假的！

瓦罐寺已经破败到如此地步，寺里的老和尚好几天都没饭吃，怎么还有多余的粮食借给别人？一个外地来的人，看见破败的瓦罐寺都能知道，这是一个穷地方，何况是本地的王有金的女儿。

正是因为鲁智深的天真，对社会结构和社会道德的无知，才被这个并不高明的谎言给欺骗了。那么，史进为何会判断她是掳来的呢？

既然已经设定崔道成有罪，按照有罪推论，自然就知

道他们的犯罪过程。崔、丘二人一定是在某处，无意见到了这个女孩子，心中起了邪念，然后向当地的人打听这个女孩子是谁。当地人没有发现他们的犯罪企图，自然就会告诉他们，这是王有金的女儿，顺便聊了一些王有金家里的情况。所以，他们知道这女孩子的丈夫病了，家里经济条件困难。

对他们二人来说，这个女孩子叫什么名字一点都不重要，她的丈夫为何生病也不重要，他们只想占有她的身体，所以只记住了她父亲的名字和家庭住址，"前村王有金"。然后，他们找机会把这个女孩子从家中掳来了。这就是崔道成能够准确说出女孩子身份以及住址的原因。

如果此番推理正确，那么，大概能了解王有金的女儿为何投井自杀了。当鲁智深气势汹汹地质问崔道成的时候，这个女孩子就在旁边，明显能看出来鲁智深对崔道成的敌意。如果在这个时候，女孩子对鲁智深呼救："好汉救我，我是被掳来的。"毫无疑问，鲁智深当时一禅杖，就会把崔道成的脑袋拍扁。那么在当时，这个女孩子为什么不说话呢？

因为鲁智深说："你这两个如何把寺来废了？"这个打架的理由，太让人莫名其妙。所有人都不会理解鲁智深，为了毁掉的古迹找人打架、找人拼命。还有一个重要的原因，在今天也是如此——许许多多被性侵的女人，宁可把痛苦的眼泪默默吞下去，也不会告诉别人自己受到了伤害。

她们宁可独自忍受身体和精神上的双重痛苦，也不愿意把自己所受的屈辱说出来，因为她们更害怕的是周围社会

上其他人的异样眼光。这种异样的眼光，往往比自己所受到的强暴更让人痛苦，更能致命！所以在今天，许多性犯罪的受害者都不会报案。这是女孩子在当时不敢说话的主要原因。

当鲁智深问道："这妇人是谁？"崔道成回答："……前村王有金的女儿……"随后，鲁智深被打跑。这些对话和后来的场景，对这个女孩来说意味着什么呢？

一个女孩子受到了难以启齿的侮辱，本想默默承受，可是，突然闯入的鲁智深目睹了自己还陪着残害自己的和尚喝酒。自己受强暴的屈辱和不道德的陪酒行为所带来的耻辱，并非由自己独自承受，还直接羞辱到了自己的父亲，羞辱到了自己的家族。并且，鲁智深被打跑了，意味着自己和自己带给家族的耻辱，马上就会变得世人皆知。在这种耻辱之下，在这种压力之下，她怎么能活得下去呢？

恰恰是鲁智深与崔道成的对话，以及鲁智深冒失的行动，无意中成为这个女孩子投井自杀的推手。可以假设，如果没有鲁智深出现，她虽然受到了强暴，然后被逼迫陪崔道成喝酒玩乐，遭受了这些屈辱之后，她可能找机会逃离瓦罐寺，回到家中默默流泪，默默独自忍受这些痛苦，假装一切都没有发生。

可是，鲁智深得知了她是王有金的女儿，并且被打跑之后，这一切，都让自己的耻辱和自己带给父亲的耻辱有可能公之于众。自己再想假装什么都没有发生，已经不可能了。

作者处于鲁智深的视角写此段故事，鲁智深不知道此

女子的身份，作者自然不写。当鲁智深把自己在瓦罐寺的所见所闻告诉史进后，必然是史进判断，此女子是被崔道成等人掳至此处。然后再次进寺，发现几个老和尚已经吊死，让鲁智深产生了非常不祥的预感，让他非常担心，所以直接奔方丈的后角门去，就是为了去找王有金的女儿。在那里，是鲁智深第一次，也是唯一一次见到她的地方。可惜，人已经死了。

【直寻到里面，八九间小屋，打将入去，并无一人。】

鲁智深又找了八九间小屋，再也找不到任何人。他在找谁？他在担心，是否还有王有金女儿这样的受害者。如果有，他将会产生更多的遗憾和更多的愧疚。鲁智深空有侠义的心，却没能发现曾经出现在自己面前的这个女孩子，遭受了多么大的痛苦。

一些人对鲁智深"花和尚"的外号，解释为"花"字，是保护女人的意思，是护花使者的含义。如果这样去赞美鲁智深，岂不是天大的讽刺？

在瓦罐寺的故事中，鲁智深既没有替受欺负的老和尚们出头，也没有机会为那个女孩子伸张正义。如果无法理解鲁智深打架的原因，自然也不理解作者的心。所谓的"一千个读者有一千个哈姆雷特"只是一种托词，在作者的心中，只能有一个哈姆雷特。我们寻找的，无非就是自己心中的鲁智深，与作者心中的鲁智深能否契合而已。

在现实世界，虽然人们都会谴责性犯罪，但是绝大多数人与鲁智深一样，根本不知道性犯罪已经在自己身旁发生

了。作者采用这样的写作方式，绝对不是巧合。

同样，鲁智深在瓦罐寺，喝骂道："你这两个如何把寺来废了？"这样的语言，让人无法理解。也不是巧合。

<h2 style="text-align:center">8</h2>

聊完了瓦罐寺的悲惨故事，发现作者又带给我们两个重要的社会性问题——文物古迹的保护和性犯罪。故事看到这里，发现鲁智深故事的特点，都是在背景中包含一些社会痼疾，而且这些社会痼疾是上千年来人类社会都难以解决的问题。

"拳打镇关西"的故事，背景是家庭暴力问题；"大闹五台山"的故事，描述的是佛教对社会的恶劣影响；"大闹桃花村"的故事，是在抨击婚姻不公、强娶民女的社会问题；"火烧瓦罐寺"的故事，讲述的是古建筑的破坏和性犯罪两种社会痼疾。

而且，鲁智深所经历的故事都有偶然性。拳打镇关西之后逃跑，引出大闹五台山。这段故事因为鲁智深对权力的无知而逃跑，才联系起来，否则是不符合逻辑关系的。后来，桃花村的故事、瓦罐寺的故事，都是作者利用偶然因素，强行安排在鲁智深身上，与鲁智深的人物成长毫无逻辑关系。

林冲的出现是偶然行为，后来双夺二龙山与杨志的相遇也是偶然行为，甚至，连最终擒方腊这样的重大的政治事件，都是作者强行安排的偶然事件。可见，鲁智深的故事发

展，几乎没有内在逻辑，完全是作者强行安排的故事情节。

这一特点，与书中的其他主要人物完全不同。比方说，武松、林冲、宋江、吴用、晁盖等，他们的人生经历，基本上都属于性格决定命运，都符合人生性格发展的必然轨迹。他们所遭遇的事迹，也都符合性格发展的必然逻辑。只有鲁智深是作者笔下的一个另类，他的人生经历，都是由偶然因素构成，完全没有必然逻辑。

正因为这一偶然性的特点，以及鲁智深所经历的故事往往具有非常典型的社会意义及社会普遍性，可以认为，鲁智深是作者为了表达对社会的批判而专门虚构的人物，并非小说中记录的自然人。作者利用鲁智深这个人物，来抨击社会中上千年来存在的痼疾和一些社会丑态。这一点，是作者的主要目的。

是成年人主导了社会，是成年人造成的社会痼疾，自然，成年人也无法消灭这些丑恶现象。作者只能利用天真、无惧的少年，表达试图改变社会的美好愿望。但是，鲁智深这个外表是成年人而心理年龄却是少年的形象，与现实世界是脱节的，无可避免地在小说中出现了一些瑕疵。

一些读者争论，到底是鲁智深擒方腊，还是武松擒方腊？哪种说法正确？其实，两种说法不存在正确与否的问题。《水浒传》作为一部影响力巨大的作品，一旦流传，后人很难再改变其中的故事情节，尤其是擒方腊这样的重大事件。即便后来出现许多《水浒传》的同人小说，但是人们依然会认为，故事的源头在《水浒传》这里。

所以，武松擒方腊的故事，应该是在《水浒传》这部小说形成之前就流传的民间故事。作者在创作《水浒传》的过程中，如果按照民间传说，把这样重大的政治事件依然放在武松身上，显然与小说中塑造的被情义所伤、心如死灰的武松，有很大的唐突感，会牵扯和分裂读者对武松的认识。（后文详细分析武松。）

"方腊起义"事件，在古代民间，被认为是声名狼藉的暴力运动。这个事件要比家庭暴力、古建筑破坏、性犯罪等社会痼疾严重得多。

作者立场鲜明地反对方腊起义，"反贪官不反皇帝"，维护当时的政治制度，所以必然会把"方腊起义"视作社会和国家的"毒瘤"，这是《水浒传》一以贯之的政治态度。既然作者有意塑造一个对社会不公而大打出手的鲁智深，来表达对社会的改造意识，那么擒方腊这一政治事件，正符合鲁智深带来的改造和修正社会的精神。

作者把"擒方腊"这一素材改写到鲁智深处，是为完善和统一小说人物的形象而做出的选择，是作者的人生观和政治观决定了对此素材的改写。顺便说一句，这种改写形成了小说人物前后照应的统一关系，不可能是多名作者完成。

鲁智深到达东京相国寺之后，逐步变成了配角，却一如既往地像个天真孩子一样。在林冲出现之前，作者一本正经地描写一段精彩的"倒拔垂杨柳"的故事，给人的感觉很兴奋，让人马上联想到"力拔山兮"的英雄。这个片段也成为《水浒传》的名片段之一。

可以有很多方法把乌鸦巢捅掉，偏偏要去拔树！看似方法很简单、很合理，其实一点都不合理，因为这种方法是常人无法做到的。故事的本质不是选择方法的问题，而是鲁智深在显摆自己的本事。

在拔柳树之前，他向众泼皮吹嘘：【休说你这三二十个人直什么，便是千军万马队中，俺敢直杀的入去出来。】拔倒柳树之后，他又向众泼皮演示武艺。这不就是一个好显摆又喜欢吹牛的调皮少年的表现吗？也有成年人好显摆，不过，所有的好显摆都与"找茬儿"行为一样，是幼稚行为，成年的中国人更喜欢含蓄和稳重。

在林冲与高衙内发生冲突之后：【智深道："我来帮你厮打。"林冲道："原来是本官高太尉的衙内，不认得荆妇，……"智深道："你却怕他本官太尉，洒家怕他甚鸟！"】

鲁智深的语言显示自己很威风，却贬低了林冲，伤害了林冲的面子，有社交经验的思想成熟的人，是不应该说出这样伤害朋友的语言的。所以，作者写道：【林冲见智深醉了，便道："师兄说得是。……"】林冲很大度地原谅了鲁智深，认为他是醉了。

【智深道："但有事时，便来唤洒家，与你去。"】

"但有事"是什么事？无非就是打架嘛。仔细体会这话，多么不靠谱。人家是有权有势的"国防部长"的儿子，你想约架，人家跟你约吗？这样的想法还不够幼稚？鲁智深的语言含义是："你想杀了高衙内，喊我，我跟你去。"这样的话就靠谱了吗？成年人谁会对朋友说，你想杀人，我跟你去？

无论是想打架，还是想杀人。这样的语言，在成年人眼里就是胡闹，所以作者写道：

【众泼皮见智深醉了，扶着道："师父，俺们且去……"】

众泼皮自然与林冲一样，也认为鲁智深醉了。那么，鲁智深到底醉没醉呢？他醉不醉，都会说出这样孩子气的语言，让周围的当事人误解。在后期争论招安路线的时候，他说的最典型的，也是非常重要的一句话：

【鲁智深便道："只今满朝文武，俱是奸邪，蒙蔽圣聪。就比俺的直裰，染做皂了，洗杀怎得干净！招安不济事！便拜辞了，明日一个个各去寻趁罢。"】

他反对招安，但是没有自己明确的政治路线。一个对抗朝廷的武装团伙，一旦没有团结的力量，必然被朝廷轻易地个个消灭，咋能说散就散？这种思维，就是孩子赌气的思维，而不是真正解决问题的思维。

在整部书中只要鲁智深出现，几乎都伴随着调皮少年的言行。这个少年，有时候莽撞，有时候精明；有时候彬彬有礼，有时候糊里糊涂；有时候犯浑，有时候倔强；更多时候是英勇无畏。但无一例外，都伴随着他率直的天真。

他精明的时候，能看出菜园里张三、李四试图算计他，先下脚为强，把他们都踢进粪坑里。他护送林冲的时候，很有心机地不告诉董超、薛霸自己的身份，以免受到报复。其实，聪明、心机、诡计、知识点，这一类要素，并不能成为区别成年人与少年人的标准。鲁智深打架时候的聪明，与对社会认识的愚笨，形成一个极大的反差。这样的反差，造成

我们对鲁智深认识上的障碍。但是如果我们认识到，鲁智深的心理年龄仅仅是一个天真的孩子，这个反差自然就不存在了。

【林冲说起相谢鲁智深相救一事。鲁智深动问道："洒家自与教头沧州别后，曾知阿嫂信息否？"】

这句话之所以很扎眼，正是因为鲁智深天性纯洁，又不懂得中国人的社交规则，才在公开场合冒出这种唐突的问话。从人物心理来说，他就是一个口无遮拦的孩子！这是一个典型的童言无忌式的语言。

在梁山住了几个月，鲁智深突然想起史进了，说明他在梁山住得不开心，所以才会想起旧日朋友。到了少华山得知史进刺杀贺太守失败而入狱，鲁智深一听就火了，在宴席上说，明天去打死他。武松劝他不能鲁莽，回梁山搬救兵再说。鲁智深的倔脾气来了，"你看我去，还能咋样？"结果去了就被贺太守轻易抓获。

其实，故事的结构几乎是"拳打镇关西"的翻版，都是不考虑后果，不选择方法，全凭自己性子做事。

从鲁智深第一个故事到最后的故事，会发现，他经历多年的江湖生活，走南闯北见识了许多人和事之后，并没有因为时间的变化而产生变化，他始终是一个热血沸腾的纯真少年。在人类社会中，鲁智深这种外表是成年，而心理完全是少年的人实在少见。他更像我们今天的作家写一个外星人——能力超强，但是对地球上的各种社会规则完全不懂。

【生的面圆耳大，鼻直口方，腮边一部络腮胡须。身长

八尺，腰阔十围。】

作者写他是一个硬朗的彪形大汉，一个胖大和尚。从外表描述看，鲁智深刚刚出场时候，应该不小于三十岁，但是作者却没有告诉我们，鲁智深的心理年龄到底是多少岁。

这种写作手法，既体现了作者的狡猾，又是作者的无奈。在作者的眼中，肮脏的社会是由肮脏的成年人组成的。从来没有任何成年人，对待家庭暴力问题勇于阻止，对待文物古迹的损毁勇于制止，对待婚姻不公勇于反抗；甚至，对待性犯罪和性侵犯视而不见。

作者只能借助拥有少年心理的鲁智深，表达他对社会痼疾的痛恨和改造社会的心愿。而单纯的少年，从来都不是社会的主流，所以鲁智深的言行也不是《水浒传》的主流，甚至整个社会往往会忘记少年人的存在，即便发现了少年人，也会误解，像林冲误解鲁智深一样——他醉了。

纯真人在世俗人的眼中，永远都是醉了。纯真人在世俗人的眼中，往往说出的都是可笑的语言，办的也是可笑的糊涂事。真正的纯真，都会被成年人误解。

9

许多水浒迷表示非常喜欢鲁智深。如果是这样，有一个鲁智深这样的朋友会如何？假如你是鲁智深的朋友，他来你家做客，让他喝酒吧，然后他喝了两桶啤酒……第二天早上，发现他吐了你家满床，你受得了吗？然后，他在你家阳

台大小便，你受得了吗？要是敢不让他喝酒，他就给你交裆一脚！

咋办？领他到酒店喝酒吧。酒店有人吵闹，影响了他的心情，他就把酒店的碗啊盘子啊都扔地上。在酒店喝完了酒，你要是不让他回家进门，他就会砸你家防盗门，再不开门，他就要放火烧你家房子。进了门找你借钱。为啥呢？他遇见了某个可怜的小姑娘，要资助人家十万。你把自己省吃俭用攒了一年的八千元工资都给他，他转手就丢你脸上，骂你是抠门的吝啬鬼。你受得了吗？作者描写的鲁智深就是这个样子。

奉劝朋友们，谁要想说喜欢鲁智深，请慎重！免得一不小心，就成了"叶公好龙"里的叶公。其实，我们这个世界，并不喜欢永远长不大的幼稚人，纯洁的天真往往给我们俗人带来麻烦。但是，却只有纯真的人，才会对这个世界不公的规则说"不"。只有纯真的人，才会对这个世界的丑恶之处"该出手时就出手"。这才是鲁智深的伟大之处，这才是作者赞美他是佛的原因。

【"平生不修善果，只爱杀人放火。忽地顿开金枷，这里扯断玉琐。咦！钱塘江上潮信来，今日方知我是我。"】

哪怕这个枷锁是金玉所制，它依然是束缚人的枷锁。鲁智深依然要把它砸碎，把它扯断。鲁智深不懂任何社会规则，同时，他更不愿意受到任何社会规则的束缚。鲁智深是向往自由的人，向往天真和纯洁的自由。钱塘江上的大潮守信而来，鲁智深向往的纯真自由却始终没有得到。鲁智深没

有任何改变，这个社会也没有任何改变。我还是我！

【鲁智深答道："洒家心已成灰，不愿为官，只图寻个净了去处，安身立命足矣。"宋江道："吾师既不肯还俗，便到京师去住持一个名山大刹，为一僧首，也光显宗风，亦报答得父母。"智深听了，摇首叫道："都不要！要多也无用。只得个囫囵尸首，便是强了。"】

鲁智深的话很清楚地表达了他的失望。他不仅仅对梁山的前途失望，而是对整个社会失望。在鲁智深勇于出手、勇于面对那些不公之后，他仍然改变不了任何东西。

中国人的人生哲学，通常有入世和出世之说。入世，表示一个人渴望在现实生活中实现自己的价值，为此不断地努力，甚至在明知前途无望的时候，不在乎自己的生命，只追求"千古留名"。在《水浒传》中，宋江是入世的代表人物。

鲁智深坐化，一则是作者赞美鲁智深的精神，赞美他是真正的佛，同时，也是他"出世"的表现。他自己说"寻个净了去处"，而他不可能在当时的社会找到这个"净了去处"。鲁智深的失望其实就是作者的失望。

鲁智深的外号叫"花和尚"。在佛教中，花与佛教的关系非常密切，往往具有非凡的意义。《大日经疏》里说："所谓花者，是从慈悲生义。即此静心种子，于大悲胎藏中，万行开敷庄严佛菩提树。故说为花。"

达摩祖师来到中国，面壁坐禅九年，传法给慧可，并念一首偈语："吾本来兹土，传法救迷情。一花开五叶，结果自然成。"此传法偈被称为：花偈。

禅宗里面有"拈花一笑"的故事。释迦摩尼一言不发，拈婆罗花遍示大众。当时，所有的人和神都不能领会其意。唯有佛的大弟子摩诃迦叶尊者悟其意，微微一笑。于是，释迦摩尼便把花交给了摩诃迦叶，并把无相法门，以心印心之法传授给他。禅宗便在这"拈花一笑"中诞生了。

个人猜想，作者一定是希望鲁智深的精神，能像佛教中的花一样"一花开五叶，结果自然成"；一定希望鲁智深面对社会各种不公的时候，勇于出手的精神，像释迦摩尼手中的婆罗花一样，在人们中间盛开、传扬；一定希望人们像摩诃迦叶一样，把鲁智深这朵花传承下去。所以，鲁智深的外号叫"花和尚"，他像佛教中的花一样高贵。

在我们生活的这个世界里，始终找不到鲁智深这样的人物。但是，通过鲁智深的故事，我们知道，真正慈悲为怀的人是施耐庵先生。这个世界如果真有佛的话，应该是施耐庵先生。也只有他配得上这个称呼。

第三章 林冲是谁？

1

林冲扳过高衙内肩膀，高高举起的拳头，却停留在空中。这一幕让许多读者给林冲定了一个标签——怂包蛋。如果不怂呢？先说两个让人解气的方法：

第一，扳过肩膀，三拳下去，打他个鼻歪眼睛斜。然后——"呦，是您高衙内啊，没认出来。怎么？……鼻梁骨断了？抱歉，下手重了，真没看出来是您高衙内啊！原谅，原谅！"先打，再道歉。请问高衙内，捂着你的歪鼻子，还敢要这女人吗？书中这样写：【原来高衙内不认得他是林冲的娘子。若还认的时，他没这场事。】

有权势的家伙，做坏事的时候，也并非完全肆无忌惮，他们也有自己顾忌的地方。俗话说"鬼怕恶人"，恶人就是流氓无赖。没啥势力的牛二还敢在开封横行呢，这里面有必然因素。像流氓无赖一样揍高衙内，不会产生太严重的后果。这里面的逻辑，慢慢聊。再说一个高尚的方法。

　　第二，扳过肩膀，三拳下去，打他个鼻歪眼睛斜。然后呢，揪着高衙内去太尉府告状："太尉，有人冒充您儿子，在大街上公然调戏良家妇女，败坏您的名声，抹黑您高太尉的名望。下官为了太尉清誉，痛打了这厮。现交太尉处置。"猜猜高俅会怎么说？一定说："谢林教头体谅老夫，改日重重拜谢！"揍了他儿子，他还得谢谢！

　　这样的方法不是笔者妄言。明朝总督胡宗宪负责防御倭寇，官风凌厉，官民无不畏惧。他儿子路经淳安，带大批手下和行李，作威作福，凌辱驿馆官员。淳安县令海瑞立刻派衙役逮捕这个公子哥，押解至总督衙门，声称这个胡公子是假冒，因为总督大人高风亮节，不可能有这样的不肖儿子。弄得胡宗宪一点招没有，干吃哑巴亏。

　　权臣多有政敌，他的政敌都会在暗处盯着，看看他有什么把柄能被揪住。利用权臣的政治心理，占他们一点便宜，他们不会吭声。地位越高的人，越注意影响。因为他得保持自己的高姿态，假装宰相肚里能撑船。

　　祢衡当众骂曹操，曹操忍了，不与他计较。祢衡又骂刘表，刘表也忍了。祢衡去骂黄祖，黄祖可不忍，马上把他杀了。这个故事就是告诉咱们，官当得越大，越注意影响。真把高俅这样的高官得罪了，即便事后给林冲小鞋穿都会有所顾忌。这事一旦闹大，就是高俅父子的污点，污点嘛，还是遮掩一些为好。看看林冲打官司的情节：

　　【孙定道："谁不知高太尉当权，倚势豪强，更兼他府里，无般不做。……"滕府尹也知这件事了，自去高太尉面前，

再三禀说林冲口词。高俅情知理短，又碍府尹，只得准了。】

从法理角度来说，林冲携刀入白虎堂有罪。而林冲辩解自己老婆受调戏，高俅陷害自己这一说，虽然是事实，在法庭上却拿不出证据。如果按照法律严格执行，林冲必获重罪，他的官司不可能打赢。

注意滕府尹的言行，"再三禀说林冲口词"。也就是说，滕府尹不停地念叨：林冲说您儿子调戏他老婆，林冲说您是陷害！在这种情况下，高俅居然"只得准了"。仔细琢磨这场景：身为高官，拿着打官司的有利证据，面对下级官员不停地提溜自己的小辫子，认怂了。窝囊不？

最终判决对林冲有利，是因高俅所忌惮的正义一方的胜利，而不是法律的胜利。同时，也是高俅为了掩饰自己的陷害行为，为了保住自己朝廷大员的面子而做出的让步。孙定、滕府尹等人保护林冲的行为，无疑是与高俅唱对台戏。高俅明明拿着陷害的证据，在法律面前处于优势，却无可奈何。这种情形，往大了说，就是高俅的政敌在牵制高俅，这就是当时的政治局势。

高俅的地位决定了他的每一个言行都会产生政治影响，很多行为会投鼠忌器。从这一点来说，反而是地方官，比天子脚下的朝廷大员更敢胡作非为。所以，至少在目前，林冲揍人之后的风险并不大。恰恰是林冲没有把事闹大，被害的风险反而提高了。正是有这样的逻辑性，很多读者才会骂林冲是怂包。

林冲选择了"息事宁人"的方式来解决问题，可是这

能算林冲的缺点吗？"退一步海阔天空"的理论，几乎是我们中国人的生存哲学。林冲就是按照我们国人的思维方法来做事，怎么能责备林冲呢？林冲没有揍高衙内，除了忍耐和宽容心理以外，还有一个重要因素。林冲自己是这样说的：

【林冲本待要痛打那厮一顿，太尉面上须不好看。】

没动手，大家把这事当成误会就过去了，一旦动了手，事情必然闹大。朝野上下的舆论，必然会指责高太尉的儿子胡作非为。高衙内挨揍是小事，高太尉的脸可就丢大了！林冲不想打人的真正原因，就是为了维护高俅的面子。

【陆虞候道："如今禁军中，虽有几个教头，谁人及得兄长的本事。太尉又看承得好。却受谁的气？"】

高俅很关照林冲。可是，你林冲因为误会，就把人家儿子给揍了。闹到最后，伤了领导对自己的好心，还有损领导的声誉，真要这么做，是不是过分了点？上面两条信息表现出来的因素，就是我们中国人最看重的一种生活方式：处理任何事，都要看面子。

林冲对鲁智深说：【自古道："不怕官，只怕管。"林冲不合吃着他的请受，权且让他这一次。】

这样的语言，显示林冲很怕事，不敢惹当官的。这种因素存在吗？可能也存在，但并不是主要原因。如上面举的例子已经说明，林冲若真揍了高衙内，风险并不大。后来李小二曾经评价林冲：【李小二道："你不省得。林教头是个性急的人，摸不着便要杀人放火。"】

事实证明，李小二了解林冲。林冲后面的故事都是讲

"杀人放火"的事。所以林冲说，"不怕官，只怕管"，更大的可能是自谦和低调的说法。而林冲给领导"面子"的因素，却无法对鲁智深一两句话解释清楚，甚至容易被误解为巴结领导，而不好意思开口解释。

林冲看在高俅的面子上，退了一步，对方却进了一步。受害者不愿意声张的心理，反而鼓励了罪犯的胆量，刺激了罪犯的犯罪欲望，这是忍让之后的负面效应。高衙内利用林冲的朋友陆虞候，想霸王硬上弓。

【林冲上的楼上，寻不见高衙内，问娘子道："不曾被这厮点污了？"娘子道："不曾。"】

虽然事态还没有发展到最坏的地步，对林冲来说，也是很大的侮辱。

【林冲拿了一把解腕尖刀，径奔到樊楼前去寻陆虞候，也不见了。却回来他门前，等了一晚，不见回家，……林冲一连等了三日，并不见面。】

显然，林冲的行为只是威慑，并不想杀人。如果林冲想杀人，应该是下面的虚构：

林冲一声不吭地把老婆带回来，再找个偏僻的房子搬家。让人以为老实巴交的林冲忍了，躲了。等到事态平息了，时间慢慢过去几个月，在某个月黑风高的夜晚，陆虞候在自家背后的小巷子中，被人割了脑袋。就如石秀在蓟州做的那样。不过，不懂得用阴险手段去杀人算是缺点吗？

中国人从小接受的教育是"忍耐和宽容是美德"，从来不会有长辈或者老师教导说：谁要欺负了你，拿刀捅死他！

这就是中国人的"中庸之道"，做事不能走极端。

虽然高衙内下流无耻地欺负人让人气愤，可是，轻易用刀子解决别人的生命，是既违背法律，又于己不利的坏方法。唯一的好方法是请求法律的介入。不过，在宋朝，这样的方法只能是笑话，所以林冲选择了折中的，也是比较温和的方法——威慑，希望对方知难而退，不要鱼死网破。在林冲看来，至少在目前，还没有达到必须杀人的地步。在道德思想的影响下，我们大多数中国人，恐怕都如林冲一样，都不会轻易选择用极端的手段解决问题。

林冲到底是什么样的人？从目前已知的事迹分析他吧。见鲁智深演武喝彩，并结交了鲁智深，这说明林冲是一个有眼光有才能的人。他后来在沧州遇上的李小二，是一个小偷，但是，林冲依然挽救了这个不成器的家伙，说明林冲是一个善良和宽容的人。买刀时候，他问卖刀人：你祖上何人？卖刀人说：别提了，羞辱祖宗。林冲马上不问了。这个过程说明林冲是一个体贴、善解人意的人。

林冲误入白虎堂一节，说明：第一，林冲级别低，根本不可能参与军机要务。这是显而易见的身份描述。同时，说明林冲从来没有巴结过高俅，恐怕没进过几次太尉府，所以他完全不知道白虎堂的所在位置。试想，黄文炳整天往江州蔡知府家中跑，陆虞候、富安听说高衙内身体不舒服了，便跑去府中探病。这一类人，会不知道太尉府中白虎堂的所在位置吗？用白虎堂这个地点来陷害林冲，就已经说明，林冲与黄文炳、陆虞候、富安，完全不是同一类人。

【林冲把这口刀，翻来复去，看了一回，喝彩道："端的好把刀！高太尉府中有一口宝刀，胡乱不肯教人看。我几番借看，也不肯将出来。今日我也买了这口好刀，慢慢和他比试。"林冲当晚不落手看了一晚，……两个承局叫道："林教头，太尉钧旨，道你买一口好刀，就叫你将去比。太尉在府里专等。"林冲听得说道："又是什么多口的报知了。"】

林冲压根就不想让高俅知道自己有了一把好刀。所谓"慢慢和他比试"，是作者小小的伏笔，同时也是对林冲爱刀的一种心理描写。这是作者高超的一石二鸟的写作手法。几乎所有对文物或者把玩件喜爱的人都有此种心理，从内心当中巴不得与人比上一比，显摆显摆。可是，你若真让他拿出来让大家好好观赏一下，恐怕又舍不得，似乎别人看了一眼，宝贝就会掉了价一样。所以高俅自己有一把好刀，都不会让别人看。

林冲有才能、善良、体贴、正直，无论从他的思想还是生活行为来看，林冲都是一个最普通的儒家道德培养出来的杰出人物。这个有才能的正直军官的生活，就是没事陪老婆逛街，与朋友在酒店三杯两盏地喝酒，有了喜爱的物件，花一千贯买下来，晚上不睡觉地把玩。但是，他对自己朋友的品行并不了解，他识人不明。说明他对人生思考得很少，还只是一个混日子的军官。

假如让我们在《水浒传》中找一个最典型的、最能代表中国普通老百姓行为心理的人，非林冲莫属。除了比普通老百姓有钱以外，林冲的优点与缺点，都能在我们普通人身

上找到，非常具有代表性。林冲的早期行为，都是儒家道德教育下的正常反应。他有忍耐和宽容的美德，懂得用中庸的方式解决问题，更擅长用中国人看面子的思维处理事情。林冲的这些特点是传统中国人的典型特点，在很多时候都可以看成是中国人的优点。

但是，林冲的结局是家破人亡，他身上的这些优点，都不能成为保护自己的盾牌。

如果把林冲看作中国传统儒家思想的代表人物的话，那么他的故事则是表现了儒家道德在面对恶意攻击的时候，毫无还手之力的窘态和悲哀，反映出来的是儒家道德受到攻击之后的软弱无力。中国人传统道德最缺少的，就是尖锐的反击力量。这大概就是作者创作林冲这个人物的根本意义所在。作者在几百年前，用林冲的故事，就提出了儒家道德的缺陷以及可悲之处。

说到这，想起了鲁迅先生。鲁迅先生对中国旧道德一贯采取抨击的态度，因为一个民族的道德无法保护自己的时候，甚至在民族危亡之际，民族的美德只能成为民众的安抚剂，的确会让人怀疑，自己信奉的这些美德是否还有存在的意义。

文化世代相传。从施耐庵发展到鲁迅，是一脉相承的因果。假如这二位大师能够交流，他们一定有共同语言。虽然施耐庵先生是传统文化的拥护者，鲁迅先生是传统道德的反对者。虽然他们貌似敌对，却是血脉相连的关系，因为他们都看到了儒家道德软弱的一面。个人认为，这就是林冲的

故事所表现出来的最有价值的一点。

林冲应该是能够与阿Q并列于中国文坛的小说人物，并且林冲更能代表国人的普遍性。林冲表现得更多的是中华民族的优点，但是这些优点在小说中变成了让人可怜的弱点，看似让人深恶痛绝，却深深地刻在我们每一个中国人的骨子里。这样的情形，我们怎么能轻易割舍呢？我们可以不看任何人的"面子"，但是对于"忍耐和宽容"的美德，对于"中庸之道"的精神，我们能够彻底抛弃吗？

某些人认为林冲应该像王进一样，发现苗头不对，趁早远离。这种判断，是用结果来推论过程，把逻辑搞反了，是站在事后诸葛亮的角度做出的分析。这样的分析甚至得出林冲不敢及时反抗朝廷的荒谬结论。

因为事态的发展过程中，没有任何迹象表明，仅仅因为一个女人，高俅便利用权力想整死林冲。在中国古典文学或者古典戏剧当中，"欺男霸女"这一题材非常多。这种题材是观众的观赏心理，及社会中对女性的态度相结合之后的复杂因素而产生的。暂不讨论题材问题，先思考一个基本逻辑：是否娶了一个漂亮女人，丈夫必然会被人害死？娶漂亮女人要冒生命危险吗？这个逻辑能成立吗？

假如这个逻辑不成立，怎么能要求林冲会预料高俅必然害死自己？更不要拿古代社会与今天的社会进行对比，古代的漂亮女人也都嫁人了。在现实生活中，某些地痞流氓倒是对女友说过类似的语言，不过大多也是吓唬人，没见谁听到这种话立刻杀人，然后上梁山当强盗去。

用超出常人的思维来要求林冲显然不合适。不过，现在的林冲就碰上这么离谱的超出了常人思维的事。而这么离谱的事，真是为了一个女人吗？笔者可以负责任地告诉大家：绝对不是！

高俅迫害林冲的真实原因是什么？

作为高俅这样级别的人物，为了一个女人害死林冲，最大的风险就是把自己儿子的丑闻扩大化，给自己在政治上带来不利影响。这也是高俅在此官司中能够让步的根本原因。既然如此，何必陷害林冲？给儿子弄来一大堆女人，自然就能把儿子打发了。

某些人可能说，高衙内为了林冲老婆得了相思病，自己说活不了几天，所以高俅必须害死林冲。这种撒娇的语言怎么能相信呢？高衙内这种花花公子，恐怕早就阅女无数了，哪来的纯情？《红楼梦》里的一句话说"妻不如妾，妾不如偷，偷不如偷不着"，最能解释高衙内的心理。林娘子在高衙内心中就属于"偷不着"，越是偷不着，越想去偷，所以对富安等人撒娇，说自己活不了几天。得病可能会死人，但是相思病难死人。

【高衙内自从那日在陆虞候家楼上吃了那惊，跳墙脱走，不敢对太尉说知，因此在府中卧病。】

他自己的流氓事，都不敢告诉他爸爸，因为他自己明白，这种胡作非为不可能得到父亲的支持。高衙内得不到林娘子，又不敢对父亲说，只能躲房间里生闷气。时间久了，再碰上新女人，自然就过去了，不是什么大不了的事。他并没

有害死林冲的迫切需求。

【陆谦道："衙内何故如此精神少乐？"衙内道："实不瞒你们说，……眼见的半年三个月，性命难保。"二人道："衙内且宽心，只在小人两个身上，好歹要共那妇人完聚。"】

富安定计利用陆虞候引开林冲。陆虞候是被富安拽进了事件的旋涡当中，或者说，陆虞候为了巴结高衙内，自己也愿意蹚这个浑水。这样，就导致林冲把愤怒的矛头，直接对准了陆虞候。

林冲拿着刀，等了陆虞候三天。在读者看来，林冲纯属于吓唬人。但是，在陆虞候眼里也是吓唬人吗？万一真碰上了，谁敢保证林冲不捅死他？陆虞候在太尉府躲了三天，可是三天以后呢？几个月以后呢？谁敢保证林冲不弄死陆虞候？即便不弄死他，打他个半死，恐怕也是正常吧。林冲已经用刀向陆虞候表明了态度，只要林冲活着，陆虞候的危险时时刻刻都存在。所以，真正迫切想害死林冲的是陆虞候！

事态发展到这般地步，陆虞候与富安只能再次利用高衙内的邪欲，置林冲于死地。这样既巴结了高衙内，又能保护自己的安全。他怎么操作的呢？

【那陆虞候和富安见老都管来问病，两个商量道："只除恁的。""……若不如此，已定送了衙内性命。"老都管道："这个容易。老汉今晚便禀太尉得知。"】

高俅是从老都管嘴里才知道事情的全部经过。那么，高俅与老主管都会幼稚地认为，得不到林娘子，害了相思病

的高衙内就会死吗?

【高俅道:"如此,因为他浑家怎地害他?我寻思起来,若为惜林冲一个人时,须送了我孩儿性命,却怎生是好!"】

高俅第一句话"如此,因为他浑家怎地害他",可以理解成"有何方法害他",也可以理解成"无法害他",怎么理解都可以。能成为依据的是后面一句,"若为惜林冲一个人时,须送了我孩儿性命"。高俅认为,如果惋惜可怜林冲一个人,会断送高衙内的性命,也就是说,高俅得到的信息,是自己儿子的生命受到了威胁。

如果相思病不能威胁高衙内的性命,又是谁威胁了高衙内的性命?作者其实已经给我们读者写出来了:

第一,【原来陆虞候家只在高太尉家隔壁巷内。】第二,【府前人见林冲面色不好,谁敢问他。】

以上两条信息,是高俅迫害林冲的主要原因。林冲拿刀找的目标是陆虞候,而不是高衙内。但是,陆虞候与高太尉家是邻居,相距很近。太尉府的人看见林冲在门前恶狠狠地转来转去,必然以为林冲想杀高衙内,毕竟林冲砸了陆虞候家的根本原因,是高衙内胡作非为的行为。人人都知道高衙内才是真正的肇事者,谁会想到林冲不杀真正的肇事者,反而去杀帮凶?

林冲的行为,加上富安与陆虞候口口声声为了"高衙内的性命"等说辞,故意误导老都管,导致老都管和高俅必然相信林冲想杀高衙内。而高俅为了保护儿子的生命安全,才产生了对林冲的迫害心理。简单地说,迫害林冲的原因,

是林冲在太尉府附近暴露自己的杀气，而导致了高俅的误解。

高衙内前期的胡作非为，高俅完全不知道，是富安、陆虞候这类帮闲宠着高衙内乱来。用今天的话说，高衙内的行为是典型的"坑爹"行为，很有可能导致高俅被政敌抓住把柄，或者让上级不满。不管官场状况如何，聪明的权臣都不会轻易让别人揪住自己的小辫子，所以高俅不可能支持儿子的行为，这也是高衙内不敢把自己的恶行告诉父亲的原因，也是后来在打官司的时候，高俅能够让步的根本原因。如果真如某些读者想象，在黑暗的旧社会，高俅就可以为所欲为，那么高俅打官司时，面对下级官员提溜自己小辫子的时候，何必让步呢？

2

林冲没有料到自己的行为，被高俅误认为试图杀高衙内。所以，林冲找不到陆虞候之后：【自此，每日与智深上街吃酒，把这件事都放慢了。】

如果是高廉这样为恶的地方官，为了女人而迫害林冲，概率还能大一些。而高俅这样高级别的官员，更重视政治影响。政治上的牵制与平衡，在任何朝代都存在，这才是封建时代统治者的常态，而不能把董卓祸国殃民的特殊时期当成常态。

在整部小说中，尤其在后来的招安过程中，在朝廷里面，

对梁山持强硬态度一派，与对梁山持温和态度的招安一派，他们之间始终在相互制约。没有哪一派能够一蹴而就。这样的斗争和制约，在封建王朝时期是最正常的状态。在这样的状态下，权倾朝野的家伙，也会有所顾忌。

林冲和许多旁观者一样，以为是美丽的妻子给他招来厄运，所以他休妻了。如果他知道，高俅认为他活着就会危害自己儿子的性命，休妻又有何用？"休妻"一事正说明，林冲对自己受到迫害的真实原因并不了解。

当人的生命岌岌可危的时候，在恐惧之下暴露出来的人性自私的本能，让林冲做出了休妻的决定。如果林冲不休妻，搭上自己微不足道的生命，也无法阻挡高衙内的恶行。从现实利害的角度来看，林冲只是把自己如螳螂一般的身躯从车轮下挪开而已。在生命如此脆弱的情况下谈道德和尊严，是何等奢侈的事？

林娘子没有像丈夫一样妥协，只能用生命维护自己的尊严！对于道德和尊严的坚持，饱受道德桎梏的中国女性往往更加坚毅。

林冲受尽虐待和磨难，终于来到了野猪林。【薛霸……看着林冲说道："不是俺要结果你。自是前日来时，有那陆虞候传着高太尉钧旨，教我两个到这里结果你……"】

注意：所谓"陆虞候传着高太尉钧旨"这一句，很容易带来误解。因为，有可能是高俅本意，也有可能是陆虞候假借高俅之名。如果薛霸明确说"我们得到太尉的命令弄死你"，林冲可能及时反省。薛霸偏偏把这句话的重点放在陆

虞候身上，恐怕连薛霸自己都误以为，是陆虞候假借高俅的名义害死林冲，否则林冲已经服软了，已经把老婆让出来了，何必非要弄死他呢？寿王把自己的老婆让给了父亲唐明皇，让她成为杨贵妃，故事就可以结束了，何必非弄死人呢？

林冲被陷害的故事之所以非常复杂，是因为高俅、高衙内和陆谦这三个人，都希望林冲死，但是他们三人的动机又完全不相同。高俅是为了保护儿子，高衙内是为了得到林娘子，而陆谦是为了保自己的命。

林冲以为休妻之后就能获得安全，其实，这一条只满足了高衙内的目标，而没有满足高俅和陆谦的目标。林冲很清楚陆谦是自己的死敌，所以会误以为在野猪林，背后的真凶是陆谦。正因为林冲完全不了解高俅陷害他的真正原因，自以为放弃老婆就安全了，所以在沧州再一次面临危险时，林冲同样没能做出正确判断。

【两个公人道："好个莽和尚，一下打折了一株树。"林冲道："这个直得甚么！相国寺一株柳树，连根也拔将起来。"二人只把头来摇，方才得知是实。】

本来董、薛二人猜测，救林冲的大和尚可能是相国寺的鲁智深，却被林冲证实了，导致鲁智深受高俅迫害，只能流落江湖。这件事似乎成为林冲的第二个污点：他有出卖恩人和朋友的嫌疑。

【行了十七八日，近沧州只有七十来里路程。一路去都有人家，再无僻静处了。】

这个环境让董超、薛霸再谋害林冲就不容易了。可是，

这种环境对鲁智深的安全产生了威胁。"一路都有人家"，说明随时可能有公差出现，那么，董、薛二人使坏招子陷害鲁智深就有了可能性，所以鲁智深必须离开，无法继续保护林冲到沧州。鲁智深一旦离开，林冲虽然没有生命危险，但是身体受折磨的危险却立刻上升了。

【智深轮起禅杖，把松树只一下，打的树有二寸深痕，齐齐折了。喝一声道："你两个撮鸟，但有歹心，教你头也与这树一般！"】

作为林冲来说，这种威胁能否起到效果并不保险，虽然鲁智深很强大，毕竟不在身旁。惊弓之鸟之所以死掉，就是因为被刻骨铭心的伤痛吓死的，而林冲现在就是一个惊弓之鸟啊！鲁智深刚刚打算离开，林冲的脚立刻就疼起来了。干脆把自己强大朋友的名字告诉公差，可以完全避免自己再次受到虐待。

林冲的妻子若是没有休书，她的妻子身份，会对自己有一个无形的保护作用。可是，林冲在危难情况下的自保行为，导致他妻子的微弱的防护网被拆除了，林娘子只能以死明志。这是林冲为了保命而有意伤害了妻子的利益。

林冲为了保护自己不受到虐待，利用鲁智深的名声保护自己，是无意当中出卖了朋友的利益。作者通过林冲这两件事，描写的是我们人类在面临巨大威胁时候的自私本能。作者始终都是把林冲当成中国人中最普通的一分子来描写。此刻的林冲是一个普通如虫蚁一般的生命，为了生存下去不断挣扎，在挣扎的过程当中，手脚难免踩到了别人的脸上。

在危难情况下的自保行为，导致有意无意伤害到别人的利益，是我们人类共有的人性弱点之一，是我们人性的通病。这种人性的弱点和通病，并非只在懦弱的人身上出现，而是会出现在所有人的身上，尤其在危难来临之际。就如海难落水之人，为了抢夺救生艇上的位置，而把其他人挤下海里一样。

所以，林冲是最平凡的人，不是英雄。

林冲的故事不是很长，却有几个鲜明的段落能反映出他思想的变化。休妻之前的林冲，面对高衙内的凌辱采用的所有应对方式，都是在儒家思想教育下的一个普通中国人的正常反应，没什么可以指责的。如果指责，应该指责当时的社会，让一个普通的百姓遭受凌辱却无还手之力。林冲并没有犯下严重的错误，却依然受到无情打击，这种毫无办法的压迫感，才是作品的悲剧力量所在。

休妻之后的林冲，走在了发配的道路上。他所有的言行，都是求生的本能。而求生的过程容易伤害别人，更容易丢弃自尊。

【……此间称为柴大官人。……他道你自有盘缠，便不助你。我是好意。】

林冲投奔柴进的目的简单明了，就是为了获得资助。其实，鲁智深临分别之时给了林冲接近二十两银子，这不是一个小数，至少目前林冲不缺钱用，他缺少什么呢？安全感。

林冲就因为娶了一个漂亮老婆，莫名其妙天降灾祸，差一点丢了命，这样的变故必然会打击林冲的世界观。在整

个被陷害的过程中，没有什么东西能保护他，自然会让林冲产生极大的不安全感。而这个世界上，貌似能给人带来安全感的东西，只能是钱，越多越好。

柴进热情招待林冲，林冲谨小慎微。而洪教头误解了自己的饭碗受到了威胁，挑衅林冲。【柴进大笑道："也好，也好。林武师，你心下如何？"】

注意，柴进对林冲的称呼有了变化，刚见面时候称呼"林教头"，现在称林武师，明摆着挤对林冲。您是学武术的武师，好意思不动手吗？柴进反复鼓动林冲，打吧，没事儿。林冲这才放心了。

【林冲道："小人只多这具枷，因此权当输了。"】

刚动手没几招，林冲认输。可是从林冲的语言能发现，他并不想认输，而是抱怨有刑具在身，比武不公平。林冲的抱怨，反映出他强烈的求胜欲望。柴进拿出十两银子递给董、薛，把枷开了。开枷之后，柴进又拿一个二十五两的大锭银子。

【柴进心中只要林冲把出本事来，故意将银子丢在地下。】

作者写出的这句话，貌似不符合逻辑，其实却符合逻辑。从林冲抱怨有刑具在身，已经能发现林冲就是想赢。既然想赢，必然会拿出真本事，好像没必要用银子来刺激林冲。可是，林冲投奔柴进目的何在？不就是为了银子而来吗？担心自己输了，抱怨有枷在身，这一切言行，在柴进的眼里，不就是为了银子吗？柴进把二十五两大锭银子，往地下一丢，

是用一种很直白的方式告诉林冲，你既然为这个东西而来，赢了，它就是你的！

柴进为人处世的方法很差劲。不过，换个角度思考这个问题，作为囚犯的林冲，投奔柴进的目的就是来混钱，这样的生存方式还有自尊吗？一个不要自尊的人，怎么能获得别人的尊重呢？

【只见数个庄客，托出一盘肉，一盘饼，温一壶酒；又一个盘子，托出一斗白米，米上放着十贯钱，都一发将出来。柴进见了道："村夫不知高下！教头到此，如何恁地轻意？快将进去，先把果盒酒来。随即杀羊，然后相待。快去整治。"】

林冲刚来的时候，庄客把他当成一般的囚犯对待。柴进说，这些村夫不知高低，换好酒好肉。貌似很尊重林冲，其实庄客不过是把林冲当成小泰迪犬，用两根火腿肠就打发了。而柴进懂得林冲是藏獒，得多吃几斤肉。难道多喂藏獒几斤肉，就算尊敬藏獒吗？

打败洪教头，柴进有啥好处？没有。不喜欢洪教头，可以用很多方式打发他走，没必要非得揍他一顿。若是打败林冲，柴进有啥好处？也没有，反而让柴进丢面子。林冲赢了又能怎样？柴进也没打算请一个囚犯来当老师啊。

两人比武，不管谁输谁赢，对柴进都没啥好处，何必非得让两人打上一架？说白了，这就是有钱人吃饱了撑的，找两人打一架，看看热闹，寻个刺激，找个乐子。这样的比武，对林冲和洪教头而言谈何尊严？堂堂八十万禁军教头，就是给你柴进找乐子的？对！柴进就是这么想的。所以，柴进把

二十五两大锭银子，往地下一丢。这是"彩头"。

当一个人选择了不要自尊的方式生活，甭管能赚多少钱，都是别人喂狗的骨头。假如是这样，还要抱怨别人不肯尊重自己，岂不是太没有自知之明。

【叫将利物来送还教师。林冲那里肯受。推托不过，只得收了。柴进留在庄上，一连住了几日。每日好酒好食管待。又住了五七日。两个公人催促要行。】

林冲在柴进家住了十几天。作者写这十几天，却给分成了两部分写，中间插上一句，"每日好酒好食管待"，可能是描述前面几天的日子，也有可能是描述后面几天的日子。个人推测前半部分【一连住了几日。每日好酒好食管待。】应该是一个完整部分，后面的【又住了五七日】，恐怕就没有好酒好食的管待了。为啥呢？请参考武松在柴进家的生活。

林冲临别之时，柴进说：【待几日，小可自使人送冬衣来与教头。】把洪教头揍一顿，也算没白揍。

在《第九回　柴进门招天下客　林冲棒打洪教头》一回中，作者在后半部分，几乎用了四分之一文字，描写林冲行贿，和差拨、管营的丑恶嘴脸。许多读者都把这段故事中的林冲与武松和宋江进行对比，同样是发配的囚犯，看看武松和宋江多牛！林冲多窝囊！

咋比？武松自己都不想活了，当然是见人怼人（武松的心态后文分析）。宋江背后有几千梁山强盗的支持，把吴用给戴宗的信丢到戴宗脸上，戴宗吭都不敢吭，当然像侍候

爷一样侍候宋江。

林冲有什么？柴进的信吗？管营拿了柴进的信，照样想烧死林冲。王伦看了柴进的信，照样想赶走林冲。柴进说我有丹书铁券，照样被人胖揍一顿，然后扔井里……整部《水浒传》有人把柴进当一回事吗？只有他把自己当一回事，认为自己很牛。

林冲不要脸面地去柴进庄上混银子，不知道柴进瞧不起他吗？二十五两的大锭银子，丢地上算怎么回事？在柴进家里待了十几天，后半截日子就没有酒肉吃了，难道不懂得柴进的心思吗？谁敢依靠不尊重自己的人？除非林冲不想活了。否则，在沧州牢房，能倚仗的只有银子，只有银子能让他安稳地活下去，而且还要拿出奴才样。柴进的信，是收了银子之后的人情，没有银子，柴进的信就是废纸。（关于柴进的故事，另文分析。）

作者把整个章节的四分之一来写林冲行贿，就是在描写林冲在死亡线上爬出来之后生存的艰辛。还是那句话：能生存下去都是如此的艰难，谈自尊，还是一件奢侈的事啊。

3

【话说当日林冲正闲走间，忽然背后人叫。】

林冲闲走。作者的每一个字都不是"闲"写。银子起了作用，人轻松了，可以没事逛街喝酒了，所以是"闲"。他若知道高俅根本不允许他活下去，哪里会有"闲"。

机灵的李小二发现自己的客人"来得尴尬"。讲开封口音的外地人，不认识管营和差拨，却请人喝酒，还送银子，又见说"什么高太尉……好歹结果了他性命"，自然就把这事联系到林冲身上。

【林冲大怒，离了李小二家，先去街上买把解腕尖刀，带在身上。……街上寻了三五日……】

林冲在开封第一次拿刀，大概率是吓唬人。在沧州这次拿刀，恐怕不是吓唬人了。若说林冲很理智，应该差不多。认为林冲懦弱，恐怕不准确吧。

【径到李小二家，……林冲道："却不害我，倒与我好差使，正不知何意？"】

当林冲得知了有个好差使，就已经怀疑里面有鬼，但是无论如何也没有料到，他们会用火烧草料场的方式害人。

有一个词叫"犯罪成本"。当犯罪成本越低的时候，越容易产生犯罪行为；反之，犯罪成本越高，越能够遏制犯罪。假如谋害林冲的主谋是陆虞候，他百分百地不会买通管营火烧草料场。草料场是军区后勤仓库，若是被烧，管营会被上级追究管理责任，他的犯罪成本太高。所以，林冲和李小二想破脑袋，也不知道这里面有阴谋。

而烧个草料场的犯罪成本，对高俅来说真是"毛毛雨"。

一些人批评林冲对朝廷不舍，不愿意反抗统治阶级，完全是对林冲的误解。如果他能明白高俅是出于保护儿子的心理而陷害他，他还会在沧州"闲走"？难道林冲不懂得沧州也在高俅的管辖范围之内？难道林冲不懂得"普天之下莫

非王土"？林冲不会这么弱智。

林冲的故事，有一个连贯性的诡诈点。陷害者高俅一方，与受害者林冲一方，他们双方始终是误解状态。高衙内调戏林娘子是因双方不认识，在误会的状态下而产生的矛盾。陷害林冲，却是陆虞候等人的故意阴谋。

林冲的愤怒，导致高俅误解他要杀自己的儿子。高俅为了保护儿子而陷害林冲，却导致林冲误解高俅，以为他与儿子一样，目标是林娘子。所以，林冲休妻，以为可以脱祸。

在这样的误解状态下，野猪林的遭遇，明明主谋是高俅，却很容易被林冲误以为主谋是陆谦一个人，所以林冲后来在沧州闲逛，完全不知道自己的厄运还没有结束。正因为已经休妻的林冲没有对高俅的陷害动机搞清楚，所以他无法想象草料场还会有一个不计犯罪成本的惊天大阴谋。

【林冲听那三个人时，一个是差拨，一个是陆虞候，一个是富安。林冲道："天可怜见林冲，若不是倒了草厅，我准定被这厮们烧死了！"】

草厅倒塌的必然性，根本不用推论。当小人物无法把握自己命运的时候，厄运是天降灾祸，幸运是上天眷顾，自己何曾主导过命运？即便杀死自己的仇人，都有"山神庙"这个巧合的因素。

若没有小小的山神庙，当夜林冲住哪儿？若没有小小的山神庙，陆谦等人放火之后躲哪儿？若没有小小的山神庙，陆谦等人的计谋就成功了。大火燃烧的时候，林冲第一个念头是去救火，他并不知道这场火是杀他的罪名。小人物

的悲哀，就在于无法主导自己的命运，而依靠冥冥之中的巧合生活下去，能够活下去，都是幸运而已。普天之下的小人物莫不如此！

林冲从来都不是英雄，即便是在山神庙像英雄一样除掉恶人，他也不是英雄，他就是一个普普通通的小人物。山神庙，长枪莽莽、匕首翻飞，并不是英雄的舞台，而是小人物对悲苦命运的发泄。小人物的复仇依靠的只是巧合，依靠的也只是"天可怜见"。其实，小人物的复仇，都找不到真凶。

【被与葫芦都丢了不要。提了枪，便出庙门投东去。】把生活用具全部丢掉，从此以后，伴随林冲的只有枪，只有武器。

两次重大的变故，导致林冲产生两次重大的变化。原来在开封生活的林冲，是一个儒家道德教育出来的谦谦君子。入狱发配之后的林冲，变成了一个只为了求生，而不顾忌伤害任何人的没有自尊的可怜虫。而风雪山神庙之后的林冲呢？

【林冲便道："小人身边有些碎银子，望烦回些酒吃。"……林冲又道："胡乱只回三五碗与小人御寒。"……"没奈何回些罢。"】连求三次，希望能给点酒喝。对方说，好意让你烤衣服，你还来要酒？快走，不走给你吊这儿。

【林冲怒道："这厮们好无道理！"】把手中枪看着块焰焰着的火柴头，望老庄家脸上只一挑将起来，又把枪去火炉里只一搅，那老庄家的髭须焰焰的烧着。众庄客都跳将起来。林冲把枪杆乱打。老庄家先走了，庄家们都动弹不得，被林

冲赶打一顿，都走了。林冲道："都去了，老爷快活吃酒。"】

打跑了你们，自然就有酒喝，何必求人？儒家宽容、谦让、忍耐的美德在哪里？都没有了，所有儒家思想的美德全部消失。

林冲抛弃了过去所有的美德，因为这些美德非但无法保护他，甚至成了令他陷入悲惨境地的源头，成了邪恶势力的帮凶。原来的世界观和人生观，全部、彻底地改变了，现在的林冲，手里只有枪，只相信武力，只相信丛林法则。林冲到了梁山酒店，悲愤而又自信地写下"他年若得志，威镇泰山东"。江湖上都知道林冲是一个有武力值的英雄，依靠武力，依靠手中的枪，将来必然能威震泰山。

到了梁山，林冲受到王伦刁难。

【"但凡好汉们入伙，须要纳投名状。是教你下山去杀得一个人，将头献纳，他便无疑心。这个便谓之投名状。"林冲道："这事也不难。林冲便下山去等。只怕没人过。"】

对于武艺高强的林冲来说，杀人不难。对于我们普通人来说，杀人很难吗？其实也不难。杀人不是高技术活，只要有胆量，敢下手。束缚我们不去杀人的东西，除了法律，还有道德。

梁山是没有法律的地方，而道德呢？对于林冲来说也不存在了。所以，林冲很轻松地表示，杀人不难！

【林冲正没好气，那里答应，睁圆怪眼，倒竖虎须，挺着朴刀，抢将来斗那个大汉。】

林冲看见杨志来了，恶狠狠地抢起朴刀就上。假如说

杨志不是武林高手，而是一个普通过客呢？此时若是被林冲杀了呢？我们读者又怎么评价林冲，拿无辜人的脑袋做投名状的行为？

林冲休妻、下意识地出卖鲁智深，是人性的污点，是应该批评。但是，毕竟没有直接伤害别人吧。可是，现在的林冲，为了自己能够生存下去，拿起刀，恶狠狠地要杀害无辜者的生命，反而见不到一个批评者。

当林冲处于最弱势的状态，在生死线上挣扎的时候，所有的微小动作都会招来苛责。可是当林冲强势地拿起刀，为了个人利益准备杀害无辜者的时候，却没有一丁点的批评声音。哪一个旁观者不是"双标"？歧视弱者，挑弱者的毛病；崇拜杀人的强者，盲目地赞美，不也是人性黑暗的污点吗？

到了梁山受到王伦的欺压，林冲隐忍一时。找到合适的机会，他毫不手软地杀死王伦。"弑主"在古代不仅仅是严重的违法行为，同时也是最恶劣的违背道德的行为。古代许许多多权臣，为了维护道德的名声，宁可把皇帝架空供养起来，都不肯背负"弑主"的骂名。而林冲在杀王伦之时，毫无道德压力，他主动寻求晁盖和吴用等人的帮助，杀掉刁难自己的上级。

林冲在风雪山神庙之后，就彻底抛弃了指导自己生活的儒家道德。所以，现在的林冲杀无辜者也好，弑主也罢，都无所谓了。这些受到道德谴责的行为，对他来说已经毫无压力。

当道德被击溃之后，当道德分崩离析之后，当道德被

抛弃之后，生存的原则只能剩下丛林法则。当道德消亡之后，只有武力和流血，成为生存的基本形态。无论个人，还是民族，还是国家，莫不如此！

从此以后，梁山出现了第一猛将林冲，《水浒传》中消失了一位谦谦君子。林冲的星宿名称为"天雄星"。李清照一著名的诗句说"生当作人杰，死亦为鬼雄"，正是林冲最好的写照。林冲是儒家道德培养出来的杰出人物，他在梁山称雄当然不是肉体的死亡，而是信奉的儒家道德在自己的心中已经死亡。

【那雪下得正紧……只见草料场里火起，刮刮杂杂烧着……那雪越下的猛。】

在雪里，火里，风里，夜里，不仅仅是林冲背弃了自己的道德观，而是整个中华民族赖以生存的儒家道德，在邪恶社会打击下处于岌岌可危的险境。林冲的故事，讲述的就是中国的儒家道德在黑暗的社会下根本无法生存的故事。

第四章　王伦之死

　　大多人普遍认为是王伦的心胸狭隘导致了他的失败，实际上并非如此简单。林冲刚刚上梁山的时候王伦是这样接待他的：

　　【林冲怀中取书递上。王伦接来拆开看了，便请林冲来坐第四位交椅。朱贵坐了第五位。】

　　虽然嘴巴上还没有正式承认林冲的地位，但是王伦从行为上已经表示接纳林冲，并且安排他坐第四位。如果王伦没打算接纳林冲，只会让林冲坐客席。看看后来，晁盖等人上山的时候是怎么坐的位置：

　　【王伦再三谦让晁盖一行人上阶。晁盖等七人在右边一字儿立下。王伦与众头领在左边一字儿立下。一个个都讲礼罢，分宾主对席坐下。】

　　"分宾主对席坐"说明王伦没打算接纳晁盖等人。还不是一伙的，当然要分主客。而林冲刚上山见面，王伦就让他坐第四位交椅，由此可见，王伦并非是因为狭隘的小心眼排斥林冲。那么王伦后来怎么改变主意了呢？

【一面叫小喽啰取酒来，把了三巡。……王伦动问了一回，蓦然寻思道："我却是个不及第的秀才，……他是京师禁军教头，必然好武艺。倘若被他识破我们手段，他须占强，我们如何迎敌？"】

注意作者的用词——"蓦然"。王伦与林冲聊天，聊着聊着，忽然想起来了："林冲是个威胁！"他们之间聊什么了？书中没写。但是，很显然在他们的对话过程中，某些语言刺激到了王伦，让王伦认为林冲是一个威胁，也就是说，林冲在聊天过程中暴露出自己的思想，才导致王伦产生了戒备心理。那么此时林冲的思想是什么？作者已经告诉读者了。

【身世悲浮梗，功名类转蓬。他年若得志，威镇泰山东。】

刚到朱贵酒店之时，林冲在墙上写下自己的心声。林冲哀叹了自己悲苦的命运之后，立志要干大事，他要在此地扬名立万。俗话说，一山不容二虎，林冲在此地扬名立万了，王伦去哪待着？

被人欺负惯了的林冲，不想再受人欺负，不想再窝窝囊囊地活着了。而抛弃自己过去的忍耐，必然会爆发出强烈的怒气。当林冲高调地在墙上写下自己的怒气的时候，伴随而来的，必然是八十万禁军教头的杀气。

看着林冲对这个世界满腔的愤懑而无处发泄，再讨论王伦的小心眼还有意思吗？在别人手下干活，就得受人管，必然受人气。而林冲现在不想受气了，王伦自然就会想："他须占强，我们如何迎敌？"王伦面对不想再受气的八十万禁

军教头，能不感到威胁吗？

林冲到了别人的地盘上，没有低调做人，而是锋芒毕露。并且他的能力，实实在在让王伦感觉到了威胁，这才是矛盾产生的根本原因。

强行把林冲赶走，伤了柴进的面子；不赶走，留着又是威胁。正为难的时候，杨志出现了。王伦马上想出了一个策略：利用杨志制衡林冲。这个策略虽不完美，却也可行。可以设想一下，假如这个策略能够完美地执行下来，王伦在今后会是何种姿态？

杨志入伙，排第二把交椅，把林冲排第三。林冲受到杨志伙同其他人的压制，必然收敛狂妄的心理，自然也不会更不敢产生背叛的想法。不管内部如何钩心斗角，至少在外部看来，王伦身边站着曾经的八十万禁军教头和殿帅府制使两位猛将。梁山泊貌似的团结与强大，必然会吸收阮氏三雄为代表的人物入伙。书中是这么写的：

【吴用道："小生短见，假如你们怨恨打鱼不得，也去那里撞筹，却不是好。"阮小二道："先生，你不知。我弟兄们几遍商量，要去入伙。听得那白衣秀士王伦的手下人都说道：'他心地窄狭，安不得人。前番那个东京林冲上山，呕尽他的气。'……"】

如果没有林冲这档子事，阮氏三雄恐怕早就上梁山入伙了。假如是这样，晁盖、吴用甭管伙同何人抢了生辰纲，再上梁山，面对杨、林二位猛将，还有阮氏三雄的帮衬，还敢抢王伦的座位吗？只能乖乖地当小弟。王伦何必总担心位

置不稳？何必担心官兵围剿？假如事态的发展能够按照王伦的策略拉杨志入伙，王伦就是宋江的翻版，哪里还会有《晁盖梁山小夺泊》。

可惜，杨志死活不上梁山。王伦只好客客气气地送人家走了，自己的策略只在脑子里转圈，根本就没有贯彻执行。既然试图利用杨志制衡林冲，就必须把杨志留下。留下杨志容易吗？参照《水浒传》中其他故事来看很容易。

杨志，外号青面兽。书中写他：【生得七尺五六身材，面皮上老大一搭青记，腮边微露些少赤须。】杨志脸上有一个黑色大胎记，腮边长着红色的胡子。这形象多特别啊。

派上一些小喽啰化装成这模样，到了郓城县外面杀几个人；或者，杀人之后在墙上写"杀人者青面兽杨志也"就完事了。杨志只要离开梁山，会发现到处都有自己的通缉令，还是乖乖在梁山待着吧。这样的损招在《水浒传》中不少。

王伦只有策略，没有执行计划，更没有执行策略和计划的坚定意志。

王伦勉强收留了林冲，却把林冲得罪苦了，让林冲伤透了心。伤透心的林冲，就成了王伦身边的定时炸弹。怎么消除这个炸弹？若是杨志宁可杀头蹲监狱也不上梁山，那就别把林冲得罪得那么苦。应放低身段，重新拉拢林冲，让他当梁山二当家。林冲有了成就感，后来也不至于背叛王伦。

或者走极端道路。既然得罪了林冲，干脆就把他得罪到"死"。宴席中，摔杯为号，几十人一拥而上，拉出去斩了，再给他安插一个罪名，让林冲污名化，让江湖上人人都知道

林冲是一个龌龊的不义之人。这是多么常见的套路啊。只是王伦没有这样的狠毒心理。

王伦的优点是具备识别人物的判断力，同时也具备制定策略的能力。他的致命缺点是：对自己的认识和策略，缺乏操作的计划和执行能力。

在现实生活中，一些知识分子或者说读书人，最容易犯王伦的错误。有见识，有判断力，有谋略，却缺少实操手段，或者说，根本不具备实际执行过程中的心理素质。这种人，我们经常把他们称之为"纸上谈兵"者。所以，王伦的身份就是一个落第秀才。

纸上谈兵者，只做一个"键盘侠"无伤大雅，关键是到了现实生活中，参加危险性工作或者危险性活动，一定会像王伦一样倒霉。王伦耍了心眼，却没有必要的手段完成自己的谋略，导致自己的名声先臭了大街。

阮小二对吴用抱怨：【那白衣秀士王伦的手下人都说道："他心地窄狭，安不得人。前番那个东京林冲上山，呕尽他的气。"】

曹正对杨志说：【小人也听的人传说，王伦那厮心地扁窄，安不得人。说我师父林教头上山时，受尽他的气。】

人们往往喜欢同情弱者。若从此种角度出发，当然会把二人之间的矛盾怪罪到王伦头上，而忽视了林冲的错误。其实，碰上王伦这种书生气的人也算林冲有运气，若是碰上一个歹毒的梁山老大，林冲怎么死的，自己都不知道。

道义不一定站在正确一方，但若是犯了错误，却很容

易失去道义。王伦此刻便失去了道义的支持，随之而来的严重后果，则是无人去投奔梁山，断绝了王伦实力扩大的可能性。

【晁盖把胸中之事，从头至尾，都告诉了王伦等众位。王伦听罢，骇然了半晌。心内踌躇，做声不得。】

一个胸怀壮志的林冲，王伦都搞不定，现在一下子冒出了七个！身边的定时炸弹，被七个引信点燃，王伦之死也就成了必然。

道义在丛林法则面前，原本就无法成为安全的盾牌。晁盖、吴用等人，面对没有道义支持的王伦，夺起梁山来更加心安理得。而林冲面对没有道义支持的王伦，白刀子进红刀子出，也完全没有道德谴责的障碍。被杀之后的王伦，只能留下心胸狭隘的评语，做一个成功者脚下的污名化的垫脚石。

咱们回头看看王伦落草的原因：【我却是个不及第的秀才，因鸟气合着杜迁来这里落草。】

高考落榜，气儿不顺了，纠合着杜迁就来当强盗，对自己人生的选择也太随意、太草率了。请问王秀才：您了解黑道吗？黑道不是你想混就能混的！

第五章　杨志与杨文广

1

在《水浒传》中，有多位梁山好汉的身份与历史人物有联系，或者有真实的历史背景。典型的如：小旋风柴进。小说介绍:【他是大周柴世宗嫡派子孙。】其实，读者都明白，小说中的身份介绍，不过是为了烘托人物背景而虚构的，若是与历史人物强行挂靠，并没有什么意义。

但是，用"大周柴世宗的子孙"为柴进的身份背景，毕竟与《水浒传》的时代接近，容易让人对号入座。作者只好模糊说是嫡派子孙。与柴进类似的人物还有呼延灼。书中介绍他的背景:【此人乃开国之初，河东名将呼延赞嫡派子孙，单名呼个灼字。】作者写关胜，说他是关羽的嫡、嫡、嫡、嫡、嫡、嫡辈孙子。其实，他们之间除了外貌相似，并无关联。关胜的形象，更像今天的明星模仿秀。关胜到底是不是关羽的后代？作者自己很清楚，此题无解，任何人都无法考证。

但是，有一个角色作者一改模糊的惯例，而是非常清

晰地介绍此人背景，他就是青面兽杨志。

【那汉道："洒家是三代将门之后，五侯杨令公之孙，姓杨名志。"】

作者非常准确交代人物的背景是蛮让人惊讶的。在史书上记录杨业的孙子是杨文广，以及杨传永和杨德政，根本没有杨志一名，并且，杨志的故事最早出现在《大宋宣和遗事》，也是水浒迷们人人皆知的事。

杨氏一门忠烈，无论在正史上，还是民间中，对国人的影响力都非常大。把人物放在如此耀眼的背景中，蒙谁都蒙不过去，人们很容易证明杨志的身份是作者在撒谎。对于这样的常识性问题，作者不可能不清楚吧？那么，作者似乎在向所有读者和学者挑战一样，大胆表述的目的何在？有何意义？

《宋史》记载：【杨业，并州太原人……累迁至建雄军节度使，屡立战功，所向克捷，国人号为"无敌"。……望见无人，即抚膺大恸，再率帐下士力战，身被数十创，士卒殆尽，业犹手刃数十百人。马重伤不能进，遂为契丹所擒，其子延玉亦没焉。业因太息曰："上遇我厚，期讨贼捍边以报，而反为奸臣所迫，致王师败绩，何面目求活耶！"乃不食，三日死。】

民间传说更悲壮，说他宁死不降，撞死于李陵碑。用投降匈奴的李陵，给宁死不屈的英雄做陪衬！

杨延昭在民间的名气比他爹还大。他镇守山西一带二十多年，建立了完整的防守体系，有效保护了国家不被辽

人侵犯。宋史记载：【延昭智勇善战，所得奉赐悉犒军，未尝问家事。出入骑从如小校，号令严明，与士卒同甘苦，遇敌必身先，行阵克捷，推功于下，故人乐为用。在边防二十余年，契丹惮之，目为杨六郎。及卒，帝嗟悼之，遣中使护榇以归，河朔之人多望柩而泣。】

有了名震天下的祖父和父亲，杨文广是什么样呢？《宋史》记载：【文广字仲容。以班行讨贼张海有功，授殿直。范仲淹宣抚陕西，与语奇之，置麾下。从狄青南征，知德顺军，为广西钤辖，知宜、邕二州，累迁左藏库使、带御器械。治平中，议宿卫将，英宗曰："文广，名将后，且有功。"乃擢成州团练使、龙神卫四厢都指挥使，迁兴州防御使。】

【秦凤副都总管韩琦使筑筚篥城，文广声言城喷珠，率众急趋筚篥，比暮至其所，部分已定。迟明，敌骑大至，知不可犯而去，遗书曰："当白国主，以数万精骑逐汝。"文广遣将袭之，斩获甚众。或问其故，文广曰："先人有夺人之气。此必争之地，彼若知而据之，则未可图也。"诏书褒谕，赐袭衣、带、马。知泾州、镇戎军，为定州路副都总管，迁步军都虞候。辽人争代州地界，文广献阵图并取幽燕策，未报而卒，赠同州观察使。】

在《宋史》中有关杨文广的记载，全部摘录在此。文字说多不多，说少也不少。像他这样的官员，在中国历朝当中繁若星辰。如果按照他的事迹，给他一个评语，估计大多人会说他"平庸"，尤其是在他祖父和父亲的光环照耀之下。

杨文广死后，追封观察使，是正五品。他活着的时候，

最高的品阶是步军都虞候，从五品的官。若是一个普通人，像他这样混个五品官，载入史册，也算是很了不起了。不过，让人感叹的是，杨文广没理由普通。

史说，他讨贼有功，授"殿直"。刚刚有了品阶的小官，估计也没立多大的功劳。有朋友可能说，不对，刘备讨贼有功，也只得了一个安喜尉。刘备当时朝中无人，受了压迫才得了一个安喜尉，而杨文广是不会受压迫受欺负的。为啥呢？

杨文广后随狄青南征，陆续当了几个小官。皇帝不干了，说："杨文广是名将的后代，有功劳！"马上给他提拔了一个成州团练使，后迁兴州防御使。所以说，杨文广是不会受压迫的。他要是受了欺负，皇帝都不干。

宋英宗提拔杨文广，主要因为他是"名将之后"。宋英宗在树立典型，通过表彰杨文广宣传杨氏一门的功绩。杨文广与普通人的差别就在这里：

第一，他的仕途，受到了皇帝的支持。第二，本人又极为聪明，受到了当时的名臣，也是中国历史上的伟大人物范仲淹的赏识。第三，有条件跟随当时的名将狄青出征历练，有难得的成功机会。第四，以上三条，都是因为他有祖父和父亲留下的政治基础和影响力为支撑。在如此优越的条件下，即便是一个平庸的人，都有可能拿出优越的成绩单，何况杨文广似乎还很有才干。

【范仲淹宣抚陕西，与语奇之，置麾下。】范仲淹和他聊天，发现他是个人才，马上把他收在手下办事。他不单聪

明，能力也不差。

【总管韩琦使筑筚篥城，文广声言城喷珠，率众急趋筚篥，比暮至其所，部分已定。迟明，敌骑大至，知不可犯而去，遗书曰："当白国主，以数万精骑逐汝。"文广遣将袭之，斩获甚众。或问其故，文广曰："先人有夺人之气。此必争之地，彼若知而据之，则未可图也。"诏书褒谕，赐袭衣、带、马。】

要他去守筚篥城。他鼓动士兵们飞快地赶到，还把吹牛皮吓唬人的辽国军队揍了一顿，受到了皇帝的表彰。这是他一生之中最得意的事。这样一个聪明、有才干，又有极度优越的政治条件为支持的杨文广，这一辈子除了在筚篥城如流星一闪，其他时间，都是碌碌无为平庸了一生。

杨文广死的时候也挺戏剧化。宋辽经过一段时间的和平，又要开始战争了。然后，杨文广制作了一些幽燕地区的地形战略图，准备上报国家。如果这份地图和战争策略能够起到重大作用，杨文广岂不是立了大功？结果，没等国家批复呢，这辈子碌碌无为的杨文广病死了。

2

《水浒传》中杨志的故事能够与历史上的杨业发生关联吗？通过小说，分析一下杨志的生平和性格特点吧。

杨志丢失花石纲后逃跑，后行贿见高俅意图恢复官职被拒。高俅虽然是小说中的大反派，但是从职务角度而言，

高俅并没有做错。第一，别人都完成任务了，杨志失败，说明能力值得怀疑。第二，杨志犯了错，没有自首而是逃跑，是没担当、不负责的表现。这就是高俅对他的评价。

在《大宋宣和遗事》中，杨志卖的刀，仅仅是故事中普通的道具，没有重大意义。在《水浒传》中，作者设定杨志是杨令公的孙子，他手中"祖上留下的刀"，则有了重大的社会意义。所谓宝刀为"宝"的含义，绝对不是削铁如泥、吹毛得过。无论这把刀品质如何，它都是杨令公曾使用的，或者杨六郎曾使用的保家卫国的战刀。

这把刀代表了英雄的事迹，代表了英雄的灵魂，是英雄的传承，是英雄家族的荣光。而代表英雄精神的刀，被插上草标贱卖了。英雄的子孙后代，贱卖了英雄家族的荣光。

杨志卖刀的故事，是一个英雄家族没落的写照，或者说是遗憾，或者是作者对英雄家族后代的嘲讽。只有了解了作者塑造杨志的本意，才能懂得杨志卖刀的故事所包含的真正内涵。

杨志发配大名府后，受到了朝廷高官梁中书的赏识。杨志受委派护送生辰纲，结果又失败。随后，杨志在黄泥岗试图自杀。

这一情节反映出杨志心理素质极差，承担不了任何责任。任务的失败，给他施加了极大的心理压力，几乎让他难以承受。在押送生辰纲的过程中，杨志经常殴打士兵，并非单纯的管理方法不正确，其实是反映出他的情绪非常焦虑。而焦虑情绪来源于他对自己缺乏信心，他对于自己的任务能

否顺利完成，完全没有信心。

在此故事中有一个重大的疑点，需要分析一下。晁盖团伙为何能准确地知道杨志会走黄泥岗？

黑道与白道勾结，在黑暗社会是常态，白道的任何计划和消息都容易泄露出去，这不稀奇。关键在于，如果白道根本就没有计划，还有什么值得泄露呢？

小说中描写得很清楚，梁中书对杨志的押送计划百依百顺。只要杨志能完成任务，梁中书就满意。在这样受到领导重视和信任的情况下，是杨志把自己制订的押送计划，无谓地向梁中书做了汇报。否则，别人怎么知道你杨志要走黄泥岗？

假如杨志把自己的计划憋在心里，闷头就走，茫茫大地，晁盖他们不可能布下天罗地网堵住杨志。从这一点来说，杨志的办事能力的确较差。向领导汇报自己的押送计划，也是因不自信而谋求领导的支持，所以生辰纲的遗失，恐怕也不仅仅是运气的事。

终于醒悟不该自杀后，杨志再一次逃跑。作者利用"生辰纲"这种不义之财，导致读者对杨志的失败缺少同情。不过，从杨志个人角度来说，他没有完成上级交代的任务，却是实实在在地表现出他的能力低下。"花石纲"和"生辰纲"两次失败，他选择的方法都是逃跑，证明他缺少承担责任的勇气。

后来曹正向他推荐去二龙山落草。杨志却说:【"既有这个去处，何不去夺来安身立命？"】

四五百人的强盗团伙，他要去夺了，这胆识像个豪杰吧。可以说，整部书中，杨志只有这一句话真正像个爷们儿！也只有在"双夺二龙山"这个故事中，杨志如流星一闪，散发出短暂的光芒。与梁山合并后，杨志平平淡淡地等来了征方腊。

【指望把一身本事，边庭上一枪一刀，博个封妻荫子，也与祖宗争口气。】

这种理想，几乎成了杨志的招牌。他念念不忘为国家效力，为祖宗争光。在封建时代的忠君思想影响下，作为军人为国家抵御外辱，是报效国家，征剿农民起义或者反叛团伙同样也是报效国家。立了功劳，自然给祖宗争气。对念念不忘要报效国家的杨志来说，机会来了吧。

征方腊第一场攻打润州的战役，共计六七十员将领参加，可是直至战役结束，书中都没提杨志的名字。这个现象反映出杨志在战场上的态度，恐怕不是很积极。

第二场攻打丹徒县的战役，终于有了杨志的名字，可是还是没见他参加战斗。战役结束后，【患病寄留丹徒县一员将佐：杨志。】

正该大展宏图报效国家的时候，杨志在丹徒县病倒了。在小说《水浒传》中，杨令公的孙子杨志，这一辈子除了夺取二龙山，有一个高光时刻，其他时间一事无成，碌碌无为地混了一生。

当我们这样评价杨志的时候，是否发现杨志与杨文广非常相似呢？先总结他们的相似之处：

第一，他们都有显赫的家族背景，是名将杨令公的孙子。（好像是废话，作者就这么设定的。）第二，他们都给人有才干的印象。史书记载杨文广第一句话，就说他"讨贼有功"。杨志是武举出身，刚刚登场亮相，就与林冲打平手。第三，他们都获得过朝中大臣的赏识。赏识杨文广的是范仲淹，赏识杨志的是梁中书。第四，他们都有自己人生当中唯一的闪光点。杨文广是在筚篥城斩杀辽军，杨志是夺取二龙山。第五，他们的闪光点，对改变自己的人生轨迹，没有起到重大作用。第六，他们总是念念不忘地要报效国家。杨文广在临死之时还要献地图，说明他终生不忘国家安危，意图为国家做贡献啊！第七，他们都是一生碌碌无为，在机会来临之际，病死了……

他们的不同点在哪呢？据观察，他们的不同点只有一个：杨志所有的弱点和性格缺陷，都被《水浒传》呈现出来了。而杨文广所有的缺点，史书上一字不提。这就是他们的不同之处。

杨文广给人们的印象，往往停留在"将门虎子"一词当中。"将门"不假，"虎子"则过誉了。正因史书上对杨文广的性格缺陷不提一字，所以杨文广的人生经历，给人不符合逻辑的感觉。

"影射"一词，往往指的是，在书中某人物的言行或者事迹，与历史上的真人有相同或相近之处。如果这样来看，杨志与杨文广完全是风马牛不相及的人物。但是小说塑造的杨志，与历史上的杨文广，在思想和人生轨迹的特点上，几

乎严丝合缝地重叠。

基于此，可以断定作者在开场时候，郑重介绍杨志的那句话：【三代将门之后，五侯杨令公之孙，姓杨名志。】这是明明白白地提示读者，作者在影射杨文广，甚至说，作者通过描述杨志的缺点，是在批评杨文广。

如果我们认为《水浒传》的成书时间是元末明初，如果我们认为作者的一生绝大多数时间生活在元朝后期，恐怕就不难理解作者为何要批评杨文广。杨文广虽然没有卖过刀，虽然总是念念不忘要报效国家，但是他确实丢失了祖辈的英雄精神，确实缺少了英雄家族勇于报国的担当。

作为一个汉人，在蒙元的统治下，作者目睹蒙古人的铁蹄在中原大地践踏，亲身感受汉族百姓过着贱民一般的第四等人的生活，恐怕无比怀念和崇敬杨业与杨延昭吧！

第六章　精美的丝鞋

1

　　小说用了十分之一的篇幅，描写第二主人公武松，就是人们常说的"武十回"。在金圣叹的七十回《水浒传》中，武松是一个"天人"，是一个完美的英雄。不过，金圣叹的七十回本是经过他大幅改动的，与百回容与堂本《水浒传》对比，几乎就是两本书。

　　还是回到更接近原作者思想的百回容与堂本中，挖掘武松的内心，从武松的心路历程中，寻找一个真实的、有血有肉的、有着丰富情感的武松。对比着看看，金圣叹是如何把武松改成一个"天人"。在百回容与堂本里面的武十回当中，有一个最重要的节点，也是点睛之笔，反映了武松与哥哥武大和潘金莲三人的微妙关系。

　　【武松道："哥哥不要问。说起来装你的幌子。你只由我自去便了。"】

　　这是在潘金莲勾引武松不成，武松要搬离哥哥家，武

大反复要与武松对话、沟通之后，武松说了这么一句话。

在序文中，笔者用了许多文字，已经解释过"装幌子"的含义，就是指装样子，没有其他意思。武松的这句话，如果用今天的语言来说就是："哥哥你就别问了，说起来啊，你就是在和我装样子。你就让我走吧。"言下之意就是，你少装，你想干什么，我早知道！这句话是很不客气的怼人语言。

金圣叹如此评论：〖武松道："哥哥，不要问；说起来，装你的幌子。你只由我自去便了。"武大那里敢再开口。【夹批：活武大。〇两句照耀，故妙。】〗

他只是说把武大写活了，而对于"装幌子"这个重要的词，未置一词！金本：〖总批：写武二视兄如父，此自是豪杰至性，实有大过人者。乃吾正不难于武二之视兄如父，而独难于武大之视二如子也。〗

还说：〖故夫武二之视兄如父，是学问之人之事也；若武大之视二如子，是天性之人之事也。〗还有：〖夹批：兄弟二人，武大爱武二如子，武二又爱武大如子。武大自视如父，武二又自视如父。二人一片天性，……〗

以上文字无非是说武松哥俩，兄弟如父子，感情好得不得了。这就是金圣叹对武松哥俩感情上的评语。感情好的父子兄弟绝对不会用"装幌子"怼人。金圣叹是苏州人，"装幌子"是北方人的俗语。金圣叹老先生可能这辈子也没听见别人说过这个词！

我们顺着故事情节来看一看，武松为何怼哥哥"装幌

子"。先了解一下武大的性格和行为。

　　武松告别宋江，准备回到清河县见哥哥。但是，他到了阳谷县当了都头，似乎就把要去见哥哥的事给忘了。不管我们怎么给武松找借口，至少他的行为，反映了他对哥哥的某些态度。两人在阳谷县意外相逢。武松问道：【"一年有余不见哥哥，如何却在这里？"】

　　【武大道："二哥，你去了许多时，如何不寄封书来与我？我又怨你，又想你！"】

　　这里面有一个信息：武松离开家一年多，从没给哥哥写过信。就这一点来说，武松的确不是很想念哥哥。武松到了阳谷县当都头，没有急着回家。武松问：为啥又是想我，又是怨我？

　　【武大道："我怨你时，当初你在清河县里，要便吃酒醉了，和人相打，如常吃官司，教我要便随衙听候。不曾有一个月净办，常教我受苦。这个便是怨你处。想你时，我近来娶得一个老小，清河县人，不怯气都来相欺负，没人做主。你在家时，谁敢来放个屁？我如今在那里安不得身，只得搬来这里赁房居住。因此便是想你处。"】

　　体会一下武大的语言，感觉他就是一个极为自私的人！他埋怨武松也好，想念武松也好，所有的目的，都是为了他自己。一者不想被连累，二者还需要保护伞。除此之外，有没有武松，好像无所谓。

　　许多人对于我这样的判断，提出过反对意见，说我们中国人，表达情感的方式往往很委婉，兄弟之间见面，不一

定说些很直白的关心语言。这种意见当然没错。但是，我们要结合故事的内容来判断这个问题。

武松离开家一年多，是因为打人误以为出了人命，逃跑流亡。他不是出去旅游。我们可以设身处地地想一想，假如你的儿子逃跑流亡，杳无音信，生死不知，你会有什么样的感觉？

流亡的生活是什么样？是武松生病躲在别人的屋檐下，用一把铁锹弄点火，来温暖自己。饥一餐，饱一顿，无人管，无人问。这就是流亡生活。他甚至有可能在某个地方的街头，悄无声息地冻饿而死。我们设身处地地想一想，假如你的儿子或是弟弟，生死不知流亡了一年多，突然出现在你面前，你会是怎样的感觉？难道仅仅会说一些自私自利的话吗？

再提前拿出一件证据，来证明武大的无情自私。【我当初嫁武大时，曾不听得说有甚么阿叔，那里走得来，是亲不是亲，便要做乔家公。】

这是潘金莲与武松吵架时候说的话。后面有一句俗语，"是亲不是亲，便要做乔家公"。做乔家公的本意，是指冒充长辈。用在这里，是指武松冒充亲戚。这句话的完整含义是：我当初嫁给武大的时候，从来没听说他有个弟弟。你是从哪出来的？冒充亲戚！

武大从来没跟自己的老婆说过他还有个弟弟。自己的弟弟逃跑流亡一年多，在武大的心中，这个弟弟几乎不存在。这是人之常情吗？

说到这里的时候，顺便驳斥一下某些人的观点。因为

一些评论文章中有这样一个说法：武松是被哥哥养大成人的。

谁能指出，在哪一个版本里面，有类似的句子？这里面有两个重要的问题：第一，武大比弟弟武松大了几岁？第二，武松的父母在什么时间去世的？可以这样假设：假如武大比武松大两岁，假如他们的父母是在武大十八岁的时候去世，也就是说，当时武松也有十六岁了，能说武松是被哥哥养大的吗？在以上两个问题都没有准确答案的时候，怎么可以轻易下结论呢？咱们不能替作者编故事。

武大见了久别的亲兄弟，没有任何关怀、心疼的语言，说了一大堆白私话，都是在为自己考虑的内容。但是显而易见，武大见了弟弟还是很高兴，也很兴奋，说道：【兄弟，我前日在街上听得人沸沸地说道："景阳冈上一个打虎的壮士，姓武，县里知县参他做个都头。"我也八分猜道是你。】

他话里的主要意思并不是夸奖武松，而是表达自己能够猜得中，是自己很聪明。一个人经常显示自己聪明，是因为他担心别人认为自己蠢，所以，只要有机会，一定要显摆自己很聪明。这是典型的自卑表现。

书中没写武松有任何反应，说明武松非常了解自己的哥哥，习以为常。同时，武松也没有因为缺少哥哥的关爱表示不满。

【武松替武大挑了担儿，武大引着武松，转弯抹角，一径望紫石街来。】

这一段话，是《水浒传》中少见的亲人之间的温馨场面。

像浪子回家，为父亲扛起农具，走在田埂上的场景。但是，这种温馨的场面，是因为武松并不计较自私的哥哥，依然敬重自己的哥哥，才会出现的场景。所以假如两兄弟并不是很亲密的话，责任恐怕不在武松身上。

武大似乎是有侏儒症的残疾人，在世俗社会往往会受到歧视。所以当他娶了潘金莲为妻的时候，才会被人带着酸味嘲笑：【好一块羊肉，倒落在狗口里。】

武大没有反击嘲笑自己的人，其实和他自己的能力没有多大关系，主要原因还是内心的自卑在作祟，认可了别人的嘲笑，自认为自己就是比别人低一等。像武大这种人，几乎与生俱来地或多或少都会带一些自卑感。自卑又丑陋的武大，像中了大奖一样，接住了从天上掉下来的"潘妹妹"，烦恼也随之而来。

【自从武大娶得那妇人之后，清河县里有几个奸诈的浮浪子弟们，却来他家里薅恼。……因此武大在清河县住不牢，搬来这阳谷县紫石街赁房居住。】

有人质疑说，这是一个不符合常理的行为，因为武大完全可以用一种狡猾的方式，告诉那些小混混，比方说，我收到了弟弟武松的信，他过些日子就要回家。当那些混混了解这些信息的时候，还敢来胡闹吗？

质疑是有道理的。因为这是最巧妙、最省力的方式，就可以摆脱小混混的骚扰。但是这个质疑，显然忽视了武大的自卑心理。

有着强烈自卑心理的人，往往会用过分的语言和行为

伤害自己的亲人，但是不敢与社会上的普通人分辩是非。甚至有些有着极度自卑心理的人，会采用杀人的手段解决问题，但是不敢对社会上的普通人公开地心平气和地讲道理。这种人有一个显著特点：不善于与人沟通。

武大的自卑，决定了他对周围一切事物的胆怯。而这种胆怯，又决定了他对周围一切人和事物的警惕，这种警惕是在从小到大的成长过程中养成的，深深地刻在了骨子里。自卑而形成的胆怯是所有读者都能看见的。但是，强烈的自卑，往往又带来另一个极端，就是强烈而畸形的自尊。

虽然在口头上，武大表现出极为懦弱的形象，但是这种畸形的自尊，往往会让他在碰到事情的时候，独自采取一切愚蠢的、不合理的手段来解决问题，而不会依靠他人。所以在后来，被西门庆"绿"了之后，他根本就不会忍一时，等待弟弟回来报复对方，而是独自直接采取行动——捉奸！

武大的合理行为，就是因为胆怯，而采用搬家的方式躲避，不会像常人一样，采用一些常规手段去对付那些不友好的人，哪怕是用很委婉的、很柔和的方式去反击。而他在愤怒的时候，会采用更激烈、更暴力的捉奸的方式，来维护自己的利益，而且这种方式，运用得极为缜密、细致。整个过程，显示武大的智商并不低。当然结局有点悲惨，那是因为个人的能力不够，否则死去的可能是西门庆。

通过"搬家"和"捉奸"这两件事，能看出武大的部分心理：极度自卑，心理阴暗，表面胆怯，缺少正常与人打交道的能力，愤怒的时候会走极端。

正是这样的心理，才导致武大选择搬家的方式躲避小混混的骚扰。如果依然无法脱离受欺负的窘境，他甚至可能独自去杀人，也不会依靠弟弟的威名来吓唬对方。武大如果是一个心理正常的人，搬家和捉奸，这两件事都不会发生。

武大这样自卑的人，除了因惊人的外貌特征被人关注一下，其他时候都很容易被人忽视。但是，武大是有思维能力的成年男人，他会有自己的想法和行为。他并不是我们寻常认为的低智商者。一直很低调的武大，唯一一件比较特别的事，是在武松踏雪回家，潘金莲试图勾引武松的那天，他的表现很不寻常。

【潘……搬了家火，自向厨下去了。……武松自在房里气忿忿地。】

潘金莲勾引武松不成，自己在厨房抹眼泪，武松在自己房间生闷气。在这个时候，武大回来了。作者是这样写的：

【天色却早未牌时分，武大挑了担儿，归来推门。那妇人慌忙开门。】

门被潘金莲闩上了，做贼心虚的潘金莲当然是心慌开门。这里有个问题出现了，潘既然没有勾搭上武松，为啥不把门提前打开呢？有两种可能性：第一，光顾着伤心抹眼泪，把这茬儿给忘了。第二，没料到老公这个时间回家。这两种可能性都有。重要的是：武大为什么在这个时间回家？

【天色却早未牌时分。】古代"未牌时分"相当于现在的下午一点至三点。这两个小时的时间，就是"未"时的一个时辰。这句话如果按照现在的表述应该是：时间很快就到

了下午一点钟。

武大是靠卖馒头来生活，这种小本生意利润很低，只能靠薄利多销。一点钟就收工了，下午几个小时的时间都浪费了，这个下班时间显然不正常。他那天是几点上班的呢？

【武松清早出县里画卯，直到日中未归。武大被这妇人赶出做买卖。】

潘金莲等武松回家吃早饭，结果一直等到"日中"还没回来。她回头一看，老公还在家磨磨叽叽地没出去呢，马上把老公"赶出"去做买卖了。日中，又名日正、中午等，准确时间是中午十一点至下午一点。

也就是说，武大在已经过了中午十一点，才被老婆赶出门做买卖。结果，刚过下午一点就回家了。他在外面卖馒头的时间，最多两个小时。武大的这个行为，难道不奇怪吗？作者很清楚地把时间告诉读者，难道是没有意义的吗？

兰陵笑笑生发现了这个不正常的疑点。在《金瓶梅》里把"未牌时分"改成了"申牌时分"。兰陵笑笑生没有追究这个问题，只是把"未"字当成了笔误而改动。个人认为，作者把时间前后照应而写，是有意为之，不可能是笔误。武大为什么到了中午，只卖了两个小时的馒头就急三火四地回家？他想干什么？

人的行为首先是在思想指导下做出的，而人的思想形成过程，又是个人所得到的信息决定的。那么武大得到的信息是什么？换句话说，他看见了或者听见了什么？

朋友们可以翻开书，仔细读一下这部分。从武松首次

与嫂子见面，到搬过来与哥嫂同住，一直到武松踏雪回家，房间里火盆炽热的那一天，这期间的所有文字，读者都看得清清楚楚。这些情形，其实绝大部分也都被武大看在眼里，也就是说，我们读者得到的武松与潘金莲相处的信息，其中大部分武大都得到了。

想想这事也不奇怪，总共只有三个人住在一个屋檐下，两个人的交往，另外第三者看不见吗？除非他是瞎子。更何况，潘金莲那么明目张胆地感情泛滥。毫不夸张地讲，武大比咱们读者还要清楚，他面临了婚姻危机。而且这个婚姻危机的来龙去脉、前后因果，武大自己心里很清楚。对于潘金莲的热情似火、潘金莲的感情泛滥、潘金莲的目中无人（不对，是潘金莲的目中无老公）等种种行为，武大到底是什么态度呢？

男女之事，剃头挑子一头热当然不行，不管潘金莲对武松多么热情，如果没有武松的回应，二人绝对不会苟且在一起，这是一个简单的道理。武松的态度才决定了事态的发展方向。那么，武大对自己弟弟的态度，又是如何认识的呢？他"未时回家"的奇怪行为，真实目的到底是什么？

2

【只见芦帘起处，一个妇人出到帘子下应道："大哥，怎地半早便归？"武大道："你的叔叔在这里，且来厮见。"武大郎接了担儿入去，便出来道："二哥入屋里来，和你嫂

嫂相见。"武松揭起帘子，入进里面，与那妇人相见。】

作者描述武松与潘金莲初次见面的情形，有很奇怪的地方。武大第一次要求站在帘子下的老婆，与门外的小叔子打招呼，潘金莲没反应。然后，武大从武松肩膀上接过担子，进屋，放下担子，又出来，再次要求武松与嫂子打招呼，武松才进屋行礼。武大分别要求两人打招呼，这中间至少有三十秒以上的时间，作者把叔嫂二人这三十秒中的言行都给漏掉了。

怎么理解这段文字呢？很简单，就是这二人真的没有任何言行。作者没有撒谎。可是，总应该有表情才对，有状态才对。既然作者不写，我来把当时三十秒钟，武松和潘金莲的思维内容补上：

潘金莲这三十秒的思维应该是这样："啥？你弟弟在哪啊？街上没人啦，眼前这大帅哥？不可能！看看你这三寸丁。就算你爹你妈不靠谱，制造产品也太极端啦。你再说一遍，哪个是你弟弟？这帅哥？老公你逗我玩呢？这不科学啊！真的假的？老公？你再说一遍！"一脸的懵圈。

武松在这三十秒中的思维应该是这样："这美女是谁啊？嫂子？哥你走错门了吧？那是谁的家？你就开门进去？哥你再说一遍，这美女……等会儿，我呼吸一下，这不对！就你这矬样，娶这样的老婆？现在好像有人在做梦……啥情况？这不符合逻辑啊。哥！"同样是一脸的懵圈。

武松和潘金莲的脸上一定有一千一万个疑问，一千一万个震惊，两人都在发呆，发傻。谁都忘记该打招呼了，谁都

不相信自己的眼睛，谁都在怀疑武大，是不是哪个地方搞错了。双方的表情，应该是这样吧？

以武大的形象和物质条件，不管在哪个朝代，能找到像潘金莲那样的美女做老婆，都是让人非常吃惊的事。除了能让武松震惊，实在想不出他还能有什么表情。虽说龙生九子，各有不同，但是，武大和武松一母同胞，却有如此巨大差异，同样会让人非常不理解，谁会不震惊呢？

两个重要人物的初次见面的神情和状态，居然被作者忽略了。作者不写！中国的传统文艺创作中有一种手法，叫"留白"，这种方法经常能够在绘画、文学中出现。作者不会把每样细节详细交代，留出一部分空白，让读者自行想象。

作者把武松与潘金莲初次见面的表情描写给省略掉了，应该是留白。但是，这个"白"留得太大，让我们读者忽视了许多东西。其一，容易忽视主人公武松的心理；其二，容易忽视武大婚姻的社会舆论；其三，忽视社会舆论后，容易忽视潘金莲的真实心理和行为。

作者的这种"留白"写法，在后面的故事情节中多次出现。这是作者的写作特点之一。

忽视武松的心理之后，武松在与潘金莲相处的一个月时间里，在潘金莲勾引武松，引发二人冲突之前，武松就像一个木头，会说话的木头。

金圣叹删改后的七十回本《水浒传》在中国影响很大，导致我们现代读者以为被删掉的诗词，都是作者"水平低下"的判词。甚至，中国当代一些专门研究《水浒传》的学者，

都认为这些诗词影响了阅读节奏，而赞同金圣叹的删减。但是，《水浒传》中许多诗句和韵文，对于书中人物形象、故事情节以及环境刻画是不可或缺的辅助描写。这样的诗词，不加辨别地统统删掉，必然影响了书中人物的刻画以及情节的发展。

对此问题，我们把金圣叹的七十回本《水浒传》与容与堂百回本《水浒传》对比着看，自然能发现武松在两部作品中极大的差别。

容与堂本中，武松与嫂嫂见面以后，【那妇人道："……原来却是叔叔。且请叔叔到楼上去坐。"武松看那妇人时，但见：

眉似初春柳叶，常含着雨恨云愁；脸如三月桃花，暗藏着风情月意。纤腰袅娜，拘束的燕懒莺慵；檀口轻盈，勾引得蜂狂蝶乱。玉貌妖娆花解语，芳容窈窕玉生香。】

一句句地分析一下，这首诗在写什么：

【眉似初春柳叶，常含着雨恨云愁】眉毛啊，像春天的柳叶，细细弯弯的，却常常带有忧郁的哀愁。

【脸如三月桃花，暗藏着风情月意】脸庞啊，像三月的桃花那样艳丽，隐藏着多少情意！

【纤腰袅娜，拘束的燕懒莺慵】纤纤的细腰，束缚着慵懒的姿态。不是燕懒，也不是莺懒，是心态懒，所以身姿懒。是内心的哀愁，好似燕懒莺慵！

【檀口轻盈，勾引得蜂狂蝶乱】意思是：红艳的嘴唇啊，让人像蜂蝶一样迷乱。

【玉貌妖娆花解语，芳容窈窕玉生香】人像花一样，但是比花更懂人的心思。美貌像玉一样，但是，比玉香多了。

诗很平常，但是这首诗词出现的背景很惊人：【武松看那妇人时，但见：】"但见"二字，很精准地告诉读者，这是武松眼里的情景。这首诗词，是描写武松看美人，并且"勾引得蜂狂蝶乱"。

这首诗词明明白白地告诉了读者，武松初次见到潘金莲，被潘金莲的美貌打动了。金圣叹却把这个重要的信息删掉。让人惊讶的是，不仅仅是金圣叹把这个信息删掉，许许多多读者，不知不觉地，也把这个重要的信息从眼前跳过去视而不见。

让读者视而不见的诗词，不止这一首，再举一例。当石秀第一次见到潘巧云的时候，也出现了一首韵文。

【布帘起处，摇摇摆摆，走出那个妇人来。生得如何？石秀看时，但见：

黑鬒鬒鬓儿，细弯弯眉儿，光溜溜眼儿，香喷喷口儿，直隆隆鼻儿，红乳乳腮儿，粉莹莹脸儿，轻袅袅身儿，玉纤纤手儿，一捻捻腰儿，软脓脓肚儿，翘尖尖脚儿，花簇簇鞋儿，肉奶奶胸儿，白生生腿儿。更有一件窄湫湫、紧挡挡、红鲜鲜、黑稠稠，正不知是什么东西。】

这一段像顺口溜一样的文字，就是石秀眼睛里的嫂嫂，同样被金圣叹删掉。

武松见嫂嫂时出现的文字，有种香艳的感觉，但是高雅很多。而石秀见嫂嫂出现的文字，显然是没啥文化的人说

出来的东西，完全是直来直去的描述，整个文字显得粗俗和下流。如果从文字来看，潘巧云几乎是赤裸裸地出现在人们的面前。

【更有一件窄湫湫、紧挹挹、红鲜鲜、黑稠稠，正不知是什么东西。】所谓不知道是什么东西，恰恰是石秀最喜欢的东西。这里面的许多文字，完全是石秀自己下流的想象。

这两种韵文风格的不同，代表了武松与石秀不同的思维。武松被潘金莲的美貌打动，而石秀骨子里流露出的是下流。仔细品味石秀这段文字的时候，能想象出来，石秀的口水都流到了脚面上。

武松初次见嫂嫂的这首诗词是非常重要的信息，是武松情感的基础。如果我们不了解这个信息，当然就会误以为，武松与潘金莲相处期间就像一个木头一样。其实，武松的内心绝不是木头。

书中确实有许多诗词没什么艺术价值，金圣叹大概就是以这样的借口，把这些诗词全部删掉。但是，我们从金圣叹更改的文字中，能看出一个问题：他自己更改的一些文字更低俗。

比如在后面潘金莲与西门庆初次见面时候的场景：〖这妇人见不相怪，便叉手深深地道个万福，〖夹批：一个似送。〗说道："奴家一时失手。官人疼了？"〖夹批：一个轻怜。〗那人一头把手整顿头巾，一面把腰曲着地还礼，道："不妨事。娘子闪了手？"〖夹批：一个痛惜。〗〗

完全似妓女与嫖客的对话。金圣叹把原著改得低俗不

说，他有时候的评语也一样俗不可耐。比方下面这段：

〖寻思是梦非梦，回头看那土兵时，正睡着。【夹批：回醒一句，文势环滚。○嫂嫂此时，正在梦与鬼交也。】〗

这段文字，是讲武松祭奠哥哥那晚睡不着。金大才子就给出这样粗俗的评语。其实，此时的潘金莲恐怕也没睡着，哪来的梦与鬼交也。这种词他也敢用？金圣叹把《水浒传》与《金瓶梅》搞混了吧。

所以，我们可以断定，金圣叹删掉这些诗词的主要原因，不是因为这些诗词低俗，也不是影响了阅读，是因为表达人物内心真实情感的诗词，碍了金大才子的眼，与金大才子的审美标准和道德标准格格不入。所以他才大斧子一挥，故意采用无差别的手段，全部砍掉。

金大才子把《水浒传》中的关键字眼、关键诗词都删掉，然后增加自己的文字，把水浒故事的内容与走向，彻底更改了。金版中的武松与潘金莲的形象，更简单化，更庸俗化，更容易让人理解。这两个人物，一个是高大全的英雄，一个是淫荡的出轨女人，这种简单化的形象，已经深入人心，导致我们在读最接近作者思想的容与堂版《水浒传》的时候，已经有了先入为主的概念，把原著中许多重要的字词视而不见。

先看一看，武松与潘金莲单独相处时候的情形。

【其日武松正在雪里踏着那乱琼碎玉归来，那妇人推起帘子，陪着笑脸迎接道："叔叔寒冷。"武松道："感谢嫂嫂忧念。"入得门来，便把毡笠儿除将下来。那妇人双手去接。

武松道："不劳嫂嫂生受。"自把雪来拂了，挂在壁上。】

第一景物，毡笠。潘金莲欲接毡笠，武松自己挂了。

【解了腰里缠袋，脱了身上鹦哥绿纻丝衲袄，入房里搭了。】

第二景物，缠袋、衲袄。武松自己挂了。

【那妇人道："怎地，叔叔向火。"武松道："好。"便脱了油靴，换了一双袜子，穿了暖鞋，掇条杌子，自近火边坐地。】

第三景物，脱油膀靴换暖鞋，即丝鞋。这双暖鞋是由丝绸之类高档面料做成的，应该是很精致很漂亮的一双鞋。

作者描写到武松进屋换袜子、换鞋。从这个过程来看，武松的生活也太讲究了吧。如果是描写贾宝玉没问题，但是描写穷人出身的武松就有点别扭，因为直到今天，许多农村人，包括一部分城里人，回家都不会换袜子、换鞋。那么更有趣的问题就出现了：武松从什么时候变得这么讲究？甚至可以延伸出一个问题：那双高档的丝鞋，是武松自己买的吗？如果武松以前没这么讲究，这双高档丝鞋一定不是他自己买的。

个人猜测，这双丝鞋，一定是潘金莲专门给武松做的。后面有文字证明，潘金莲能做一手非常好的针线活。

作者描写武松回家后，先交代一些生活物品和武松的动作。在后文里面，照应出现了，也就是说，这段情景是有前后呼应的。这段呼应有何意义呢？暂时做个伏笔，先放一放。

3

【那妇人把前门上了拴，后门也关了，却搬些按酒果品菜蔬，入武松房里来，摆在桌子上。】

潘金莲想要制造一个二人世界，武松没有任何反应，然后，说了一句莫名其妙的话。

【武松问道："哥哥那里去未归？"】

全世界人都知道武大卖馒头去了，武松怎么会不知道？武松并没有打算找哥哥做什么事，这句话完全是顺口说出来的下意识的语言。潘金莲关门、闩门、端酒入屋、制造出来的二人世界的氛围，让武松下意识地想起了哥哥。

【妇人道："你哥哥每日自出去做买卖。我和叔叔自饮三杯。"】

叔嫂之间搞得太亲昵了，容易让人误解，单独在一起喝酒，无疑是最容易产生误解的行为。

【武松道："一发等哥哥家来吃。"】

武松是纯粹挂记哥哥，还是懂得瓜田李下之嫌？

【妇人道："那里等的他来。"说犹未了，早筛了一注子酒来。】

哪有工夫等他！随后就开始倒酒。潘金莲毫无理由地反驳了武松的要求。

【武松道："嫂嫂坐地，等武二去烫酒正当。"】

"正当"！作者用这词多刺眼。某些行为既不违法也不

违背道德，但是容易把自己放在嫌疑人的位置上。二十五岁的武松，懂不懂得这个道理呢？武松提出等哥哥回来一起喝酒，这才是正当的建议，可是这个建议，被潘金莲轻巧地毫无理由地给否决了。而武松没有表示任何的不满或者为难，很自然地接受了嫂嫂的安排。

【那妇人拿盏酒，擎在手里，看着武松道："叔叔满饮此杯。"武松接过手去，一饮而尽。那妇人又筛一杯酒来，说道："天色寒冷，叔叔饮个成双杯儿。"武松道："嫂嫂自便。"接来，又一饮而尽。】

潘金莲主动劝酒，并且隐含着勾勾搭搭的暧昧词。武松来者不拒，杯杯见底，对潘金莲的暧昧词语充耳不闻。武松如果是真傻，听不懂潘的话，咱们无话可说。如果是装傻，那就不应该了，这种关头再装下去就过分了。因为现在踩刹车还来得急。武松不但没有踩刹车，反而加了一脚油门：

【武松却筛一杯酒，递与那妇人吃。】

注意作者用个"却"字。就是刚才说的比喻：不但不踩刹车，却给了一脚油门。就是这个却！两人之间的情感一直是潘金莲主动，武松这一杯酒分明是在回应她的感情，至少在潘金莲眼里是这样吧。如果没有武松的回应，很难想象潘金莲会那么大胆那么露骨地勾引武松。

上面所有的文字，都是在描述武松对潘金莲情感的容忍和回应。我们俗话说，"一个巴掌拍不响"，还有说，"苍蝇不叮无缝蛋"，正是武松的暧昧态度，给了潘金莲胆量，助长了她的热情，这也是武松最大的不妥之处。潘金莲之所

以走错路，办错事，武松有不可推卸的责任。

潘对自己的丈夫毫无感情可言，背叛丈夫的心理压力较小。在爱情至上的心理中，她智商严重下降，恣意放肆。而从武松的暧昧态度能够看得出，他非常喜欢和嫂嫂单独在一起，处处顺从嫂嫂的安排，享受着她给二人制造的温情。但是武大的身影无时无刻不笼罩着武松。

金圣叹当然知道武松种种不妥的、暧昧的言行，这些言行分明不符合金圣叹心目中的完美英雄形象。为了让武松成为完美的英雄，金圣叹的办法有三种：第一，装糊涂。第二，做一些误导性的评论。第三，篡改施耐庵的文字。

第一，如何装糊涂的？例：

〖那妇人把前门上了拴，【夹批：绝倒。】后门也关了，【夹批：绝倒。○俗笔便竟搬酒来矣，此偏于搬酒先，着此两句，写出淫妇一腔心事。○又倒插出后门来，妙绝。】却搬些按酒果品菜蔬入武松房里来，摆在桌子上。【夹批：桌子出现。】〗

重要的应该是武松的态度，可是这里就弄一桌子，所以说他是装糊涂。

第二，怎么做一些误导性评论？例：

〖那妇人拿盏酒，擎在手里，看着武松道："叔叔，【夹批：叔叔三十二。】满饮此杯。"【夹批：闲闲而起。】武松接过手来，一饮而尽。【夹批：真好武二。○写武二饮酒处，特有神威。】〗

如果一饮而尽算是神威，满大街的酒鬼都很神威。

第三，怎么篡改施耐庵文字的？这部分有点多，顺着故事情节，慢慢对比着看。

金本这样写：〖那妇人也有三杯酒落肚，哄动春心，那里按纳得住，只管把闲话来说。武松也知了四五分，自家只把头来低了。【夹批：知了四五分，只把头低了。〇可知以上已有二三分不自在矣。】〗

容本是这样写的：【那妇人也有三杯酒落肚，哄动春心，那里按纳得住，只管把闲话来说。武松也知了八九分，自家只把头来低了，却不来兜揽他。】

对比就明白了，金圣叹把武松的智商降低了一半。容本说武松"知了八九分"。武松对于潘金莲想干什么，心里清楚得很。

而金圣叹说武松"知了四五分"，也就是说，武松是个傻子，根本不知道潘金莲想勾引他，所以武松做出很多不妥和暧昧的言行。千万别小瞧两个字的改动，这两个字的变化，完全把武松的思想和行为改变了十万八千里。

并且，金圣叹把"却不来兜揽他"这几个字给抹去了。这几个字表示武松了解潘金莲的意图，但是自己并没有任何委婉拒绝的言行，仅仅是"不去招惹她"。这几个字，充分表现了武松对嫂嫂这份情感的容忍态度。

经过金圣叹的篡改，武松由一个内心复杂的、真实的人，变成了一个单纯的傻子。金圣叹对武松的评价是"天人"。如果是赞美武松，或者叫吹捧武松，勉强能搭上点边；如果是对人物心理和形象的分析，则无法认可。所谓天人，就不是凡人，就是不食人间烟火的人，不食人间烟火的人，大概就是庙里的泥菩萨，或者是庙门前站着的金刚。庙里的泥菩

萨智商是多少呢？零。在金圣叹的笔下，武松已经很接近泥菩萨了。

在【武松也知了八九分】的时候，武松是了然于胸，可是为什么还继续装鸵鸟呢？这只能证明，武松内心的矛盾与踌躇。事情闹大了，反而不知道怎么处理。一方面，对于嫂嫂的行为，他是能够理解的。另一方面，这个感情又是不能接受的。怎么拒绝？事到临头了，武松还没想出好办法，只能是【却不来兜揽他】。

潘金莲：【一只手便去武松肩胛上只一捏，说道："叔叔只穿这些衣裳，不冷？"武松已自有五分不快意，也不应他。】

从字面上看，武松已经自己有了五分不高兴。那么，是谁惹武松不高兴呢？有读者可能会说，因为潘金莲的行为，自然惹武松不高兴。这个"自有"应该是自然的意思。其实不然，如果是潘金莲的行为惹武松不高兴，那么他早就应该不高兴了，在【武松也知了八九分】的时候，就应该不高兴了。

我们许多读者，读到武松粗暴地拒绝嫂嫂的时候，想当然地认为，武松站在道德的制高点，内心容不得女色，所以理所当然地拒绝嫂嫂。如果是这样，武松内心一定会对嫂嫂产生巨大的厌恶感觉，而这种厌恶感觉出现了吗？直至目前，还没有出现。

〖武松已自有六七分不快意，也不应他。【夹批：六七分不快，只不应他。】〗

金圣叹发现了武松的"五分不高兴"有些不足，不像

个好汉，直接简单地改成"六七分不快"。实际上，武松开始的反应是"把头低了，不去兜揽他"，随后是"自有五分不快意，也不应他"。再三之时，则是"有八分焦躁，只不做声"，情绪是逐步提高。

〖武松有八九分焦躁，只不做声。【夹批：八九分焦躁，只不做声。〇可知以下是十分震怒也。】〗

金大才子擅自就认为武松一定要"十分震怒"，但是他并没有分析，武松的"不快"和"焦躁"来源于何处。

从武松对潘金莲感情的容忍和放纵，能感觉到他没有产生应该出现的厌恶，说明他的情绪变化的原因来自内心，而不是潘金莲的刺激。武松到底是个什么样的人？

我们从目前已知的事件来分析他。刚刚出场的武松，讽刺怠慢自己的柴进。这一段故事，能看出武松内心的骄傲。酒醉后，不听酒保劝阻，上景阳冈遇老虎，说明武松缺乏理智。打死老虎后，不要封赏，把钱分给猎户，说明武松道德高尚，也重视自己的道德形象。仅以此三点来说，骄傲又道德高尚的武松，绝对不允许自己与嫂子做出苟且之事。而自己缺乏理智，没能把事态消灭在萌芽之中，让嫂子的情感泛滥到不可收场，必然引起内心的懊恼和烦躁。所以，武松最后的"八分焦躁"，是针对自己，而不是针对潘金莲。

被爱情冲昏头脑的潘金莲，对武松发起猛烈的攻势。她看见武松对她产生了好感，而且好感愈来愈强。但是，她没看见重视道德的武松，在道德的压力下，在内心形成了一道冰冷防线。攻破这道冰冷的防线，唯一的办法就是通过时

间，通过柔情让它慢慢融化。而潘金莲用火山迸发出来的岩浆一样的热情，去冲击武松内心的冰块。结果呢？冰与火激烈地碰撞，产生了不可预料的爆炸！

【嫂嫂休要恁地不识羞耻！】

这句话看起来是指责潘无耻，其实恰恰是武松内心在道德压力下的宣泄。因为，武松时时刻刻都会想到，如果爱上了嫂嫂，是非常无耻的事。但是，武松内心对嫂嫂的好感，是自己都无法否认的。他是用自己时时刻刻抓住的道德盾牌，顺手给了潘金莲一击。

【把手只一推，争些儿把那妇人推一跤。】武松就像被潘金莲惯坏的孩子。一个被惯坏的孩子，自然会用粗暴的方式拒绝爱。

如果武松对嫂嫂的爱情是极为冷淡的感觉，那么他一定会理智地采取低调、委婉、周全的方式拒绝嫂嫂。只有这样，才能保全哥哥的颜面和嫂嫂的自尊，自己也不会尴尬，一家人才能和谐地相处下去。这样拒绝潘金莲的方式，才是合情合理的。

正因为对潘金莲产生了好感，才缺乏理智的武松，处处容忍潘金莲的爱情。他得过且过，事到临头，在道德压力下，粗暴挣脱嫂嫂的爱情。

4

【武松只不则声。寻思了半晌，再脱了丝鞋，依旧穿上

油膀靴，着了上盖，带上毡笠儿，一头系缠袋，一面出门。】

这是武松与嫂嫂闹翻之后，出门时候的描写。换成一个普通的作家，可能会写"武松出门走了"，就这样一句话可以表达的事情，作者却罗列了一大堆生活中的小物品，照应前面的情节，并且用缓慢的语调，细致地描写武松的动作，难道是没有意义的吗？金圣叹怎么点评这段文字的呢？

【再脱了丝鞋，依旧穿上油膀鞋，着了上盖，带上毡笠儿，【夹批：前脱时从上而下，今着时从下而上。】一头系缠袋，一面出门。【夹批：活画，画亦画不出。】】

他只说武松穿戴的顺序，然后说，像图画一样。这样的点评完全是废话。金大才子一定能体会其中的意义，他故意不说。不信？咱们看看金大才子是怎么解读《西厢记》的：

【【扑剌剌、宿鸟飞腾，颤巍巍、花梢弄影，乱纷纷、落红满径。碧澄澄、苍苔露冷，明皎皎、花筛月影。】凡下"宿鸟、花梢、落红、苍苔、花影"无数字，却是妙手空空。……因鸟飞故花动，花动故落红。……盖因双文去，故鸟飞而花动，而落红也，而偏不明写双文去也。……一片苍苔，但见花影。盖因不见双文，故见花影也。而偏不明写不见双文也。一二三句，是双文去，四五句是双文去矣。看他必用如此笔，真使吃烟火人何处着想。】

双文离开的时候，作者描述的都景，没有一个情字，但是所有的景都饱含了情。所以金圣叹说，妙手空空。

施耐庵描写武松出门，与《西厢记》的双文离开，有异曲同工之妙，都是妙手空空！这里面写了一系列的物，一

系列的小动作，就是没有情字。其实，物物有情。中国人对文学的追求讲究情景合一。一般水平的作家，写起情来，满篇都是情字，实际很无聊。好一些的作家，就能做到既有景，又有情，情景交映。这种作家中国还是很多的。超一流的作家，满篇都是物，都是景，就是没有情字，但是若深刻去体会，其实满篇都是情。施耐庵就是这种超一流作家。再仔细品味这句话。

【武松只不则声。寻思了半晌，再脱了丝鞋，依旧穿上油膀靴，着了上盖，带上毡笠儿，一头系缠袋，一面出门。】

【再】字，表示以前就脱过丝鞋。以往是生活中平常动作，脱丝鞋，穿油膀靴，出门去工作。而这一次的脱丝鞋，与以往的脱是完全不同的含义。所以，作者用一个"再"字，是表示告别，有着深深的情感在里面。

【依旧】二字表示，又回到了以前的生活状态。以前的武松，从来没有穿过丝鞋。这一次是武松彻底告别了丝鞋，回归到以往穿油膀靴的状态。告别丝鞋，代表着武松对嫂嫂情意的拒绝。

【带上毡笠儿】这个过程对应【入得门来，便把毡笠儿除将下来。那妇人双手去接】时候的情景。嫂嫂笑脸相迎的场景，出现在武松的脑海里。

【系缠袋】这个过程，就会对应和联想到【解了腰里缠袋，脱了身上鹦哥绿纻丝衲袄，入房里搭了】时候的情景。这里面似乎没有潘金莲，但是，仔细体会武松的这些动作，解缠袋，脱衲袄，挂衲袄，都是潘金莲眼睛里的动作。也就是说，

在武松做这些动作的时候，潘金莲在身后，深情地注视着武松。武松在系缠袋的时候，联想到的是嫂嫂在背后深情的目光。

所以，【带上毡笠儿，一头系缠袋】表示武松对嫂嫂情意的不舍。

这一段对武松出门时候的描写，就是表示，武松既拒绝嫂嫂的情意，又恋恋不舍，这样一种矛盾的心情。

通过观察武松与潘金莲相处的过程来看，武大对自己的弟弟不放心是有一定道理的。所以，武大在"未"时回家，果真有目的。

【武大进来，歇了担儿，随到厨下，见老婆双眼哭的红红的。】

武大为啥一定要急急忙忙地看清老婆的神情呢？答案很简单，推不开门啊！门为啥推不开？门内发生了什么事情？这些问题当然是武大最关心的问题。而要找到答案，首先要在老婆的脸上找。当武大【见老婆双眼哭的红红的】，谢天谢地！门为啥锁着推不开，这问题不重要了，门内发生什么事情，已经有答案了，而且是武大最希望的最满意的答案。

【武大道："你和谁闹来？"】

这话明摆着装糊涂。门是在内部由插销闩住，既然外面进不来人，屋内只有叔嫂二人，你说和谁闹来？朋友们千万不要以为，武大不知道自己弟弟在家与否。当潘金莲在厨房诬陷武松，武大训斥了老婆之后，马上来到武松房里问：

你吃东西没？武大早知道弟弟在家。武大听了老婆诬陷弟弟的话以后，以强有力的口气做了如下判决：

【我的兄弟不是这等人！从来老实！休要高做声。吃邻舍家笑话。】

武大这辈子可能是第一次，也是唯一的一次，用这样的口气对老婆说话。这句话的警告意味是非常明显的，一向强势的潘金莲这一分钟老实了，话都不敢说。许多读者把这句话作为武松不可能对嫂嫂产生感情的依据，因为，最了解武松的哥哥，并且是当事人的武大，已经这样认定了，其他人还有怀疑的理由吗？

定义的产生，绝对不是凭空掉下来的。但是，定义产生的环境与时机，才能决定此定义是否可靠。

武松的暧昧态度，是武大对弟弟不放心的主要原因。武大在"未"时回家后，看见老婆【双眼哭的红红的】，心中悬着的那块大石头才落地。这时候，他才敢斩钉截铁地说：我的兄弟不是这等人！

【武大撇了老婆，来到武松房里叫道："二哥，你不曾吃点心？我和你吃些个。"】

作者在这个地方用了一个"叫"字，很大声地说话，说明武大掩饰不住内心的高兴，有些兴奋。然后他很莫名其妙地说，你还没吃东西吧？我陪你吃。

武大回家后，老婆已经告诉他，当嫂子的做了酒菜请武松吃了，不会饿着。而且在叔嫂二人都在生气的时候，在这种尴尬氛围下，恐怕也吃不下什么东西。武大其实想表达

一种感激之情，但是又不知道如何开口，如何表达，甚至说，也不知道该不该感激，所以就说出了我们一般人常见的，驴唇不对马嘴的关心式语言。

武松没接话茬儿，根本没搭理他哥哥。【寻思了半晌，再脱了丝鞋，依旧穿上油膀靴，着了上盖，带上毡笠儿，一头系缠袋，一面出门。】

【武大叫道："二哥那里去？"也不应，一直地只顾去了。】武松第二次没搭理他的哥哥。

武松走了以后带一个土兵回来搬家，再次出门的时候：【武大赶出来叫道："二哥，做甚么便搬了去？"】

自从武大回家，看见老婆哭红眼睛以后，这是武大第三次试图与武松沟通。前两次武松都没搭理他，这一次，也是第三次，武松实在忍不住了，终于怼了哥哥一句：

【武松道："哥哥不要问。说起来装你的幌子。你只由我自去便了。"】

这句重要的话，在文章一开始就解释过了。武松怼武大："哥哥别问了，说起来啊，你就是和我装样子。你就让我自己走吧。"言下之意就是，你少装，我早知道你要干什么！

哥哥假装不在意的，在午后一点回家，实际上就是为了捉自己老婆和弟弟的奸！武松看穿了哥哥的意图，很生气，前两次武大喊他，他都没搭理他。作为亲哥哥，怎么会把自己的弟弟想得如此不堪？怎么会用这种阴暗的手段对付自己的弟弟？武松根本不想搭理他的哥哥。最后实在是忍不住了，他就用装幌子来怼他哥哥。

在武松与哥哥及潘金莲三人之间的关系上，"装幌子"这个词是极其重要的一个词。尤其这个词是从武松嘴巴里说出来的，是武松怼他哥哥的语言。

武松怼他哥哥"装幌子"，首先解释清楚了，武大为什么在午后一点回家这个不正常的行为；其次，这个"装幌子"也是武松兄弟俩情感关系的一部分写照。最重要的一点是，通过武松怼他哥哥"装幌子"，无意当中，婉转地表示了武松对潘金莲的尴尬情感。为什么这么说呢？如果没有武松对潘金莲的尴尬情感，他哥哥有必要"装幌子"吗？

从武松嘴巴里怼出这句"装幌子"，也是极其重要的故事情节。武松的这句话，是武松、武大、潘金莲三个人关系的第一个重要节点，也是他们三个人故事发展的点睛之笔。

小时候写作文，老师经常会对我们的作文当中不合适的词汇和文法做出批改。当我读金本七十回《水浒传》时候，就有这样的感觉：金圣叹把施耐庵当成了自己的学生，肆无忌惮地更改里面的文字。但是他没有想到，他的同乡、前辈施耐庵先生，在这地方挖了这么大一个坑，让他掉下去了。

大文豪的文字可以随便更改吗？真是笑话。

所以鲁迅批评金圣叹："……而且经他一批，原作的诚实之处，往往化为笑谈，布局行文，也都被硬拖到八股的作法上。……总在寻求伏线，挑剔破绽的泥塘。自称得到古本，乱改《西厢》字句的案子且不说罢，单是截去《水浒》的后小半，……也就昏庸的可以！"

5

【武大道："他搬了去，须吃别人笑话。"那妇人道："混沌魍魉！他来调戏我，到不吃别人笑！……武大那里敢再开口。】

本来武大听了老婆诬陷弟弟以后，以训斥的口气说老婆："我的兄弟不是这等人！从来老实！休要高做声。吃邻舍家笑话。"潘金莲都没敢说话。那么武松前脚刚走，面对潘金莲的污蔑，武大怎么不敢说话了呢？怎么不敢坚持原则了呢？

潘金莲见武松走了以后，最重要的证人不在了，本来心虚的胆气，又能鼓了起来。她为了能回到生活的正常轨道，所以死撑着谎言，来维护自己的自尊和面子。这一点大多人都能理解。那么，武大是因为怕老婆不敢说话吗？当然不是。武松走了以后，武大最担心的婚姻危机解除了，如果继续追究事情的真相，维护弟弟的尊严，与老婆发生口舌之争，导致老婆颜面无存，反而容易把老婆推出家庭，导致新的婚姻危机。所以，最好的办法就是以怕老婆的形象，闭嘴。这段文字，反映出武大的自私和狡猾。

当武松怼他哥哥"装幌子"之后，【武大那里敢再问备细】，这次武大不敢说话了，才是真的害怕了！武大怕老婆是假的，怕弟弟才是真的！

少年时代读《水浒传》，以为武松说他哥哥装幌子，是想表达："是你老婆在勾引我，你懂，别和我装。"

如果武松是针对嫂嫂，这样怼他哥哥，武大完全可以为自己老婆解释，或者说一些安慰武松的话。前面，武大几次三番想与自己弟弟沟通，无非是这个意思。但是武大没有料到，武松的火气是针对自己的。当武松把话挑明了，用一个"装幌子"直接扎到他心里的时候，武大就傻眼了。他内心里面所有的龌龊念头，都被武松看得清清楚楚，自然也就不敢再说啥。

【武大见老婆这等骂，正不知怎地，心中只是咄咄不乐，放他不下。】

武松走后，潘金莲喃喃呐呐地骂了一大堆话。武大开始情绪低落了，原因当然不是老婆骂人，他经常被老婆骂，早就习惯了。如果武大是因为老婆骂人而不高兴，恰恰可以把"正不知怎地"这几个字去掉。

【放他不下。】这四个字明白无误地告诉读者，武大很惦记武松。惦记未必表示关心，这是中性词，怎么理解都可以。比方说，某某人要是惦记你，有可能惦记你的钱，也有可能惦记你的小命。那么武松已经挑明了"你就会装幌子，想用阴险的手段算计我"，这时候，武大会怎样"惦记"武松呢？当然不会惦记武松的小命，但，也绝对不是关心。总而言之，必然情绪低落。发挥我们的想象力，想想武大如何惦记武松吧。

【自从武松搬了去县衙里宿歇，武大自依然每日上街挑卖炊饼。】武大的生活，又恢复了往常的平淡而幸福的模样。

【本待要去县里寻兄弟说话，却被这婆娘千叮万嘱，分

付教不要去兜揽他。因此，武大不敢去寻武松。】

这段话，分明是一段解释，解释给所有人听。关键问题是，这段话是谁出来解释的？不是武大，是作者！关于武松、潘金莲、武大，三个人的故事，作者始终站在旁观者的角度，向我们读者讲述他们的故事。这一分钟，他站出来替武大解释。偏偏这个解释，貌似符合逻辑，读者很容易接受。真想揪住施老先生的胡子，说：老家伙，又想骗我？又想逗我玩？

在生活中，出现了武大家里这样的矛盾，会有什么样的社会舆论呢？武大训斥老婆：小点声，会被邻舍笑话。武大的担心是有道理的。

武松搬家以后，邻舍一定会说：武大，你兄弟怎么搬出去住了？

武大：哎呀，和我老婆吵架。

邻舍：你兄弟年纪小，不懂事，去劝劝。一家人和和睦睦的，多好。

武大：我也这么想啊，总惦记着他，可是老婆不让去。

邻舍偷着笑：这武大，怕老婆怕成这样！

作者就是这么狡猾地把家庭矛盾发生以后的社会舆论以及武大的言行描写出来了。作者并非是替武大做解释，而写的是武大家发生家庭矛盾以后产生的社会舆论。这种社会舆论的产生，是由武大有意散播的。他自己根本不想去看望弟弟，而把责任推到老婆身上。原因何在呢？就是因为武松怼他的那一句话，让武大心中忐忑不已。他根本就不敢面对

自己的弟弟。

过了十几天平静的日子，武松要出差，临行，准备了一些酒肉，来到了哥哥家里。武松主动打破了双方尴尬的局面。

【武大恰好卖炊饼了回来。见武松在门前坐地，叫土兵去厨下安排。】

武松并非厌恶潘金莲而不进房门。不做亏心事，堂堂正正，什么样的门都能进。武松是用这样的方式暗示潘金莲，避免单独相处，拉开双方的距离。同时，也是对哥哥的暗示。

【那妇人余情不断，见武松把将酒食来，心中自想道："莫不这厮思量我了，却又回来？】

潘金莲对武松的行为完全理解错了，简直就是南辕北辙，所以在后面，再一次地发生矛盾冲突，一点都不奇怪，完全是符合逻辑的，完全是顺理成章的。因为这两个人的思维，根本就不在一条轨道上。潘金莲从来就没有真正理解过武松。爱情是一个奇怪的东西，它不一定会产生在相互理解的男女身上。

【"叔叔不知怎地错见了，好几日并不上门，教奴心里没理会处。每日叫你哥哥来县里寻叔叔陪话。归来只说道没寻处。今日且喜得叔叔家来。没事坏钱做甚么！"】

潘金莲以为武松回心转意了，打扮得漂漂亮亮的，下来迎接武松。这些话有真也有假，咱们先分辨清楚。

【叔叔不知怎地错见了。】这话，假的。全世界人都知道是假的。

【教奴心里没理会处。】这话，真的。委婉地表达了相思之苦。

【每日叫你哥哥来县里寻叔叔陪话。归来只说道没寻处。】这话，是真的呢？还是假的？

前面的文字里已经分析了，武大以"老婆不让自己去找弟弟"为借口，散布了一些舆论，掩盖自己真实的内心。由此反推潘金莲的话是真实的，他老公在撒谎。当然，这种反推理由不充分。好吧，咱们再找一些证据，证明潘金莲不应该是撒谎。记得武松怼了他哥哥"装幌子"走后，潘金莲喃喃呐呐地骂了一大堆吗？看看她是怎么骂武松的：

【"只道说是'亲难转债'。人只道一个亲兄弟做都头，怎地养活了哥嫂，却不知反来嚼咬人！正是'花木瓜，空好看'。你搬了去，倒谢天地，且得冤家离眼前。"】咱们一句一句地分析，非常好玩。

【只道说是"亲难转债"。】意思是说，再亲的人，也难替你背负债务。这是哪儿跟哪儿啊？明明是感情纠葛，怎么变成债务纠纷？潘金莲被武松气糊涂了吧。没有糊涂！记得张学友那首歌吗？"你相信吗？这一生遇见你，是上一辈子我欠你的。"欠的什么？感情债！潘金莲在感叹，没有人能替她背负这个感情债！

【人只道一个亲兄弟……却不知反来嚼咬人！】怎么反嘴咬一口？潘金莲在骂武松，狗咬吕洞宾，不识好人心！全心全意的爱，当成驴肝肺。

【正是"花木瓜，空好看"。】说武松是绣花枕头，白长

那么帅了，一点情意都不懂。"花木瓜"是个典故，书要读少了，未必知道。仔细观察潘金莲，会发现她喜爱读书，是挺有才情的女子。

【你搬了去，倒谢天地，且得冤家离眼前。】表面看起来，又爱又恨的人，称呼为冤家。实际上只有爱没有恨才叫冤家。

潘金莲被武松粗暴地拒绝以后，骂武松的这些话，有一丁点的恨吗？全是因爱而产生的怨。怨了以后，仍然是爱。这明明不是骂，可是作者非得说是"骂"。作者的这种写作手法，在书里面非常多。后面有潘金莲真正骂武松的话，很歹毒的，但是作者就是不告诉读者。

看了潘金莲骂武松的话，咱们自然能明白，【每日叫你哥哥来县里寻叔叔陪话。归来只说道没寻处。】这句话，绝对是潘金莲的真心话。而武大，【却被这婆娘千叮万嘱，分付教不要去兜揽他。因此，武大不敢去寻武松。】这些话，是在撒谎。

说到潘金莲骂武松的这段文字，咱们还是可以对比一下，会发现金圣叹先生的心态很有意思。

〖那妇人在里面喃喃呐呐的骂道："却也好！【夹批：三字起得声态俱有，活画出淫妇情性来，正不知耐庵如何算出。】人只道一个亲兄弟做都头，怎地养活了哥嫂，却不知反来嚼咬人！正是'花木瓜，空好看'！你搬了去，倒谢天谢地！且得冤家离眼前！"【夹批：如闻其声。】〗

金圣叹把潘金莲骂的第一句话"亲难转债"删了。潘金莲骂的内容，金圣叹一个字都不解释，又来装糊涂。这些

内容中除了"花木瓜"是个典故，其他内容并不是很难，他不可能不懂。

他之所以不解释，是因为他无从解释，没办法解释，因为这些文字完全违背了金圣叹的立意。金圣叹要全力把潘金莲打造成一个标准的淫妇，而标准的淫妇，只能有"淫"，不应该有"情"，所以面对潘金莲一大堆情意绵绵的话，估计金圣叹傻眼了，只好装糊涂。

【今日且喜得叔叔家来。没事坏钱做甚么！】上半句，潘金莲是发自内心的高兴。下半句，又弄出小女人的自作多情。没事回家干啥？还是有事吧？有啥事呢？想我了吧？

【武松答道："武二有句话，特来要和哥哥嫂嫂说知则个。"】出差是借口，武松有重要的话想表达。

6

【岁月如流，不觉雪晴，过了十数日。】

潘金莲勾引武松的那一天，是大雪纷飞的天气。现在，天气变得好了，暗示武松的心情和心态也变了，经过时间的沉淀，武松对这段感情的风波，应该进行了认真的思考和反省。

【武松劝哥哥嫂嫂吃酒。那妇人只顾把眼来睃武松。武松只顾吃酒。酒至五巡……】

酒喝了老半天，三人都不说话。如果不是武松劝酒，屋子里一定是静悄悄的，场面多尴尬啊。刚来的时候，武松

明确表示有话要讲，现在又不开口了，只劝哥嫂喝酒，说明武松的心里话很难开口，不知道该如何表达。武松始终在犹豫，或者说，寻找合适的词汇。

潘金莲这傻姑娘像花痴一样，贪婪地盯着自己的心上人，脑子好像什么都没琢磨。

武大什么状态？作者不说。三个人在一起，他只讲两个人状态。作者一贯如此，往往把最关键的、最有趣的情形给省略了，让读者自己猜。在上面猜过，叔嫂二人首次见面，有三十秒空白，这三十秒里，一定出现了很有趣的表情。那么，现在的武大呢？

猜武大一定是这样的：酒不知味，到口即干。笑不如哭，强挤皱纹。坐不如立，立不如坐。武松怼他一句"装幌子"以后，他都不敢面对武松。当武松没打招呼，出其不意地来了，估计他只能是这个样子。不过，武松怼他哥哥之后，会产生一个反作用力：你武松知道哥哥午后一点回家，是为了捉奸，但是，你武松想过你哥哥为什么要捉奸？你武松就没有责任吗？这应该是武松在雪晴之后，反思了十几天的主要问题。

从武松怼他哥哥"装幌子"能看出来，武松内心藏不得奸，见不得阴险狡诈的做派，也就是我们常说的俗语，"眼睛里揉不得沙子"，即使是自己的亲哥哥，他也豪不客气地怼过去。这是武松内心的阳光之处，也是武松耿直的表现。可是生气过后，经过十几天的冷静思考，武松应该明白一个简单道理：先有车，后有辙。

　　虽然武松与嫂嫂并没有苟且在一起，虽然武松最终拒绝了嫂嫂，但是，你嫂嫂的秋波荡漾、媚眼飘飘，你武松都坦然相受，你哥哥能不想捉奸吗？了解事情的真相，绝对不能简单地看事件的结果。许多读者看见了武松严词拒绝嫂嫂，然后就简单地下结论，必然有误。任何事情的发展都有因果关系。

　　大概武松意识到了自己的不妥之处，所以才会利用出差为借口，主动到哥哥家，试图表白自己的心迹，试图与哥嫂开诚布公地沟通。但是，怎么沟通呢？这种情况，关系到一个人最隐秘的内心情感，是很难开口的。最重要的原因是，这种情感属于不道德的情感！

　　所以武松采取了一种比较聪明的做法。第一，用"不进门"的方式暗示哥哥，以后一定会离嫂嫂远点，你就放心吧。第二，武松用非常真诚的态度，讲了许多关怀和爱护哥哥的话。当他对哥哥表示关爱和敬重的时候，书中写了足足有两百多字。这是武松这个角色出现以来，一生中，讲得最多话的一次！可见武松的态度是非常真诚的。

　　许多评论者分析这些话的内容，甚至得出"预示潘金莲出轨等内容"。个人认为，这样的评论是想多了，武松不是预言家。

　　武松语言的内容，基本都是嘱咐哥哥生活上的一些琐事，这些话到底有什么含义呢？没必要想那么复杂。咱们中国人临出远门的时候，不是都会嘱咐亲人一大堆琐碎的话吗？嘱咐长辈：记得吃药，多吃素，少吃肉，天冷了记得戴

围巾，走路慢点，小心车……这么多琐碎的话，其实就是代表一个字：爱！

难道说，某天老人走路摔了一跤，弄骨折了，能说，离别的那位亲人是预言家吗？我们中国人与西方人对情感的表达有很大的差异，如果是西方人，武松那么多的话都能省略，只用几个字就够了："哥哥，我爱你！"武大在这个时候，才真正理解了自己的兄弟。

在兄弟俩以前交往的过程中，武大对自己的弟弟有严重的误判。第一次，他观察到了弟弟和老婆之间产生了微妙的情感，他以为自己的老婆一定会出轨，自己的弟弟一定会给自己戴绿帽子，所以，他在午后一点回家试图捉奸。但是，他没料到，自己的兄弟竟然拒绝了老婆。这是一个意外之喜。

第二次，当武松怼他"装幌子"，他发现自己内心的龌龊想法都被弟弟看穿了，弟弟很生气，他不知道弟弟会怎么对付自己，所以才"惦记"弟弟，很忐忑地不敢面对他。

当武松如此表白的时候，武大知道自己又错了。武大对待弟弟的心态，就是典型的"以小人之心度君子之腹"，这时候的武大才发自内心地感动。【吃了几杯，武松拜辞哥哥。武大道："兄弟去了，早早回来，和你相见。"口里说，不觉眼中堕泪。】这次眼泪，是被武松不计前嫌、发自内心的亲人的关爱所感动。

很多人认为，这次眼泪，是因武大舍不得武松离开家。这种判断是错的。武松一开口讲话就告诉哥哥，这次出差，最多四十天就回来。上次武松犯案逃跑，离开家一年多，再

次见到弟弟的时候，武大的情绪也没啥大的波动，也没见他对弟弟有啥特别的关怀。这次，就为了四十天，至于这么动情吗？

对比两次亲人之间的离别、见面，可以判断武大是个自私的人，武松才是一个胸怀宽广、注重亲情的人。

写作有一个简单的手法叫"对比"。作者描写武松和哥哥武大的时候，采用的就是这种方法。但是作者的"对比"可不是简单的对比，读者都看见了，哥俩的外在形象，弟弟高大帅气，哥哥矮小丑陋，这种外在的差异是极端性的。

但是，哥俩的内在心理和气质的对比，也是极端性的。弟弟阳光耿直，注重亲情，知错就改；哥哥心理阴暗，自私狭隘，胆怯，不敢面对自己的错误。弟弟的外在形象与心理都很美，而哥哥的外在形象与内心都很丑。

武松与哥哥的思想沟通顺利完成了，哥俩又回到了亲人之间最美好的状态。武松与嫂嫂之间呢？咱们都知道，又吵架了，又闹翻了！潘金莲根本就不理解武松，所以这次吵架也在情理之中。但是这次吵架，除了双方不够理解以外，好像还有其他的因素在里面。看看武松当时如何与嫂嫂沟通的：

【嫂嫂是个精细的人，不必用武松多说。我哥哥为人质朴，全靠嫂嫂做主看觑他。常言道："表壮不如里壮。"嫂嫂把得家定，我哥哥烦恼做甚！】

这些话无非是武松为了缓和关系，给嫂嫂戴高帽子拍马屁。但是，武松话锋一转，突然说了一句：

【岂不闻古人言："篱牢犬不入。"】

这句话非常重要。它是武松、武大和潘金莲三人关系的第二个节点，也是他们三人最重要的人生转折点，尤其是决定了潘金莲重大人生转变的节点。先看看金圣叹如何分析。

金本这样：〖我哥哥为人质朴，全靠嫂嫂做主看待他。【夹批：竟是托孤语，读之慷慨泪下。○读武二此语，忽叹昭烈如其不才，君可自取之言，狗之言也。】〗

好像武松算定了哥哥必死无疑，所以"托孤"。金圣叹这话本身带有强烈的迷信色彩。其实，《水浒传》中，从来就没有迷信思想。这一点，往后慢慢看。

当代还有一种主流观点，认为武松知道潘金莲是个淫荡的女人，所以对其进行警告。这种观点最是胡扯，完全不符合人之常情。当着哥哥的面，这样警告嫂子，哥哥的脸面何在？这样损嫂子，不就等于是打哥哥的脸一样吗？让哥哥情何以堪？岂不是在当面羞辱自己的哥哥！

这句话，之所以产生很大的疑点，是因为武松的话没有说完，被受此句话刺激的潘金莲打断了。

武松既然主动回家与哥嫂沟通缓和关系，就不可能说出刺激嫂子的语言。武松如果认识到"前有车，后有辙"的道理，必然会对嫂嫂承认自己在某些地方做的不妥。两人的感情之所以发展到这个地步，并不都是嫂嫂的错，是自己的思想防线没有守牢，才导致在两人之间发生不该发生的感

情，是自己思想防线这个"篱笆"出现了漏洞，才导致今天的尴尬局面。而两人的感情不能公开谈，所以武松采用一句俗语，婉转、隐晦地承认自己的错误。这才是"篱牢犬不入"的含义。

就像今天的俗语，"苍蝇不叮无缝的蛋"是一个意思。武松是在为自己解释，而不是讽刺嫂嫂。但是，这句话能刺激嫂嫂，让嫂嫂产生那么激烈的反应，武松却没有预料到。武松来到阳谷县只有一个多月，并不了解自己嫂嫂过去的经历，更不可能知道嫂嫂有个"爱偷汉子"的坏名声，谁会吃饱了撑的对武松讲，他的嫂子是个爱偷汉子的坏女人？那不是等于当着武松的面羞辱武松的哥哥嘛。所以，武松完全没有料到，自己的用词刺激了潘金莲。像花痴一样的潘金莲，这时候反应非常快。

【我是一个不带头巾男子汉，叮叮当当响的婆娘，拳头上立得人，胳膊上走的马，人面上行的人！不是那等搠不出的鳖老婆！自从嫁了武大，真个蝼蚁也不敢入屋里来。有甚么篱笆不牢，犬儿钻得入来！你胡言乱语，一句句都要下落，丢下砖头瓦儿，一个也要着地。】

金圣叹对潘金莲的话给出的评价是：〖夹批：辞令妙品。○淫妇有相，只看会说话者，即其人也。〗金圣叹对潘金莲的话，完全当笑话看待。许多读者恐怕也是这样。

怪不得这些读者，因为作者在潘金莲一出场的时候，这样介绍潘金莲：【原来这妇人见武大身材短矮，人物猥獕，不会风流，这婆娘倒诸般好，为头的爱偷汉子。】

作者的这种描述，在潘金莲故事发展中，似乎存在前后矛盾。在潘金莲勾引武松之前，没有任何证据能够证明潘金莲爱偷汉子。潘金莲在以往的经历中，只发生过一件重大事件，这件事恰恰证明了潘金莲坚贞的一面。

【因为那个大户要缠他，这女使只是去告主人婆，意下不肯依从。那个大户以此恨记于心……】

如果潘金莲爱偷汉子，与这大户偷一次又何妨？潘金莲坚拒了大户的要求，得罪了自己的主人，后果很严重。主人倒贴嫁妆，把她嫁给一个丑陋的武大，就是报复她。

与潘金莲有相似遭遇的人，同样承担了严重的后果。谁呢？《红楼梦》里的鸳鸯。当鸳鸯拒绝了主子贾赦和邢夫人的无耻要求，贾赦威胁鸳鸯的哥哥："叫他细想，凭他嫁到谁家去，他难出我的手心！除非他死了……"当鸳鸯的保护伞老太太过世之后，刚强的鸳鸯只能自杀，否则，鸳鸯一定是第二个潘金莲，她的遭遇不会比潘金莲更好。

鸳鸯用生命的代价，换了一个"忠烈"的好名声。"忠烈"的名声与鸳鸯毫无关系，是贾氏家族为了遮丑，为了掩盖鸳鸯自杀真相有意散布的舆论。

"爱偷汉子"的名声，与潘金莲同样毫无关系，那是大户为了报复潘金莲有意散布的恶名。逻辑是这样：潘金莲在嫁给武大之前，一直生活在大户家里，坏名声只能从大户家里散播出来。而潘金莲在大户家中的生活状态表现出是一个坚贞的女子，一个不肯对自己流氓主子低头的女子，怎么会有这样的坏名声呢？自然就是那个记恨潘金莲的大户故意

污蔑潘金莲。

在武松与潘金莲闹翻离家之后，作者这样写：【自从武松搬了去县衙里宿歇，武大自依然每日上街挑卖炊饼。本待要去县里寻兄弟说话，却被婆娘千叮万嘱，分付教不要去兜揽他。因此，武大不敢去寻武松。】前面分析过这段情节，武大因怕老婆，不敢去寻武松，是一种社会舆论，也是一种谣言。而这个谣言的始作俑者是武大。

同样道理，大户与武大非亲非故，倒贴嫁妆，把潘金莲这样一个美貌的女孩子，嫁给丑陋的武大，在当时一定有着非同凡响的社会舆论。

会有人问那大户：疯了？把这么漂亮的丫头，倒贴钱嫁给武大？

大户回答说：这丫头德行不好啊，总爱偷汉子。不嫁给武大，别人能要吗？还能嫁得出去吗？

所以，潘金莲的坏名声就这么出来了。

社会舆论不一定都是真相，也可能是由谣言演变过来的。谣言很难追查源头，是因为一般人懒得去追查。如果有人认真追查谣言，它就不会变成社会舆论。

关于武大不敢找武松的社会舆论，在故事发生之后，读者容易理解。而关于潘金莲爱偷汉子的舆论，发生在故事的背景中，自然不容易理解。读者的兴趣和注意力往往集中在主要的故事情节发展当中。作者只是用简单的方式，不加解释地描述了这段谣言演变成社会舆论。这两段情节，作者采用了相同的写法，都是从作者的口中说出来的社会舆论。

（关于作者的这种奇特写作手法，在后面慢慢分析。）

潘金莲对于自己的经历当然很清楚。时间久了，必然会听说自己的流言蜚语，这种坏名声对潘金莲来说，是一件极端痛苦的事。在中国社会中，这种坏名声意味着，一个女人永远要承受鄙视的眼光，永远背着洗刷不掉的耻辱，而武松无意中的一句话，恰好刺中了她内心中最痛的伤。所以，并不是很机敏的潘金莲，才会产生激烈的反应。

当潘金莲愤怒地指责武松胡言乱语之后，【武松笑道："若得嫂嫂这般做主最好；只要心口相应，却不要'心头不似口头'。……"】

武松是什么样的笑容，作者不说，读者只能自己体会。知道嫂嫂误解了自己，武松也只能顺着潘金莲的语言说"嫂嫂这般做主最好"。后一句，"只要心口相应，却不要'心头不似口头'"又有了让人疑惑处。

从内容上说，要求潘金莲遵守承诺。如果是这么简单的意思，只需要"心口相应"四字足够，注意，后面一句，似乎有些多余的"心头不似口头"，却似曾相识。回顾一下，何时出现过？

【"我听得一个闲人说道，叔叔在县前东街上，养着一个唱的。敢端的有这话么？"武松道："嫂嫂休听外人胡说。武二从来不是这等人！"妇人道："我不信！只怕叔叔口头不似心头。"】

上面这些话，是二人单独相处时候产生的对话，里面的内容只有两人知道。潘金莲当时说武松"口不对心"，现

在武松故意说"心不对口",是用只有二人知道的私下语言,婉转地向潘金莲解释,现在"口头"的语言,不是"心头"真实想法。这是武松又一次暗示潘金莲,表示对方误解了自己真实的内心。

而情绪激动的潘金莲并没有理解武松的暗示。武松拒绝她情感的含义,潘金莲终于懂了,但是,她依然认为武松的"篱牢犬不入"是羞辱她。

【那妇人推开酒盏,一直跑下楼来,走到半胡梯上,发话道:"你既是聪明伶俐,却不道长嫂为母?我当初嫁武大时,曾不听得说有甚么阿叔,那里走得来,是亲不是亲,便要做乔家公。"】

"长嫂为母,长兄为父"是中国古人的基本道德要求,就像我们今天教导小学生,到了学校要尊敬老师,要喊老师好。这种基本道德要求,难道一定是"聪明伶俐"才懂吗?显然,这是潘金莲讽刺武松的话。

潘金莲对武松的情感,是不道德的情感,是不能公开说出来的。那么她在对武松表白自己心迹的时候,像武松一样,都是婉转的暗示。

先看看下面这句话是怎么说的:【我当初嫁武大时,曾不听得说有甚么阿叔,那里走得来,是亲不是亲,便要做乔家公。】

这句话,在前面讲武大的时候已经分析过,含义是:我当初嫁给武大的时候,从来没听说他有个弟弟。你是从哪出来的?冒充亲戚!

上下两句话，都有亲戚关系的字眼。下句话的含义是明显的：不知道你是我老公的亲弟弟。潘金莲这话是想解释什么？联系到他们二人的情感问题，答案自然很明显，潘金莲在解释：如果知道你是我老公的亲弟弟，我就不会对你产生情感。

把这个内容，结合上面的"长嫂为母"一起对应思考，答案是不是有点惊人？潘金莲这句话完整的含义就是：我不知道老公有个亲弟弟，以为你是冒充的，所以对你产生了不该产生的情感。而与之对应的话是：你武松既然很聪明，应该懂得长嫂为母啊！可是，对母亲产生了不道德的情感，算什么行为？

她在讽刺武松说的那句话：【武二是个顶天立地，嚬齿带发男子汉，不是那等败坏风俗没人伦的猪狗！】

这是潘金莲在极度气愤之下，对武松进行的反击！这个反击，对注重道德的武松，是非常沉重的打击，她击中了武松内心中最深处，也是最柔弱的地方。这个打击，影响了武松的一生！

前面分析过，潘金莲骂武松"亲难转债"等语，根本就不是骂，都是爱的语言，可是作者偏偏说潘金莲在骂。现在潘金莲说武松，"你应该知道长嫂为母，可是我不知道你是他的亲弟弟"。这看起来是多么平常的一句话，可是还有比这更恶毒的"咒骂"词句吗？但是，作者就是不告诉读者这是在骂人。

潘金莲随后【哭下楼去了】。在与武松交往的时间里，

她没能收获爱情，只收获了屈辱。她用阴毒的语言讽刺了武松，并不能给自己带来任何慰藉，徒有伤心而已。而武松呢？

【且说那妇人做出许多奸伪张致。那武大、武松弟兄两个，吃了几杯，武松拜辞哥哥。】

作者在这里又写出一句不合理的话。"奸伪"指奸诈、虚伪；"张致"是指装腔作势，装模作样。既然潘金莲已经哭着下楼去了，谁能看见她有任何"奸伪张致"？

从故事发展当中来分析这句话怎么出现的。首先，潘金莲下楼之前说了一句话：【我当初嫁武大时，曾不听得说有甚么阿叔，那里走得来，是亲不是亲，便要做乔家公。】话虽然是对武松说的，可是这话有一个爆炸性的波及面。波及谁了？武大啊！

弟弟逃亡一年多，武大从来没有对任何人提过自己还有一个弟弟，可想而知，武大被自己的老婆，当着自己弟弟的面，揭露自己的无情无义，有多么尴尬。所以，武大为了掩饰自己的尴尬，只能对武松说：别信那娘们的话，尽是撒谎，你看那装腔作势的样子！这大概就是"虚伪张致"的来源吧。

事到如今，兄、弟、嫂三人在此，谁的谎言也罢，谁的真情实感也罢，恐怕只有武松心里最清楚。【那武大、武松弟兄两个，吃了几杯，武松拜辞哥哥。】武松默默地吃几杯酒，告辞了。兄弟俩的情绪都很低落。这种低落的情绪，并不是即将分别的难舍，而是潘金莲的一通大实话，像扩散的飞刀，分别击中兄弟俩的心窝。

【武松见武大眼中垂泪，又说道："哥哥，便不做得买卖也罢，只在家里坐地，盘缠兄弟自送将来。"武大送武松下楼来。临出门，武松又道："大哥，我的言语休要忘了。"】

经过武松的真情告白，经过老婆这么一闹，武大才真正反思到自己的错误，被自己弟弟的亲情所感动。兄弟俩这一生，只有这一刻，才达到了金圣叹说的那样：情如父子！

7

武松出差以后，老婆骂了几天，武大忍了，不当回事。最后呢？【自此，这妇人约莫到武大归时，先自去收了帘子，关上大门。武大见了，自心里也喜，寻思道："恁地时却好。"】金圣叹对这两口子吵架的评语是：【夹批：闲心闲笔。】

任何人都能看出来，这两口子吵架，潘金莲是典型的"刀子嘴，豆腐心"，又骂又闹的，过些日子后，还是顺从了丈夫的意思。潘金莲又回到了以往的生活状态，关起门来，做一个老老实实的妇道人家。所以，武大很高兴。偏偏金大才子不认可，说作者是"闲心闲笔"。看似无聊的情节，其实，哪一笔不是为书中人物的性格形象做铺垫呢。

武松出差不到两个月的时间里，哥哥家发生了巨大的变故。武大在后面的故事中，没有大的心理变化。最终的悲惨结局，似乎能够预料。而潘金莲的变化非常之大，非常之快。从在大户家出场时候的坚贞女子，到婚后依然梦想爱情的不安分的少妇；又转变成毅然出轨他人的不忠妇人，到最

后杀死丈夫的罪犯。整个心理行为变化之快，让人目瞪口呆。正是因为这个变化过程非常快，一般读者都很简单化地认为，潘金莲就是一个天生的淫妇。

中国古人说"人之初性本善"，这个说法，未必完全符合一些人的胃口。但是，这句话有其合理的逻辑。人生发展的最终结果不同，必然是受到社会环境的影响，环境会造成每一个单纯的个体向不同的方向去发展。

在读武松兄弟和潘金莲的故事当中，能体会到他们三人痛苦的悲剧人生。武大的痛苦和悲剧是比较明显的。他的一切悲剧源头，都来自他丑陋的外表。但是，这能怪他吗？谁愿意天生那么丑呢？武大不可能改变自己的出身，不可能改变自己的相貌。这是老天弄人啊！在以上文字中，始终在揭露武大内心的阴暗，但是，他内心的阴暗，不都是社会的歧视而造成的吗？

潘金莲又何尝不是呢？她一开始使女的奴才身份，就导致了她无法获得任何自由，包括追求爱情的自由，她的生活完全是社会强加给她的。虽然她有着超出常人的美貌，但她和自己的丈夫一样，无法改变自己的出身，只不过，她比武大多了一颗不安分的心，这颗心，让她不肯逆来顺受，但是她又找不到人生的正确突破口，最终以犯罪的方式，结束自己的一生，得到了一个永世洗脱不掉的骂名。

潘金莲到底是什么样的人？本章只是把潘金莲出轨之前，及变成罪犯之前的形象，分析出来与水浒同好交流。在《水浒传》中，有一首被人忽视的词，它的主人公就是潘金莲。

【那妇人独自一个，冷冷清清立在帘儿下，看那大雪。但见：

万里彤云密布，空中祥瑞飘帘，琼花片片舞前檐。剡溪当此际，冻住子猷船。顷刻楼台如玉，江山银色相连，飞琼撒粉漫遥天。当时吕蒙正，窑内叹无钱。】

作者很明确地说，是潘金莲站在窗帘下赏雪，词中的内容都是她内心的观感。抬头望去，彤云密布，像琼花一样的雪花在房檐下飞舞。她认为这是祥瑞的雪，有了祥瑞的雪，明天的生活会更美好。她是对未来充满了憧憬的女子。

遥想剡溪里被冻住的子猷船，看望朋友已经不可能了。这一句，有可能表示她在思念自己的家乡和友人。她是注重情义的女子。

转眼之间，远处楼台江山，如粉堆玉砌。远望大雪又如仙女撒下的胭脂，而仙女是自由地翱翔在"江山银色相连"的天空中，她应该羡慕仙女吧。她是向往自由的人。

在冰冷的寒风中，她还不忘打趣一下在寒窑里的吕蒙正。她是一个有才华又调皮的小女生。

这就是作者给我们描述的潘金莲。

现在唯一的疑点就是"剡溪"。这是浙江的一条河，也是一个地名。虽然"子猷船"的典故发生在剡溪，不过，诗中出现的"琼花"，也是生长在江浙一带的植物。这个"琼花"与"剡溪"，不是孤立存在的。潘金莲怎么会想到这个地方的典故呢？个人猜测，剡溪可能是潘金莲的故乡。

潘金莲出场的时候，书中对她的介绍很简单：【那清河

县里有一个大户人家，有个使女，小名唤做潘金莲，年方二十余岁，颇有些颜色。】使女是下人。若父母都是下人，孩子出生以后，自然就成为这大户家的下人，也就是家生的，否则，使女大多是买来的。书中没有提到她的亲人。假如潘金莲是买来的使女，她未必是清河县人。

潘金莲骂武松时候出现一个词"花木瓜"，是文人之间彼此调侃的典故，出自周必大《游山录》："汪彦章与王甫太学同舍。甫貌美中空，彦章戏之为花木瓜。"从潘金莲知道花木瓜的典故来看，她不单是认识字，恐怕还读过不少书。《寒窑赋》在古代属于通俗读物，认识字的人，读过它不稀奇。从这些情况来看，潘金莲恐怕还是一个爱读书、有才情的女子。

也许有些朋友会说，你想多了。在书中经常有诗词出现，往往都是作者的评语，这首词也许是作者自己的观感。估计作者就怕读者误认，关于这场雪，作者把自己的观感，用词的形式，已经提前写出来了，书中的文字是这样的：

【连日朔风紧起，四下里彤云密布，又早纷纷扬扬飞下一天瑞雪来。怎见得好雪？正是：

尽道丰年瑞，丰年瑞若何？长安有贫者，宜瑞不宜多。】

作者把自己的思想，与书中人物的观感，区分得很清楚。都说瑞雪兆丰年，丰收的年景又能怎么样呢？连长安这样繁华的大都市，还是有许多穷人。雪下得适当就可以了，否则穷人怎么熬过冬天？作者自己的观感，充分体现出悲天悯人的情怀。

金圣叹为了打造潘金莲淫妇的形象，故意不加区别地把书中诗词全部删掉。若是一个天生的恶毒女人，死便死了，何足惜哉？金圣叹以为他的笔，写出人间善恶，给人们出了口恶气。

而施耐庵先生却告诉我们，真正能够击痛人心的是毁灭。不是丑陋的毁灭，而是最美好的事物，无可挽回的毁灭！这才是悲剧的力量。

从潘金莲的感情世界来说，在她的人生中出现了两个重要的道具：第一，精美的丝鞋；第二，粗劣的叉竿。

关于那根丑陋的叉竿就不用解释了。读者都知道是怎么回事。

对于那一双精美的丝鞋，很多读者都不知道有这样一双鞋存在。这情况也正常，因为武松的情感，本来就隐藏得很深。

精心做的丝鞋，收获的是屈辱；无心掉下去的叉竿，造就了罪恶的名声。

第七章　紫石街

1

【领一行人取路回阳谷县来。前后往回，恰好将及两个月。去时新春天气，回来三月初头。】

武松出差回来了。注意"将及"两个字。在《水浒传》中，作者认真地交代时间，几乎都与重要内容相关。

【且说武松到门前，揭起帘子，探身入来，见了灵床子写着"亡夫武大郎之位"七个字，呆了！睁开双眼道："莫不是我眼花了？"叫声："嫂嫂，武二归来！"】

武松面对突然的变故几乎不相信自己的眼睛。西门庆与潘金莲正在楼上鬼混，听见武松回来，顺后门溜了。潘金莲答应一声。

【慌忙去面盆里洗落了胭粉，拔去了首饰钗环，蓬松挽了个髻儿，脱去了红裙绣袄，旋穿上孝裙孝衫，便从楼上哽哽咽咽假哭下来。】

这是典型的"只听楼梯响，不见人下来"。潘金莲在楼

上答应一声之后，洗妆，下首饰，换发型，脱衣，换衣，然后再哭。读者可以估算一下，需要多长时间？三十秒？一分钟？还是两分钟？不管具体多长时间，在楼下等待的人都会感觉时间很长，很容易产生"上面的人在干吗"这样的疑问。而疑问的事物，常常印象深刻，即便过了很久，若是突然猜测到疑问的答案，瞬间明朗。那么，武松什么时候，会想起这一刻的疑问而瞬间明朗呢？明朗之后，又给武松带来什么？

【武松道："嫂嫂，且住，休哭！我哥哥几时死了？得什么症候？吃谁的药？"】武松的语言简洁扼要，思维清晰。

【你哥哥自从你转背一二十日，猛可的害急心疼起来。病了八九日，求神问卜，什么药不吃过。医治不得……】

潘金莲的表达含混不清。我们常说十二三天，或者十七八天，记不清的虚数只会在个位上。武松离开家不到六十天，潘金莲记不清的虚数居然有十天，不合常情。按她的表述，武大似乎是心脏病突发。一般心脏病突发，如能挽救则渡过危险期，不会死亡。若不能挽救，最多坚持十几个小时而已，怎么会挺过八九天，然后再死亡？不合常理。而武松问，吃的谁的药。这个重要问题，潘金莲遮掩过去，根本没有答案。

【武松又道："我的哥哥从来不曾有这般病，如何心疼便死了？"王婆道："都头却怎地这般说！天有不测风云，人有暂时祸福。谁保得长没事？"】武松的疑问，是正常心理下的反应，王婆偏偏想把武松的思维引向歪路。

【武松道："如今埋在那里？"妇人道："我又独自一个，那里去寻坟地？没奈何，留了三日，把去烧化了。"】

这便是毁尸灭迹，死无对证。凶手的想法很简单，以为把尸体烧掉，万事大吉。但是，潘金莲可以请人帮忙做饭，可以请人帮忙做丧事，难道不能请人帮忙买坟地吗？中国人对丧葬极为重视，传统思想讲究"入土为安"，轻易不会火化。况且，不管南北各地，风俗异同，一旦某家有丧事，不用主动招呼，只要有些往来关系的街坊、邻居、朋友都会主动帮忙。潘金莲的"独自一个，那里去寻坟地"的借口很难成立。

【武松道："哥哥死得几日了？"妇人道："再两日便是断七。"】

潘金莲终于清晰准确地回答了一个问题，但是，比含糊不清的答案更槽糕。旧时迷信风俗，人死后每七天叫一个"七"，满七个"七"，即四十九天时，叫"断七"。一般这个时候要请和尚道士来念经超度亡魂。潘金莲给出的准确答案是：再过两天就是断七。那么，此时武大应该死了四十七天。

计算一下潘金莲给出的答案是否合理吧。她说：【你哥哥自从你转背一二十日，猛可的害急心疼起来。病了八九日……】按照她说的模糊时间，以最少天数算起，假如武松走后十天发病，再加上病了八天，死掉，然后加上四十七天，等于六十五天。

作者前面交代得很清楚，武松出差不到六十天。可是，从潘金莲的嘴巴里，就变成了六十五天。请问潘金莲，至

少还有五天在哪里？这个数字，是按照潘金莲给出的模糊时间，以最少天数估算，如果按照最大天数来计，能达到七十六天。

有过出门旅游或者出差经验的人都有相同的感觉，别人可能记不清你出去了多少天，但是自己的经历，自己记得非常清楚，甚至说，很多年以后都能回忆起当时出门时候自己在外面的经历。

所以说，潘金莲给出的精准时间，恰恰是她犯下的最致命的错误。如果说，前面含糊的回答还能够圆谎，但是这个精准的时间答案，是没办法圆谎的。在短期之内，老婆居然记不清自己老公的死亡时间，会有人相信吗？

【武松沉吟了半晌，便出门去，径投县里来。】

武松思考了一阵儿，当然在思考哥哥的死亡事件。而哥哥死亡过程的所有信息，几乎都来自嫂嫂的嘴巴里面。从嫂嫂一开始含糊不清的回答，到最后时间上面出现的重大失误，把这些前后矛盾，以及不合理的信息整理一下，仔细想想，答案就很明显了：

哥哥的死亡，是谋杀，而嫂嫂是重大嫌疑人。否则，她干吗撒谎？

武松离开嫂嫂的家，到达衙门之后，【去房里换了一身素净衣服，便叫土兵打了一条麻绳，系在身边，藏了一把尖长柄短背厚刃薄的解腕刀，取了些银两，带在身边。】

换素净衣服，系麻绳，并不是真正的披麻戴孝。真正的披麻戴孝是穿一身白衣服，再用一只麻袋弄成披风样式，

从头顶披戴到腰间，是很啰唆的装扮。或者是，用极粗的生麻布制成衣服，领口、袖口、底边、襟边都保留毛边不缝，以示因极度悲伤而无心修饰打扮。这种样子才叫作披麻戴孝。

武松穿素净衣服，表示对死去哥哥的尊重，但他没有打算马上祭奠哥哥，而是身上藏了一把短刀。作者用了很多字描写这把刀，【一把尖长柄短背厚刃薄的解腕刀】。这是在提醒读者，请注意这把刀！参加葬礼岂有带刀必要？武器的出现，无非就是准备杀人，还能有别的意义吗？

带上银子呢？钱的用途当然广泛，除了日常使用之外，若是用刀杀了人，可以做逃亡的路费。

从以上行为能看出，武松对于凶手是谁，是了然于胸。

2

但是，作者笔头一转，写武松：【叫了个土兵，锁上了房门，去县前买了些米面椒料等物，香烛冥纸，就晚到家敲门。】

好像没打算杀人，买些祭品回家祭奠哥哥去了。武松前段行为与后来行为是矛盾的，恐怕代表了他矛盾的心情。

【那妇人开了门，武松叫土兵去安排羹饭。武松就灵床子前点起灯烛，铺设酒肴。到两个更次，安排得端正。】

"就晚到家"，是指天黑了到家。山东在初春时节，一般在下午五点半左右，不到下午六点，天就黑了。二更是现

在的晚上九点以后。在这段时间里面，武松安排晚饭，摆放祭品。就这么一点事，一直磨磨蹭蹭地混了三个多小时。

在作者笔下，这三个小时用了两句话写完了。但是，咱们设身处地地琢磨一下，在已经锁定犯罪嫌疑人的时候，面对犯罪嫌疑人就在自己身旁转来转去的三个小时里，武松在想什么？武松为何要浪费这三个小时？是否，他在利用这三个小时，在等待什么？

潘金莲又在做什么？书中没有任何文字说明。但是，有一点可以确定，在这三个小时里，潘金莲与武松没有任何交流。

其实，武松现在的思维，极其简单又复杂，极其明确又迷茫。作者利用他高明的写作手法，成功误导了读者，让读者忽略掉一些重要的因素，而导致对故事发展的误判。笔者把这种高明的写作手法，称之为"时空带入法"。

从一根丑陋的叉竿说起，至潘金莲出轨西门庆，再与王婆谋杀武大，读者被施耐庵先生用扣人心弦的笔，带入此故事的时空之内。读者对整个案件的发展到结局，甚至每一个细节都完全知晓。但是，武松不在这个故事的时空之内。

全世界人都知道的作案过程，我们读者所知的每一个细节，武松都不知道。

一无所知的武松，回家震惊地发现哥哥死亡。随即，他又判断哥哥是被谋杀，而谋杀嫌疑人是自己的嫂嫂。那么，武松头脑中第一个反应会是什么？——嫂嫂为何要杀害哥哥。

156

犯罪嫌疑人的杀人动机是什么？

这个疑问，顺理成章地会出现在武松的心中，也必然是第一个疑问，也必然是最重要的疑问，无论如何都绕不过去的疑问，也是武松必须要解决的疑问。所以，武松回衙门带上刀，来到嫂嫂家里祭奠哥哥的主要目的，就是寻找自己心中的答案。"嫂嫂为何要杀害哥哥？"对于武松来说，还有什么疑团比这个问题更重要呢？

这个疑团，对于我们站在上帝视角的读者来说，根本不是问题。但是，对于只在阳谷县生活了一个多月的武松来说，则是天大的难题。武松不可能预料到那根叉竿，巧之又巧地打在了西门庆的头上；也不可能想到，原来热恋自己的嫂嫂，在短短不到两个月的时间，就移情别恋了，而且真的出轨了。

所有与真实案件相关的素材，武松都不得而知。犯罪嫌疑人能呈现的条件，是精美的丝鞋，是帘下相迎的笑脸，是自己挂缠袋时候背后柔情的目光，是端着酒杯时候的热辣眼神，是被拒之后流下委屈伤心的泪水……

这样的嫌疑人，为何而杀死自己的丈夫？目的何在？在相处的一个月时间里，自己的嫂嫂唯一的目的，就是想得到小叔子武松，而且，几乎是无耻地不要脸面地露骨而为，这是武松能了解潘金莲思想的唯一事件，也是武松所了解潘金莲的唯一愿望。那么，会不会是——杀兄嫁弟？

作为只在阳谷县生活了一个多月的武松来讲，作为出轨事件时空之外的武松来讲，除了这个假设答案，他还能猜

测出其他答案吗？

假如真是杀兄嫁弟，哪怕只有50%的可能性，摆在武松面前的境况，是何等的为难？如果一个女人，为了爱你而不惜杀人，你将如何面对这个爱情？如果你能接受这个爱情，你将如何面对死去的亲人？这难道不是武松最痛苦的选择吗？

可是，三个小时已经过去了，两人没有任何语言或其他形式的交流，已经看不到花痴一样的眼神，已经看不到热情似火的嫂嫂。作者用两句话写完这三个小时，其实在告诉读者，他们二人此刻形同陌路。这种状态，无论如何也不像"杀兄嫁弟"的疯狂。从潘金莲处看不出任何端倪，武松随后做了一件非常奇特的事。

【武松扑翻身便拜道："哥哥阴魂不远！你在世时软弱，今日死后不见分明。你若是负屈衔冤，被人害了，托梦与我，兄弟替你做主报仇。"】

任何人都能听懂武松的意思。他当着众人的面，公开声称，自己哥哥死得糊里糊涂。若是被人害了，武松一定报仇雪恨。

这句话有何奇特？它太不符合常理了。他当着最重要的犯罪嫌疑人潘金莲的面，以及众人的面，公开宣称这些信息，不让人奇怪吗？

在通常情况下，在案件没有侦破的时候，大概所有的刑侦人员都会装傻，不会透露任何信息。即便发现被害人是被谋杀，都会装不知道。哪位朋友不相信，可以找警察去问

158

问。在侦查案件的过程中，都是"一问三不知"，这是在破案过程中的一个基本常识：保密。

假如凶手得知武松已经怀疑哥哥是被人所害，通常会有何反应？第一，会反思自己在作案过程中的漏洞，尽量弥补漏洞。第二，销毁一切遗漏的物证。第三，让所有可能的人证闭嘴。无论如何都要提前做好应对准备，以逃脱法律的惩罚。

如果是这样，将会对武松侦破案件极为不利。这就是刑侦人员必须管好自己的嘴巴的基本道理。在这种情形下，哪个刑侦人员会公开说，怀疑武大是被人所害？不大可能。

那么，武松到底意欲何为？刑侦人员有意泄露信息给犯罪嫌疑人，大体有如下几种情况：

若非智商问题，就是与罪犯同伙，或者被犯罪分子收买。这一条，对武松来说，可以排除。

不需要罪证，随时可以抓凶手。这一条，对武松来说，也可以排除。因为他后来找何九、郓哥收集证据了。既然想找证据，就不该泄露抓捕之前的任何信息。

罪证可有可无，完全掌控犯罪嫌疑人的行动。这一条，武松符合。最后他私设公堂，用刀强迫潘金莲招供，然后杀人。是否有罪证，无所谓。既然如此，何必费事去找郓哥、何九？现在为何不拿出随身携带的那把刀，逼迫潘金莲认罪？难道武松对自己的判断没有信心，需要罪证来证明自己的判断力？如果是这样，还是需要罪证。这一条，同样也要排除。

作为刑侦人员，武松对犯罪嫌疑人同情。这一条，还能排除吗？

假如武松活着，站在我面前，他都无法否认他同情潘金莲。因为他在发现犯罪嫌疑人之后，没有在第一时间去衙门首告，也没有立即报私仇，揪出凶手盘问，反而在家磨蹭了三个小时之后，当着众人的面，向犯罪嫌疑人泄露自己的意图，而且这个凶手是杀害自己亲哥哥的人。武松啊，你到底产生什么样的情感，会同情杀害自己哥哥的凶手？！

【武松放声大哭，哭得那一家邻舍，无不恓惶。那妇人也在里面假哭。】

从武松出差回来，发现哥哥死亡，至少三个小时之后，武松第一次流出眼泪。不敢妄下评语，只能说，他的情感反应好慢啊！

而武松不符合常理地泄露自己的意图之后，犯罪嫌疑人潘金莲却毫无反应。除了假哭，没有任何语言和行动，既没有想办法对付武松，也没有想与武松沟通。当然，她也无法沟通。面对这样的对手，武松还真没招了。【讨两条席子，叫土兵中门傍边睡。武松把条席子，就灵床子前睡。】

【那妇人自上楼去，下了楼门自睡。】

潘金莲像没事人一样，看见武松睡觉了，自己也上楼睡觉去了。能够做到这样若无其事的凶手，要么是犯罪老手，犯罪的心理素质极为强悍，要么就是傻瓜，根本就没听懂武松说什么。"姑娘啊，你就不能长长心吗？"

3

【约莫将近三更时候，武松翻来复去睡不着。】

武松内心是不平静的，显然对心中的一些疑问拿不定主意，折磨着他，让他睡不着觉。武松在睡不着的状态下，很自然地观察了周围的情况。

【看那土兵时，齁齁的却似死人一般挺着。】

这一句文字，说明武松大脑的思维极为清醒。他准确地判断出，那个土兵睡觉的样子像个死人，但并不是死人，还打着呼噜，睡得很香。

【武松扒将起来，看了那灵床子前琉璃灯，半明半灭。】

这句文字是说明，武松的眼睛处于正常状态，能够很清楚地看见琉璃灯忽明忽暗。

【侧耳听那更鼓时，正打三更三点。】

同时耳朵听见打更的声音，时间听得很准确。这句文字说明，武松的耳朵也处于正常状态。在武松所有感官都处于正常状态下，发生了一件极其让人震惊的事情。

【武松叹了一口气，坐在席子上，自言自语，口里说道："我哥哥生时懦弱，死了却有甚分明！"说犹未了，只见灵床子下卷起一阵冷气来。……那阵冷气,逼得武松毛发皆竖。定睛看时，只见个人从灵床底下钻将出来，叫声："兄弟，我死得好苦！"武松看不仔细。却待向前来再问时，只见冷气散了，不见了人。武松一跤颠翻在席子上坐地。寻思："是梦非梦？"回头看那土兵时，正睡着。】

上面这段文字，就是著名的"武大冤魂事件"。之所以说"著名"，是因为所有读者都知道这段故事。但是，几百年以来，从《水浒传》诞生之日起，至今没有人拿出一个合理的解释！现在流传的几种解释大体如下：

第一，大多数主流媒体和学者，给出的解释是武松做梦，梦见了哥哥。第二，当代网络上一部分人认为，作者是描述了悲痛下的武松出现的幻觉。第三，部分民间人士认为，武松感动天地，哥哥的魂魄出现喊冤。正常。第四，有些学者认为，作者受到当时封建迷信影响，思想受限，所以出现上面的文字。

首先了解一下常识性问题。梦，是人处于睡眠状态下，大脑的思维活动中产生的一些影像活动。这个过程叫作"梦"，前提条件是处于睡眠状态。如果一个人没有睡觉，处于清醒状态，怎么能产生梦呢？作者已经白纸黑字、清清楚楚告诉读者，武松翻来覆去地睡不着。可是，某些学者非得说武松梦见了哥哥。有真实的文字不看，偏偏自己去想象答案，这不是皇帝的新衣吗？

第二条的幻觉说，同理。作者清楚地交代，武松的大脑思维清晰，眼睛、耳朵的状态正常，怎么会有幻觉呢？何况，武松得知哥哥死了，三个小时以后才哭，怎么会悲痛过度？

关于第三条，相信大多数人都不会认为这个世界存在鬼魂。如果有人死认鬼魂存在，死认皇帝的衣服，可以找地

方抬杠。

关于第四条，想对那些批评施耐庵的学者说：不要用自己的智商，来衡量施耐庵先生。

某些人认为，这一段文字，是呼应前面武松哭诉时候的祈祷，希望哥哥在天之灵给武松指出凶手，没有其他意义。这样的认识更荒谬！拜托，这里是《水浒传》，不是《西游记》。武松岂能像孙悟空一样，喊土地佬儿出来便出来？况且，前面有大量文字分析，武松完全知道凶手是谁，根本不用哥哥显灵。武松现在唯一需要揭开的谜题，是凶手的杀人动机。

再仔细看看原著中文字。【只见个人从灵床底下钻将出来，叫声："兄弟，我死得好苦！"武松看不仔细。却待向前来再问时，只见冷气散了，不见了人。】

这里没有任何与鬼魂相关的字眼。如果认为描写的是鬼魂，以此指责作者，作者反问："我何尝说过？拿出证据来。"但是，"兄弟，我死得好苦"。这句话分明是武大的语言，如他活着时候向武松诉苦受人欺负一样。那么，仔细分析一下，这个人或者鬼，是如何出现的呢？

武松被内心的难题折磨得睡不着觉。【武松叹了一口气，坐在席子上，自言自语，口里说道："我哥哥生时懦弱，死了却有甚分明！"说犹未了，只见灵床子下卷起一阵冷气来……】

这个所谓的"鬼魂"，是被武松的自言自语引出来的。一般精神状态不正常的人，或者有些神经质的人喜欢自言自语。普通人自言自语的时候，往往因压力大，反复琢磨一件

事，不知不觉中，就把自己思考的问题说了出来。

武松不是神经质的人，更不可能有精神上的问题，所以，武松的自言自语，是在压力大的时候，不知不觉中说出了自己的心里话。他心中在想什么？当然还是凶手的作案动机啊，他始终还没解决这个疑问。

从武松的角度思考这个问题，凶手最有可能的作案动机，就是"杀兄嫁弟"。虽然现在的嫂嫂对待武松比较冷漠，但是武松也无法找到其他答案。既然如此，作为武松来说，该如何处理这个案件呢？大体有这样几种方式：

第一，完全不考虑凶手的作案动机。既然杀了哥哥，就要报仇！很显然，武松在知道凶手的情况下，没有采取行动。

第二，即便是"杀兄嫁弟"又如何？完全不接受潘金莲的感情，照样报仇。可惜，武松也没有这样做。

既然以上两条武松都没有实施，那么，剩下的只有一种可能：放弃报仇，接受"杀兄嫁弟"的结果，接受潘金莲的感情。所以，武松自言自语地说：

【"我哥哥生时懦弱，死了却有甚分明！"】

这里面的真实想法应该是：如果我沉默下去，没人知道有个凶手存在。如果我娶了嫂嫂，也不会有社会道德的谴责。哥哥已经死了，他还能知道什么呢？他活着的时候就很懦弱，他死了还能明白什么呢？

武松在此时的自言自语，暴露出内心的动摇，有了放弃为哥哥报仇的念头。这种冷酷、卑鄙的想法，把武松自己

吓得打冷战，仿佛一阵冷风吹过。武松被自己这种自私卑劣的念头震动了！随后，他仿佛看见了哥哥在他面前诉苦，喊冤。这一切描写，不是描写梦境，而是对武松心理的描写，是描写武松暴露内心阴暗一面的时候，自己真诚的良知，却在这一瞬间，让他看见了自己痛苦的哥哥。

【武松一跤颠翻在席子上坐地。寻思："是梦非梦？"回头看那土兵时，正睡着。】

放弃为哥哥报仇这样罪孽深重的念头，像毒蛇一样显现，猛然之间，哥哥似乎真真切切地出现在自己面前，仿佛听见哥哥痛苦的声音，又如重锤一样击打武松的胸膛。武松"一交跤颠翻在席子上坐地"。

这一切是梦吗？不是梦吗？武松自打来到哥哥家里生活，短短的几个月时间，出现如此重大的情感波澜，出现如此重大的人生变故，这一切是梦？不是梦？武松回头看看土兵，还在呼呼地酣睡，而自己是无比的清醒。这一切，当然都不是梦。

中国人俗语："鬼由心生。"武松没有做梦，也没有武大的冤魂，是因为武松心里产生了动摇，是武松心里有了鬼，才出现武大这个"鬼"。

从武松自言自语开始，一直到哥哥"冤魂"出现，这一整段文字充分表现了武松内心的矛盾与痛苦。武松一晚上睡不着的原因，就是他在情欲与道德之间挣扎。

这是《水浒传》中，唯一的、真正的心理描写。

4

【武松想道："哥哥这一死，必然不明。却才正要报我知道，又被我的神气冲散了他的魂魄。直在心里不题。等天明，却又理会。"】

这句话，又是作者在耍花招了。在《水浒传》中，某人"寻思……"，某人"想……"等等情节，基本上都不是人物的真实心理。要么是情节过度性语言，要么是作者说反话，要么是作者提醒读者这里面有不合理的东西，要么是掩盖人物真实心理的障眼法。

武松早就知道凶手是谁，没必要等哥哥"报我知道"，所以，把仿佛看见哥哥，推脱成武大的冤魂，来回避自己真实的内心。

【天色渐明了。土兵起来烧汤。武松洗漱了，那妇人也下楼来，看着武松道："叔叔，夜来烦恼。"】

自打武松回家祭奠哥哥以来，这是潘金莲第一次对武松表示关怀。正是这种带有关怀情意的语言，促使武松下定决心，主动与嫂嫂沟通。

【武松道："嫂嫂，我哥哥端的什么病死了？"】

武松没理会嫂嫂的关怀，单刀直入直奔主题。含义很清楚：你告诉我的一切关于哥哥死亡的信息，都是假的，你现在应该对我说实话了。

【那妇人道："叔叔却怎地忘了？夜来已对叔叔说了，害心疼病死了。"】

潘金莲还在坚持谎言。结合潘金莲昨天的疏远和今天的坚持态度，武松会发现自己判断的作案动机，有极大的可能是错误的判断。这时候，武松开始对凶手采取了咄咄逼人的态度。

【武松道："却赎谁的药吃？"那妇人道："见有药贴在这里。"】

【武松道："却是谁买棺材？"那妇人道："央及隔壁王干娘去买。"】

【武松道："谁来扛抬出去？"那妇人道："是本处团头何九叔。尽是他维持出去。"】

武松步步紧逼，问题都是围绕有可能产生的人证。潘金莲回答得有板有眼。【武松道："原来恁地。且去县里画卯却来。"】武松出门走了。

武松在办案的过程中，关于罪证问题争论较多。从武松最后杀死潘金莲的过程来看，他不需要罪证。私设公堂，拔刀逼问，然后杀人，根本没有拿出任何罪证。他之所以费事地寻找人证和物证，其答案已经在上文中分析了，他需要寻找凶手的作案动机。

那么，有朋友可能说，如何看待他去衙门告状？告状当然需要证据啊。再看看武松到衙门告状过程，又暴露了哪些真实的内心思维。

【"都头告什么？"武松告说："小人亲兄武大，被西门庆与嫂通奸，下毒药谋杀性命。"】

通奸不等于是谋杀，这本来是两件事，但是武松混在

167

一起说。并且，他把西门庆摆在前面，是主要人物。整句话读下来，给人的印象是：西门庆与嫂嫂通奸，然后下毒谋杀了哥哥，主谋成了西门庆。

关于武大死亡的过程，起决定作用的不是西门庆那一脚，而是潘金莲那一包毒药。但是武松在诉言中，把西门庆当成主犯控告，从这个细节中，能看出武松未必希望潘金莲死，他更恨的是西门庆。如果这一点能反映武松内心的情感，他怎么愿意亲手杀死嫂嫂呢？

衙门接到武松的诉状后，不予立案。武松马上出示了证物，官府再次拖延。【次日早晨，武松在厅上告禀，催逼知县拿人。】

许多人把这段故事赋予了政治含义，认为反映了朝廷黑暗，武松受到了不公正的待遇，被迫杀人犯罪。其实，这种认识多多少少冤枉了阳谷县衙门。分析一下，武松出示的证据有何作用。

【"……这骨殖酥黑，系是毒药身死的证见。这张纸上，写着年、月、日、时，并送丧人的姓名。便是小人口词了。都头详察。"武松道："奸夫还是何人？"何九叔道："却不知是谁。……"】

何九拿出了物证"骨殖"，可以证明武大被毒死，但是证明不了下毒的凶手是谁。何九拿了西门庆的银子，都不敢说西门庆是奸夫。银子虽然有阴谋气息，但是同样证明不了西门庆杀人，西门庆可以承认自己在为情妇出钱办事。

【郓哥道："……过得五七日，说大郎死了。我却不知

怎地死了。"】

作为人证的郓哥只能证明西门庆是奸夫，同样证明不了西门庆杀人。有朋友可能说，西门庆提供砒霜是事实。提醒朋友们，在中国旧社会，送别人或者卖别人毒药，是正常的无罪行为。中国社会只有在二三十年前，才对致人死命的毒药进行严格管制。在此之前，剧毒的老鼠药、敌敌畏之类的毒药，随随便便就可以在大街上买到。西门庆如果说，我以为他们是杀老鼠才提供了砒霜，能把西门庆如何？

当西门庆向王婆讨主意的时候，【王婆道："如今这捣子病得重，趁他狼狈里，便好下手。……一把火烧得干干净净的没了踪迹。"……西门庆道："干娘，此计神妙。……"】西门庆随后提供了砒霜。【这婆子却看着那妇人道："大娘子，我教你下药的法度。……"……西门庆道："你们用心整理。明日五更，来讨回报。"西门庆说道罢，自去了。】

当商量如何进行犯罪行动的时候，西门庆拍拍屁股走了。案件真相是：王婆主动提出杀人，并策划和教唆潘金莲杀人，王婆是真正的主谋，犯罪行动的执行人是潘金莲。请问法官大人：这里有西门庆什么事？

最多给西门庆算一个知情不报。但是，所谓"知情"与"不知情"，是没有证据的事，西门庆很容易否认。而一旦否认了"知情"，砒霜根本不算证据。所以，狡猾的西门庆，先拿银子送到衙门堵住"知情"的嘴巴，就可以毫不在意地搂着美女在狮子楼喝酒，他根本没拿武松打官司当一回事儿。只要"知情"的嘴巴被堵住，所有的屎盆子都可以扣在王婆

和潘金莲的头上。

读者都清楚，西门庆是本案后面最大的获利者。但是，西门庆做得滴水不漏，根本不容易抓到他的直接罪证。杀人的主意，是被银子诱惑的王婆第一个提出来的。若说西门庆是主谋，连他们这个犯罪团伙，都没人能说得出口。

武松若是拿"骨殖"去衙门喊冤，请衙门侦破案件，衙门自然容易立案。但是，武松拿着无法证明西门庆杀人的"证据"，控告西门庆杀人，并且直接催逼衙门抓人，岂不是有点胡搅蛮缠的意味？

不要说封建时代的黑暗司法，即便是讲法律的今天，武松这种告状方法，司法部门恐怕都不会搭理他。武松的行为，只能说明一点，他忽视了本来不该忽视的重要因素：作案过程，或者说，作案细节。

作为受害者家属，因为亲情的关系，往往会担心自己哥哥在死亡过程中是否受到了虐待，是否遭受很大的痛苦。至于到底何时何地被毒害，整个作案细节，武松完全没有考虑，甚至，到底是潘金莲亲手下毒，还是二人联手下毒？是吃饭时候混入毒药，还是掰开嘴强灌？……这些细节，即便是看热闹的吃瓜群众都容易感兴趣的东西，武松却完全没有考虑。所以，他是在完全不知道作案过程和细节的情况下，到衙门提出了控告。

是什么因素，导致武松违反常理地忽视作案过程？前一章已经论述过，武松与自私的哥哥武大，在情感上的关系并不亲密。此项，应为其一。

其二，武松在找何九和郓哥的侦破过程中，始终表现出极为愤怒的情绪，导致失去了缜密的思路。

最重要的一点是，也是本文始终在论述的一点，武松寻找真相的目的，是为了寻找凶手的杀人动机。当他从郓哥口中得知了奸情，推论出潘金莲杀夫的原因后，他的侦破目的已经达到。随后，侦破思维停止。

以上三种因素相结合，导致武松忽视了案件中最重要的过程和细节。用我们通俗的说法，当得知潘金莲出轨西门庆后，他被气糊涂了，所以在证据并不充分的条件下，去衙门告状。

武松选择走法律途径，根本不应该成为争论点，这是解决违法犯罪行为的第一途径，也是唯一合法途径。拥有正常心理的人，没有人喜欢亲手杀人。不管衙门是否公平，武松都希望衙门能给自己和民众一个交代。

武松破案过程中，有这样一个细节：【问土兵道："你认得团头何九叔么？"……道："你引我去。"土兵引武松到何九叔门前。武松道："你自先去。"土兵去了。武松却揭起帘子，叫声："何九叔在家么？"】

武松向手下打听何九，并没有暴露自己的意图。武松随土兵找到何九家，就把土兵打发走了，这个过程显示武松试图暗中独立调查案件，并不想声张。可是武松在调查以后，发现案件的复杂程度以及案件的暴露程度超出了自己的想象。

首先，发现何九是案件的知情者，然后从何九嘴巴里，

引出了王婆，再引出西门庆，再引出郓哥，最后发现一个捉奸的丑闻，居然是：【那小厮曾和大郎去茶坊里捉奸。这条街上，谁人不知。都头要知备细，可问郓哥。】

武松这时候才发现，恐怕整个阳谷县人都知道捉奸的丑闻。同样道理，恐怕是整个阳谷县人，都能猜出武大的死亡原因。武松绝对没有料到，这么一个恶性杀人案，在阳谷县居然是透明的，几乎人人知道这个案件的缘由，几乎人人知道这个案件的凶手！正义与邪恶，就这样赤裸裸地摆放在阳光下面，整个阳谷县人都是观众。

前天晚上回家祭奠哥哥，武松磨蹭三个小时，大概是等潘金莲与他沟通吧。晚上辗转难眠，武松动摇了，有试图放弃报仇的念头，试图装傻，装作不知道凶杀案的发生。在情欲和道德之间，他的内心斗争了一个晚上。可是，当他了解案件的起因之后，还能装下去吗？还怎么装傻？

在阳光之下，正义与邪恶还是选择题吗？如果是王英，如果是董平，恐怕很难说。但是，现在是注重道德的武松，是骑着马，戴着大红花，被无数人赞誉的打虎英雄。

【两边众邻舍看见武松回了，都吃一惊。大家捏两把汗，暗暗地说道："这番萧墙祸起了！这个太岁归来，怎肯干休！必然弄出事来。"】

以上文字，就是阳谷县群众的判断，也是对武松的期待，同时也是隐形的道德压力。武松还有回旋的余地吗？一个打虎英雄，一个威名赫赫的江湖好汉，面对哥哥被出轨的老婆毒杀这一事实，面对周围所有人的观望，面对整个阳谷县无

数双眼睛，武松难道还能做缩头乌龟吗？连装傻都装不成！

5

人们承受外界的压力，有不同的应对方式。武松最终亲自动手，杀死潘金莲，绝对不能简单地归结于社会道德的压力。

那么，武松的内因是什么？为哥哥报仇？这种简单的印象而得来的认识早该寿终正寝了。到目前为止，他只知道哥哥是被毒杀的，但是，用毒药杀人的方法，没一千种，也有一百种。中毒而死的人，有不知不觉中死亡，也有极度痛苦中死亡，甚至某些受害者，生前遭受千百般的毒打和虐待，然后，被掰开嘴巴灌进毒药……武松关心哥哥临死之时的状态吗？在他打官司的时候，之所以忽视作案过程和细节，已经说明，武松完全没有关心哥哥临死之时的状态，报仇之说何以成立？

武松在衙门告诉何九："相等一等，我去便来也。"随后回家私设公堂，威逼口供。【叫他两个都点指画了字，就叫四家邻舍书了名，也画了字。叫土兵解搭膊来，背剪绑了这老狗，卷了口词，藏在怀里。】

武松通过威逼，得到了潘、王二人的口供。至此，武松才完全知道作案的过程和细节，同时，她们二人的口供结合物证，把她们的犯罪事实已经坐实了。在此情况下，再去衙门告状，官司恐怕赢得十拿九稳，罪犯恐怕很难逃脱惩罚。

但是，武松没有再次走司法途径，却把潘金莲杀了。

也许朋友会说，武松第一次告状失败，已经对衙门失去信心。那么，他录下潘、王二人的供词干吗？供词的唯一作用就是打官司。难道杀人之前需要准备道德依据吗？有了道德依据就可以合法杀人吗？

武松离开衙门之前，嘱咐何九："等我一会，去去就回来。"这句话，结合武松录供词的行为，说明聪明的武松已经反思到自己的失误，他已经认识到，自己提供的证据不足以给西门庆定罪。他需要掌握全部犯罪细节，需要掌握犯罪过程的第一手资料，所以他采用了粗暴而简捷的方式，私设公堂，武力威吓，来获取犯罪细节并录下口供为证据。其目的，还是为了打官司。

那么，到底是什么因素导致潘金莲被杀？排除了武松的"报仇"之说，能够找到武松立即杀人的因素，恐怕只有一个：潘、王二人的供词详细描述的出轨过程，再一次，也是进一步地，强烈刺激了缺乏理智的武松。

受到刺激的武松，热血上头，已经忘记了自己私设公堂的目的。【武松道："哥哥魂灵不远，兄弟武二与你报仇雪恨！"】

除了这样言不由衷的借口，武松还能说什么呢？其实，打从武松回家第一天，在潘金莲口中得知哥哥死亡之后，他已经准确地判断出潘金莲是凶手。若是为兄报仇，这几天，他随时都可以杀掉潘金莲。但是，他没有！他容忍凶手潘金莲的情感，除了爱情还能有什么？

观察武松这几天的行动和细节会发现，其实，他自始至终都没打算杀死潘金莲，直至私设公堂时，还是希望借助法律来惩罚凶手。可以确认，武松最终杀死潘金莲，完全是情绪被不断地、逐步升级地激化，达到顶峰之后的激情杀人，而不是预谋杀人。

顺着武松两天来的破案过程，想象一下武松的内心情感。

回家见到哥哥的灵位，反应是震惊！从嫂嫂嘴巴里发现是谋杀，马上去衙门换衣，起了杀心，冲动地带刀，反映出愤怒。随即猜想嫂嫂的杀人动机，而疑惑。一晚上犹豫不决，反映出内心的彷徨、痛苦和斗争。第二天早晨嫂嫂坚持谎言，让愤怒和疑惑再次涌来。找到何九确认是谋杀后，痛苦、迷茫、惊悸、愤怒，全部涌现。找到郓哥确认谋杀起因，原来是爱着自己的嫂嫂出轨别人了，自己爱着的人劈腿了。更加难以接受的是，自己爱着的人，为了别的男人，杀死自己的哥哥。

在听到潘金莲亲口供词的时候，武松会突然想起一个小小的疑惑。在自己回家当天，喊着"嫂嫂，武二归来"，她在楼上磨磨蹭蹭了半天才出现，原来是与西门庆鬼混呢！痛苦和愤怒在这一瞬间达到了顶峰，不杀了你这无情的淫妇，还留着？

【被武松脑揪倒来，两只脚踏住他两只胳膊，扯开胸脯衣裳。说时迟，那时快，把尖刀去胸前只一剜，口里衔着刀，只手去斡开胸脯，取出心肝五脏，供养在灵前。胳查一刀，

便割下那妇人头来，血流满地。】

武松动作非常快地用刀在胸前一剜，只是划开一条口子，人在这时候不会死亡。【只手去斡开胸脯】配合前面的动作，【口里衔着刀】说明是为了腾出手来，那么这里的"只手"，应该是两只手。用两只手顺着胸前的刀口，生生地把胸膛扒开，然后把内脏生拉硬拽掏出来。活人被掏出内脏，短时间之内大脑神经并没有死亡。武松是把一个活生生的潘金莲给开膛挖心。

武松疯了吧？心中有多大的恨意啊？

杀人手法无疑是极为变态的。武松杀人很多，一般都是在极端愤怒的情况下，割下对方的头即可，并没有其他残害尸体的行为。（可以参考血溅鸳鸯楼一段。）《水浒传》中有一个典型的变态杀人狂是李逵，可以做对比。

其实，人在愤怒至疯狂状态时，大脑基本是空白的，所有行为都直接反映出内心最深处的思维。他挖出潘金莲的心，就是表现他对潘金莲极大变化的愤怒和不解。他无法理解，两个月之前，对自己情意绵绵的嫂子，怎么会突然爱上别人？怎么会为了别的男人，杀死自己的哥哥？女人的心，天上的云，挖出来看看，你这歹毒的女人，到底是一颗什么样的心！

武松在杀西门庆时，把潘金莲的头颅抛向西门庆，含义就是，让潘金莲看看，自己出轨的男人是个什么德行。

【割下西门庆的头来。把两颗头相结做一处，提在手里。】则是武松愤怒地表示，既然你潘金莲喜欢和他在一起，就成

全你们，让你随同他去黄泉，结发为夫妻。

<h1 style="text-align:center">6</h1>

在短短的两天时间里，武松就破获了案件。在这个过程中，有一个非常重要的情节让人困惑。即便是冲动下的激情犯罪，只要有一定的时间，犯罪分子一定会编造一个完美的故事，掩盖犯罪真相。

显然，潘金莲有充足的时间来编造谎言。当受害者家属武松问：得什么病？吃谁的药？什么时间死的？都是正常不过的简单问题。但是潘金莲的回答疑点重重，甚至把重要的武大死亡日期都交代得驴唇不对马嘴，以至于让刚刚回家的武松，马上判断出哥哥是被谋杀，嫂嫂是主要的犯罪嫌疑人。这种现象在一般的犯罪当中极为罕见。

这种现象，恐怕不是简单的智商问题。在上一章中，笔者分析过潘金莲是一个有才情、坚贞又向往自由的女子。她露骨地诱惑武松，让读者感觉到非常无耻。那是因为她不懂得诱惑男人的婉转的高超手段，而采取低档次的直白方法，让人觉得无耻。从这一点来说，她在诱惑男人方面就是一个"菜鸟"的级别。包括她后来与西门庆苟且，都直白得可笑。

【便去那妇人绣花鞋儿上捏一把。那妇人便笑将起来，说道："官人休要罗唣！你有心，奴亦有意。你真个要勾搭我？"】

　　"勾搭"，本来是旁观者对不正常男女关系的贬义词。潘金莲自己说出来，显得很不要脸的耿直。双方有意，便成交，啰唆什么。在潘金莲眼里，偷情如买菜，她根本不会用"迟来的爱情"粉饰自己。现在一个词叫"直男"，潘金莲则是典型的"直女"。

　　从潘金莲与武松和西门庆的交往过程中，能发现她既不懂如何勾引男人，甚至连假装谈恋爱都不会。这些行为，恰恰能证明她内心的单纯，缺乏与男人暧昧的经验。但是，她毫无压力地接受西门庆，甚至敞开胸怀，热情迎接没有感情的肮脏肉体，说明她有堕落的思想准备，说明她的自尊、自爱已经完全消失，她真正变成了武松嘴里的"没人伦的猪狗"。她的巨大转变，是因武松用粗暴的手段，把她毫无防护的自尊击成碎片，散落满地，再也无法修复。

　　【那妇人自当日为始，每日踅过王婆家里来，和西门庆做一处。……不到半月之间，街坊邻舍都知道了。只瞒着武大一个不知。】

　　没有自尊的支撑，没有道德的约束，潘金莲必然走向堕落的道路，也必然过着颓废的生活。

　　【这婆娘过来和西门庆说道："我的武大，今日已死。我只靠着你做主。"西门庆道："这个何须得你说费心。"】

　　在毒死武大以后，潘金莲面对人生最重要的关口，暴露出一个貌似歹毒的女人，其实有一颗脆弱的心。她把自己的一生都交给了西门庆。而西门庆的态度呢？"这个还用你说嘛，别说客气话！"西门庆是把潘金莲的语言当成了"客

气话"。其实西门庆自己，才是说了一句客气话。没有任何真正的承诺，没有任何实际的保证。

在分析这个案件的时候，我们已经发现，西门庆处处给自己留后路。作案成功，西门庆得利；作案失败，西门庆可以把脏水泼到潘、王二人身上。王婆和潘金莲只是西门庆手里的工具，能用则用，不用则丢。从西门庆的盘算当中，能看出他对潘金莲的态度：她就是一个美丽的玩物。所谓做长久夫妻，只是个美丽的谎言，像一个美丽的大气球，一捅就破。

这两人的对话已经显示，潘金莲今后是没有什么真正的人生的，她的人生已经完蛋了。没有未来的潘金莲，只能变本加厉地过着颓废的生活。

【西门庆和那婆娘，终朝取乐，任意歌饮。交得熟了，却不顾外人知道。这条街上远近人家，无有一人不知此事。】

这么放肆地偷奸，是因为潘金莲自己知道，她的人生已经结束了，她的人生已经没有任何希望。和西门庆在一起，是颓废之下对肉体的享乐，被自己所爱的人拒绝以后，自尊被武松粗暴伤害以后的自我践踏。

没有希望的未来，导致更加颓废的生活。更加颓废的生活，导致更加不去思考未来。在这颓废、堕落的日子里，她根本就没想过，将来怎么面对武松，怎么掩盖自己的罪恶。当武松回来的时候，潘金莲颓废放荡的日子也就到头了。

7

在武松刚刚出场的时候，有一个小故事为背景。【武松答道："小弟在清河县，因酒后醉了，与本处机密相争，一时间怒起，只一拳打得那厮昏沉。小弟只道他死了，因此一径地逃来，投奔大官人处躲灾避难。"】

假如那人死了，武松必然要"杀人偿命"。就算以误伤轻判，也躲不开法律的惩罚。由此看出，武松不想被法律惩罚，所以逃亡。而如今，他杀死潘金莲、西门庆两条人命，以常理而论，无论他杀人的理由多么充分，多么值得同情，恐怕难逃法律严惩。但是，武松没有逃，而是自首。这个行为，与之前行为对比，发生了巨大变化。显然，我们可以确认：他不在乎给人偿命了。

这个转变在何时发生的呢？

前文已经判断，武松杀死潘金莲完全是因愤怒引起的激情杀人，不是预谋杀人。这点，可以把后来杀西门庆的过程作为佐证。如果武松早就预谋杀死二人，他必然有一个完整缜密的杀人计划。但是，没有计划！杀死潘金莲后，他提着人头便去找西门庆。若是西门庆运气好，武松找不到西门庆，目的岂不是落空？所以，武松既没有杀潘金莲的计划，也没有杀西门庆的计划。

【武松叫土兵去楼上取下一床被来，把妇人头包了，揩了刀，插在鞘里，洗了手……】

武松杀死潘金莲，愤怒的情绪短暂平静。包了头颅，擦干净刀，把刀归鞘，洗手。外表平静的武松，内心在想什么？既然已经杀了淫妇，还有一个奸夫呢，杀一个也要偿命，索性再杀了奸夫。这样的思维，自然而然、顺理成章就会产生。

通过口供，武松已经知道，是王婆第一个提出杀死武大，并教唆潘金莲杀人，王婆是本案无可置疑的主谋。但是他放过主谋，去杀潘金莲的情人，用报仇作为说辞，显然无法自圆其说。

西门庆自以为把案子做得滴水不漏，即便案发，倒霉的只能是潘金莲和王婆。所以，在武松打官司的两天时间里，他毫不在意，依然与朋友们去狮子楼喝花酒。也正是如此大意，他才被武松轻易找到。因为，西门庆做梦也不会想到，他才是武松最恨的人。因为整个阳谷县人，做梦也不会想到，武松暗恋自己的嫂嫂。

【当下武松对四家邻舍道："小人因与哥哥报仇雪恨，犯罪正当其理，虽死而不怨。……今去县里首告，休要管小人罪犯轻重，只替小人从实证一证。"】

从常理而言，两条人命案，难逃一死。武松已经无法左右官府对自己的判决，只求周围邻舍证明自己内心的清白。他不再犯罪之后逃跑了，他不怕法律给他惩罚了，他不怕自己给人偿命了。这种不怕的背后，是对自己生命不再珍惜的冷漠。

【县官念武松是个义气烈汉，又想他上京去了这一遭，

一心要周全他，又寻思他的好处。】

阳谷县令念武松曾经为他去京城行贿，又虑私交不错，一心保护武松，把杀嫂一案的文书改得荒诞离奇，然后连同人犯、物证一同呈交东平府。

东平府尹陈文昭与武松没有私交。但是他一出场，作者便把夸赞他的溢美之词说了一堆。不过，应该指出的是，陈文昭并没有依法判决。陈文昭在阳谷县已经轻判的基础上，又改成了轻罪。然后，上上下下一番操作，最终轻判武松发配。阳谷县与东平府逐级轻判武松的主要原因，是【武松是个义气烈汉】。

其实，武松私设公堂，连杀两条人命，在古今中外历朝历代都是大罪。如果依法审判，不管武松有什么理由都难逃死罪。那么，阳谷县和东平府两级衙门，为何敢于无视事实轻判武松？聊些题外话，简单说说中国古代的治国方法吧。

中国古代国家治理大体有礼、法两个主要思想，一种是礼乐之治，以儒家为代表；另一种是以法治政，以法家为代表。"罢黜百家、独尊儒术"之后，儒家思想成为主流。

孔子主张通过社会道德规范和文化教育熏陶，让人自觉遵守法律和国家各项要求。"礼"在儒家思想中，具有维持社会体制和社会秩序等重要作用，甚至要求君主也必须符合道德修养标准。在《论语·为政篇》中，第一句话就是："为政以德，譬如北辰，居其所而众星共之。"

而对于民众，儒家提出"修身齐家治国平天下"的逻

辑要求。先当个好人，才能齐家，才能治国，才能平天下，而不是懂法律，依法治国。"其为人也孝悌，而好犯上者，鲜矣；不好犯上，而好作乱者，未之有也。"先是家的孝子，后是国的忠臣。如果不是孝子，恐怕就当不了忠臣，当了大官也会被人怀疑。这就是中国古代对官员的要求：首先应该做一个道德模范。能不能依法治国呢？无所谓。

中国历代统治者，不断地把儒家的道德要求添加到法律当中，法律必须有儒家道德为支撑，用一个名词就是"外法内儒"。法家思想从诞生以后，越走越偏，把自己搞残废了。儒家道德思想，才是中国古人治理国家的基本手段和民众在社会上生活的基本规则，而不是法律。这样，就造成了中国古人重视道德而漠视法律和各种制度。

回到武松杀嫂一案。奸夫淫妇道德败坏，武松杀嫂，维护了儒家道德的"礼"；"为兄报仇"的借口是报答恩情和亲情。武松维护了儒家道德的"义"和"孝"。为民除害的打虎英雄本身就自带光环，而武松又占领了道德制高点，所以，县令、府尹不约而同地维护武松，最终轻判发配了事。官员们根本不担心事后被追究法律责任。

这就是中国古代典型的漠视法律而依据道德治国的方法，这种方法在古代的中国往往会被默认。不夸张地讲，武松是中国封建时代黑暗法制下的受益者。

分析武松被轻判的原因，是事后诸葛亮的思维。绝对不能认为武松当时便知道自己一定会轻判，才去自首。他去自首最大的原因，也是最大的可能，是打算放弃自己的生命。

武松提着潘金莲和西门庆的头，当着私设公堂人证的面，放在了武大的供桌上。有意无意当中，他把杀人行为，搞成了复仇的祭祀。

古代祭祀的主要作用，是为了从上天从神那里获得力量和庇护。人们通过烦琐的仪式行为，将神秘力量与人的现实生活相结合。中国百姓最多的祭祀行为是祭祖，祭祖仪式在古代显得很隆重。平民百姓通过祭祀的方式，表达对祖先的崇拜和敬重。通过祭祀获得的仪式感，一方面可以加深同族之间的感情，另一方面可以发扬"忠""孝""义"等传统文化精神。

武松把杀嫂过程搞成一个祭祀，的确让武松获得了忠、孝、义等等的好名声。也许武松面对有可能终结的一生，试图为自己留下一个好名声而这样做，似乎是符合逻辑的。从这个角度讲，很有仪式感的祭祀，就是做给别人看的。

但是，当仪式不只"做给别人看"时，它就有非常重要的人生意义。如果武松这样做不仅仅是给别人看，那么这个过程，对武松来讲就是非常重要的过程，它承载着过去的重要的记忆，标志着历史的埋葬。仪式是一个纪念碑。

仪式感之所以重要，是通过不断地暗示自己，强化精神，感受到自己的力量，有一种对人生的控制感。重要的仪式能给人以勇气和力量，能显示正义的力量。武松需要勇气和力量吗？也许需要，也许不需要。但是，武松的确需要一个把历史记忆埋葬的纪念碑。让人唏嘘的是，武松没能把历史记忆埋葬，而是背着沉重的纪念碑，熬过下半生。

【话里只说武松带上行枷，看剐了王婆……】

从武松出场至今，他的每一个言行，其实都能暴露他的内心。喜爱他的读者，会试图与他对话，去理解他内心真正的痛苦，尽管他不需要别人的理解。但是，武松带着行枷，看王婆受剐的时候，任何人都猜测不出他在想什么。因为这个画面，永远是武松的背影，谁都看不清他的脸。

第八章　行者之路

1

武松在少年读者心中，是一个伟岸的打虎英雄。可是后来，他酒醉之后试图用刀杀一条狗，结果自己狼狈地掉到溪水中，爬都爬不起来，这种怂样，哪里是打虎的英雄呢？分明是一个颓废的醉汉。这样的变化，无疑让人震惊。

武松带给读者的疑问非常多，先讨论一个重要的问题：武松的结局，为什么是在六和寺出家？

对于这个问题，读者们基本不予评价。他们只讨论武松的故事，以及故事中某种行为的意义。对于武松的结局，说，八十，善终，完事。好像武松出家没啥意义。

一些评论家则说，武松本来就不赞成招安，经过征方腊后，进一步地认识到朝廷的黑暗，不想继续为朝廷服务，所以出家。个人认为，这样的逻辑似乎不成立。

假如这个逻辑成立，请问，从古至今，得有多少人为这事当和尚？得盖多少寺庙才能装得下那些对朝廷不满的

人？历朝历代都有无数人对当局不满，有几个去当和尚了？燕青不想当官，李俊、童威、童猛不想当官，李应、杜兴不想当官，柴进不想当官……也没谁为这事就去出家当和尚。阮小七当了官，又被人家踢出朝廷，也没说一气之下就出家，还是老老实实回家当渔民去了。

出家当道士的倒有两个，樊瑞和戴宗。他们出家，是为了躲避权力的斗争，尤其是梁山内部的权力斗争，所以采取了明哲保身的行为，与朝廷黑暗没直接关系。（这部分故事，以后分析。）

如果武松不讲逻辑，仅凭个性出家，那么，请问武松还喝不喝酒？景阳冈打虎，醉打蒋门神，这是水浒传中多么经典的片段。难道六和寺与五台山不同，允许喝酒吗？鲁智深迫于无奈而出家，所以偷偷喝酒。而武松是自己主动出家，难道也要偷着喝酒？难道他不懂得寺庙的规定吗？其实，他完全可以像阮小七一样，隐居到某个湖边，钓鱼喝酒，不是很悠哉乐哉？何必为难自己，去守那些清规戒律呢？

李白诗说：人生在世不称意，明朝散发弄扁舟。他可没说，人生在世不称意，明朝剃发当和尚。李白的诗，写出的是我们中国人在普通状态下的正常思维。

另外，据统计，武松在书中出现的“洗漱、洗浴”等字眼，有十几次之多，书中其他所有人物的“洗漱”次数，加起来恐怕也没有武松多。作者为什么经常提及武松的“洗漱”呢？

还有，武松打虎的时候，【武松穿了一领新纳红绸袄】；潘金莲勾引武松那天，武松穿的【鹦哥绿纻丝衲袄】；武松

杀嫂那天穿的【素净衣服】，没有前两次鲜艳；打蒋门神的时候，【身上穿了一领土色布衫，腰里系条红绢搭膊】。

　　许多水浒人物刚出场的时候，作者偶尔会描述某些人物的服饰，来衬托人物形象。但是，在人物平时的生活中，具体穿着打扮，作者几乎不提，为何如此偏爱武松？答案很简单，多次描写武松洗漱，说明武松爱干净，多次描写武松各种颜色的衣服，是说明武松爱美。用今天的眼光来看，武松就是一个爱时尚、爱打扮、爱干净的帅小伙。

　　这就产生了一个很奇怪的问题：武松为什么在后期，穿上那件死人留下的黑色的行者衣服，就再也不肯脱下来呢？不管用哪个朝代的审美观来看，那身行头都不好看吧。

　　行者是把头顶的头发剃掉，前后头发都不留，只留下鬓角的长发，然后戴一发箍，整个儿就一地中海漏水的发型。然后穿一件黑色大袍子。武松为什么就喜欢这个样子？与他前期的表现太矛盾了吧。

　　武松穿上行者衣服的原因，是杀了张都监一家十五口，为了躲避官府通缉，化装成行者的模样，向二龙山逃亡。那么武松到了二龙山，这身衣服的使命也就结束了，也就没有必要继续穿着这身衣服。可是，好奇怪啊，武松爱上这身衣服了，再也不肯脱下来。他就喜欢当一个冒牌和尚，当一个冒牌行者，直到六和寺才结束了冒牌和尚的生活，当了真正的和尚。好像总算遂了心愿。

　　还有一个重要问题。武松的外号，为什么叫"行者"？

谁给他起的这个外号？仅仅因为他突发神经一样，莫名其妙地喜欢行者的衣服吗？而且，用"行者"一类的职业身份作为外号，并不符合中国人的称呼习惯。

早期的武松被称为"清河县第一条好汉"，浪荡江湖，学了一身好功夫。孙二娘的麻药麻翻了鲁智深，却被武松轻松识破，证明他混迹江湖时间不短。他喜欢别人称呼他"景阳冈打虎的武都头"，但是，他的外号居然与打虎一点不沾边。

当他穿上行者的衣服出发，一路过蜈蚣岭，打孔亮，到孔家庄，后与宋江分别，至二龙山，这一路没有任何人称呼他"行者武松"。作者只称呼他"武行者"，作者的称呼符合中国人的称呼习惯。他的外号出现的时间点，是在到达二龙山之后，说明必定是书中人物给他起的外号。那么，是谁呢？

2

【武松道："我从来走江湖上，多听得人说道：'大树十字坡，客人谁敢那里过？肥的切做馒头馅，瘦的却把去填河。'"那妇人道："客官那得这话！这是你自捏出来的。"】

武松到了十字坡酒店，说，你们家是黑店。孙二娘说，你自己编的，哪有这事。

【武松道："我见这馒头馅内有几根毛，一像人小便处

的毛一般，以此疑忌。"】如果武松当着一男人面说这话，不算流氓。可是，对一陌生女子说这话，显得下流了。所以，弄得孙二娘没法接话茬儿。

【武松又问道："娘子，你家丈夫却怎地不见？"那妇人道："我的丈夫出外做客未回。"武松道："凭地时，你独自一个须冷落。"】

武松把流氓的嘴脸显露出来了，包括后来调戏蒋门神小妾，都显示武松像个小流氓。许多读者认为，武松是为了打架找借口。先琢磨一下，做什么事情需要借口？

一个国家发动战争需要借口。合理的貌似正义的借口，能够提高集团内部的凝聚力，能够提高士气，能够争取民心。所以，在发动战争的时候，要找一个高调、正义的借口。找不到，就编造谎言代替。总之，借口一定要有。

而个人和小团体的暴力行为，完全不需要借口。一个黑社会团体，没有任何理由就把别人商店砸毁；不良少年，看人不顺眼就揍。因为，任何个人的暴力行为，不管有什么借口，都是非法行为。既然如此，何必费力气去找什么借口呢？

武松如果想为民除害，断定孙二娘开黑店，二话不说，拆了她的店子，一把火烧了它，没必要调戏女人找借口打人！同理，武松打蒋门神完全可以一言不发，去了就把蒋门神痛扁一顿，然后告诉他，滚！不许在孟州待一天！为什么打他？不用解释。蒋门神滚蛋之后，就能想明白自己为啥挨揍。更没必要去调戏人家的小妾。武松后来在蜈蚣岭就证明

了这一点，他一句话不说，拔刀子就剁，那个小道童和王道士，至死也不知道自己为啥被杀。哪里需要借口？武松不仅仅是嘴巴上占女人便宜，看看他擒拿孙二娘时候的场景：

【那妇人一头说，一面先脱去了绿纱衫儿，解下了红绢裙子，赤膊着，便来把武松轻轻提将起来。】

这文字真是骇人！如果写李逵或者鲁智深太正常了，但是，孙二娘是女人啊！武松到达十字坡的时候是夏天，"解下了红绢裙子"，里面剩下什么？不论是否全裸，孙二娘的形象都是很不堪的。而武松呢？

【就势抱住那妇人，把两只手一拘，拘将拢来，当胸前搂住。却把两只腿望那妇人下半截只一挟，压在妇人身上。】

【那妇人杀猪也似叫将起来。】张青见自己老婆吃亏，赶紧跑进来。认怂，认朋友，认哥们。

【武松道："却才冲撞阿嫂，休怪。"那妇人便道："有眼不识好人，一时不是，望伯伯恕罪。……"】吃了亏的孙二娘明显是反讽，说不识"好人"！其实，"你就不是个好人"！

【武松道："我是斩头沥血的人，何肯戏弄良人？我见阿嫂瞧得我包裹紧，先疑忌了。因此特地说些风话，漏你下手。……"】

武松解释的理由未必成立。斩头沥血的人就是罪大恶极的人，这样的人更容易破罐子破摔干坏事。其实，武松的话无非是找理由遮面子。听了这话，孙二娘没反应，明显是对武松的话不以为然。而张青呢，毕竟是个老江湖，没接话

题，哈哈一笑，把这尴尬场面遮过去了。

再看武松调戏蒋门神小妾。【那妇人生得如何？

眉横翠岫，眼露秋波。樱桃口浅晕微红，春笋手轻舒嫩玉。冠儿小，明铺鱼鲓，掩映乌云。衫袖窄，巧染榴花，薄笼瑞雪。金钗插凤，宝钏围龙。尽教崔护去寻浆，疑是文君重卖酒。

武松看了，瞅着醉眼，径奔入酒店里来。】

武松看美女，先看眉，再看眼，又看樱桃小口浅晕微红，再看小手嫩白如玉。从上到下看一遍，还不够，又从上面重新看起，看头发乌云掩映，再看胳膊，穿着窄袖石榴花纹色的衣服，薄薄的，隐隐露出雪白的皮肤。他上上下下，很贪婪地看了两遍。看够了之后，他才迷蒙着醉眼，奔入酒店中。注意，文字描述的美女只有上半身，没有下半身，因为美女身子被柜台遮挡，下半身是看不见的。

再次提醒朋友们，不能像金圣叹那样忽略掉书中出现的诗词。作者往往用描述人物形象的诗词，把观者的心理状态也呈现出来。

【那妇人方才从缸里爬得出来，头脸都吃磕破了，下半截淋淋漓漓，都拖着酒浆。】下半截是湿的，上半截是什么样的？

【武松带一行人都到店里看时，满地尽是酒浆。这两个鸟男女正在缸里扶墙摸壁扎挣。那妇人方才从缸里爬得出来，头脸都吃磕破了，下半截淋淋漓漓，都拖着酒浆。】

注意：【武松带一行人都到店里看时】一句，说明这个

女人下半截淋淋漓漓，是武松眼里景象。武松打蒋门神的时间是夏天，七月正炎热，女人穿很薄的衣裙，一旦湿了几乎透明。可以想象，那个小妾浑身湿透以后，是多么不雅的状态。

而武松盯着人家下半身看呢！这段文字是讲武松的下流眼光，与那小妾以什么姿态掉到缸里，上半身是否湿了无关。在《水浒传》中，作者经常采用这种"声东击西"的文字。

3

从已知的故事当中，发现武松在不同阶段的变化，都是立竿见影。在清河县的武松，是一个整天喝酒打架的小混混，让哥哥没一个月能消停。流亡至柴进家里的时候，动辄还会酒后打人。逢宋江后，到阳谷县当都头期间，变得有模有样。书中说他【前病都不发了】，有人请喝酒都不去，而是回家吃饭。在他侦破哥哥死亡案件期间，手下的土兵对他极为服从和尊敬，说明他在阳谷县期间，是一个值得让人尊敬的人。

而杀嫂之后，至孟州期间，武松变得流里流气。上一次的变化关系到宋江，后文再分析宋江对他的影响。而此次重大的变化，显然与杀嫂事件有关，或许说，与潘金莲有直接关系。

在心理学当中，有一个著名的罗森塔尔效应，也叫期望效应。它指的是：向一个人传递积极的期望，他就会进步

得更快，发展得更好。反之，向一个人传递消极的期望，则会使人自暴自弃，放弃努力。武松的行为完全符合罗森塔尔效应。

是谁向武松传递了负面的消极的期望呢？是潘金莲！当她最后一次与武松争吵之时讽刺武松：【你既是聪明伶俐，却不道长嫂为母？】这话的含义就是：你对自己的母亲产生不道德情感，难道不是下流的痞子吗？你还好意思说自己，【不是那等败坏风俗没人伦的猪狗】！

武松一向崇尚道德，非常注重自己的形象。正因为武松对自己有着高规格的道德标准和要求，所以当他对潘金莲产生情感的时候，才非常痛苦。而潘金莲恶毒的讽刺，正好击中武松最痛苦的地方。这个打击，对武松来说，几乎毫无还手之力。武松只能认可潘金莲的讽刺：自己就是一个下流痞子。

武松内心在道德压力下，认为自己对嫂嫂的爱是不该产生的，不道德的爱情，这个爱，无疑就是下流行为。这时候，武松必然承认自己就是一个下流痞子，也就在行为上变得越来越下流，变得越来越自暴自弃。武松调戏女人，完全是因为自己出现了不健康的心理情绪。

所以我们看到，从十字坡调戏孙二娘开始，一直到武松被黄狗戏弄，掉入溪水中的颓废模样，在武松整个后半部分故事里，完整地诠释了罗森塔尔效应。他的颓废和下流，完全是受到这种期望效应的影响而导致的堕落行为。

遗憾的是，从来没有人告诉武松，两个年轻男女之间，

产生爱情是多么自然的事情，是多么美好的事情。因为他们的身份在道德的制约下，已经形成了爱情的禁区。

小叔子与嫂子，这种尴尬的身份，是悲惨的命运强加给他们的，这才是他们二人悲剧的源头。改变悲剧的唯一方法，是谨慎妥善处理好自己的感情。而重情重义的武松，注定缺乏以超然的心态看待爱情的理智。

从某种角度讲，武松没有妥善处理好与潘金莲的感情纠葛，导致最后毁了哥哥与嫂嫂的一生。而自己亲手杀死自己所爱的人，带来的无尽痛苦，又毁了自己的一生。武松、潘金莲及武大，他们三人悲剧的产生，除了社会因素以外，同时武松也负有很大的责任。当武松越来越清晰地明白自己所犯下的错误，带给他自己的，也是越来越大的痛苦。

【当晚就张青家里歇了。次日，武松要行，张青那里肯放，一连留住，管待了三日。武松因此感激张青夫妻两个厚意。论年齿，张青却长武松五年，因此武松结拜张青为兄。武松再辞了要行……】

张青非常喜欢武松，热情招待。武松感激他们夫妻的情意，与张青结拜为兄弟。但是武松不喜欢住在他们家，当晚住了一宿，第二天就要走。被张青挽留，勉强住了三天，武松还是要走。武松这个行为，是很不正常的行为。

宋朝发配犯人的时候，按罪行确定路程，同时也规定时间，犯人在发配的路上是不可能随便走多久都行的。如果超期，押解犯人的差人负有责任。

【武松自从三月初头杀了人，坐了两个月监房，如今来

到孟州路上，正是六月前后。】三月初杀人，去掉坐牢的三月份和四月份，五月初发配上路。至此，只走了一个月多一点的时间，距离孟州城只剩一里地。一路顺当，没有羁绊。公差也没有催促赶路，说明发配时间没有超期。武松完全可以在张青家美美地住上一些日子。好酒好肉的舒服日子不过，非得要去牢房，这样的行为能算正常吗？（对比林冲在柴进家恋恋不舍的十多天。）

张青家里最古怪的东西，是挂在厨房的人腿和人皮，但是武松看见这些东西没任何反应。除此，在张青家与在别人家的不同之处，就是每天喊张青"哥哥"，喊孙二娘"嫂子"，这大概是最能刺激武松的一个原因，让武松每一分每一秒，都会想起死去的哥哥，和自己亲手杀死的嫂嫂，所以，还是去牢房。作者写武松不肯在张青家里住，其实就是告诉我们读者，武松的内心在被痛苦所折磨。

到了孟州大牢，有好心的囚犯提醒武松，有银子赶紧拿出来行贿，否则就惨了。

【武松道："感谢你们众位指教我。……若是硬问我要时，一文也没。"】武松来了倔脾气。好好说，咋都行。玩硬的，就不给。

书中很多文字，描写武松在孟州大牢里的强硬行为。网络上各种评论也较多，与电视上的教授类似，都认为武松在显示某种英雄气概。但是，这些评论者忽视了一个基本条件：武松必须活着！

琢磨一下，一具尸体，能有什么英雄气概？能有什么

强势心理？武松不是打不死的孙悟空，这里不是《西游记》。武艺高强的卢俊义，都差一点在大名府的牢房被折磨死。

书中说，被一百杀威棒打得狼狈者，那是乖乖听话的。像武松这种胆敢对衙役叫板的，会碰上什么情况？快打慢数。数到十下的时候,可能已经打了一百棍子了。如果没死，继续打，反正永远数不到一百。而且【太祖武德皇帝旧制，但凡初到配军，须打一百杀威棒】，这是规矩，一顿棒子把人打死，衙役没有责任。

【武松道："我待吃杀威棒时,敢是他说,救了我,是么？"那人道："正是小管营对他父亲说了,因此不打都头。"】

武松说"救了我"，可见当过都头的武松，很清楚一百杀威棒的后果。后来，武松被张都监冤枉为贼的时候,【那牢子狱卒，拿起批头竹片，雨点地打下来。武松情知不是话头，只得屈招做："……乘势窃取入己。"】如果不招，势必被打死，武松只能招了，没有像孙悟空一样大发神威地逃掉，也没有了大无畏的英雄气概。武松既然知道后果的严重性，为什么刚到孟州大牢的时候，像一个倔强的孩子一样不服软呢？仔细看看武松和囚徒幽默的对话：

【众囚徒道："若没时，寄下这顿棒不是好意。晚间必然来结果你。"武松道："他还是怎地来结果我？"】武松居然对折磨死自己的方法感兴趣。

【众囚徒道："他到晚把两碗干黄仓米饭，和些臭鲞鱼来与你吃了。趁饱带你去土牢里去，把索子捆翻，着一床干藁荐把你卷了，塞住了你七窍，颠倒竖在壁边，不消半个更

197

次，便结果了你性命。这个唤做盆吊。"】囚徒详细地解说了一种方法。

【武松道："再有怎地安排我？"】这个方法武松好像不满意，还有吗？

【众人道："再有一样，也是把你来捆了，却把一个布袋，盛一袋黄沙，将来压在你身上。也不消一个更次，便是死的。这个唤土布袋压杀。"】又详细地解说了另一种方法。

【武松又问道："还有甚么法度害我？"】武松还不满意，再问。

【众人道："只是这两件怕人些。其余的也不打紧。"】没了，主要的两道大菜都上了。

如果还有其他的方法，估计武松会继续问下去，还有啥法子弄死我？众囚犯根本不懂武松的心思，武松和囚犯之间的对话，完全是鸡同鸭讲。武松只是把心里话忍住了没说而已。他如果把话说完整应该是这样：

还有什么方法害死我？还能怎么害死我？即便使用千万种方法，又能如何？无非是一死而已嘛！无非是一条命嘛！无所谓，我不怕！

作者在这里告诉我们：武松在十字坡受到了刺激，刚到孟州大牢的时候，内心极端痛苦，以至于就像一个青春期的叛逆少年一样，倔强地面对周围的一切，破罐子破摔，怼天怼地，不把自己的生命当回事，对生活失去了希望，对生命毫无眷恋。这是武松痛苦的表现，和什么英雄气概没一点关系。在阳谷县杀嫂之后，去自首之时，他就没打算活下去。

4

【差拨道："你也是安眉带眼的人，直须要我开口说。你是景阳冈打虎的好汉，阳谷县做都头。只道你晓事，如何这等不达时务？你敢来我这里，猫儿也不吃你打了。"】

这家伙讽刺武松打虎是打猫。不过，这家伙带来一个重要的信息：他听说过武松的威名。古今中外能赤手空拳打死老虎的人，就武松一个。武松当时应该是名满天下的人物，这种人到了孟州大牢，估计整个孟州城的人都知道了，不可能差拨知道打虎英雄来了，而施恩不知道。

【只见管营相公身边立着一个人，……额头上缚着白手帕，……把一条白绢搭膊络着手。】施恩带着伤来看他父亲办案，无非是想亲眼看看传说中的英雄到底什么样。估计他也听了差拨汇报，这个能打死老虎的家伙，敢于对抗差拨，傻乎乎地以为差拨弄不死他。

【武松道："……我若是躲闪一棒的，不是好汉。从先打过的都不算，从新再打起。我若叫一声，也不是好男子。"两边看的人都笑道："这痴汉弄死！且看他如何熬？"】

"痴汉"二字就是傻子的意思。不单衙役们认为武松是傻子，施恩亲眼所见，打虎英雄果真是一个缺心眼的傻子。能打死老虎，说明能力强；认为一百杀威棒打不死自己，就是白痴！太好了，就需要这样能力强又缺心眼的傻子。

【施恩道："……地名唤做快活林。……有百十处大客

店，三二十处赌坊、兑坊。……那许多去处，每朝每日都有闲钱，……近来被这本营内张团练，新从东潞州来，带一个人到此。那厮姓蒋名忠，……他却有张团练那一班儿正军，若是闹将起来，和营中先自折理……小弟当以实告。"】

施恩向武松介绍自己的语言中，有三个主要信息：第一，施恩在快活林，专门收店家、赌场、钱庄、妓女的保护费，收入不菲。用今天的话说，典型的黑社会行为。第二，张团练带来一个打手蒋门神，把这块地盘夺了。第三，想报仇，却无法对付张团练的正规军。武松说，这事好办，我去打，打死人我偿命。

施恩拦着，要与父亲商量。老管营出场，大大地忽悠武松，让两人结拜兄弟。随后，他小心谨慎地几次三番，以担心武松喝醉误事为由，把时间延后。在此之前，施恩就以担心武松身体状况为理由，让武松肥吃肥喝养半年再说。这些表现，都让人觉得施恩父子小心得过分。如果对武松的威名是耳听为虚，那么施恩亲见武松把天王堂前四五百斤的石墩玩得像篮球，以这神力打蒋门神，还会担心打不赢吗？

【武松道："既是到了，你且在别处等我。我自去寻他。"施恩道："这话最好。……"】即将抵达快活林，武松看出来施恩胆子很小，不想去，让施恩躲起来，施恩马上借坡下驴，立即躲了。

【那仆人用手指道："只前头丁字路口，便是蒋门神酒店。"武松道："既是到了，你自去躲得远着。"】仆人也一样，到地方用手一指，不再往前走。武松也让他躲了。当武松独

自一个大闹快活林酒店，痛打蒋门神之后：

【正说之间，只见施恩早到，带领着三二十个悍勇军健，都来相帮。】

这就有意思了。架已经打完了，施恩带二三十人来，能帮什么？明明是来晚了。作者偏偏说"施恩早到"。到底是来晚了，还是来早了？先研究一下这二三十人从哪来的。

【武松道："怎么却才中我意！去打蒋门神……"……叫两个仆人先挑食箩酒担，拿了些铜钱去了。施老管营又暗暗地选拣了一二十条大汉壮健的人，慢慢的随后来接应。】

武松去打蒋门神，前脚刚走，施老管营就偷偷安排了人手。注意"慢慢的"三个字，显然是不符合情理的安排方法，道理很简单，要打架，当然是人多力量大，当然是人多势众才好。为什么施恩不带领这些人跟随武松一起来？如果担心武松打不赢蒋门神，人多群殴，赢面不是更大一些？何必要"慢慢的"，等武松打完了才来？他们父子谨慎小心地安排打架时间，不可能出现这种配合上的低级失误吧？

而且，出发的时候是一二十人，到达现场的时候，是二三十人，为什么多出十人？千万别认为是作者笔误，至少有一点可以确认，施恩带领这二三十人，根本不是帮武松打架的。那么，这二三十人来现场的真实目的是什么？解答这个问题之前，再看看后面出现的两段奇怪的文字：

【康节级答道："不瞒兄长说，此一件事，皆是张都监和张团练两个同姓结义做弟兄……"】【只见店门前两三个军汉，牵着一匹马，来店里寻问主人道："那个是打虎的武都

头？"施恩却认得是孟州守御兵马都监张蒙方衙内亲随人。】

康节级与施恩都是司法系统的人，康节级知道他们两个是拜把兄弟，混黑道的施恩居然会不知道？！施恩认识张都监的小兵，可见他很关注自己地盘的军事长官，他会不知道张都监与张团练是拜把兄弟？

在上一章中，提到作者一种高明的写作手法叫"时空带入法"。施耐庵先生把读者带入潘金莲出轨，并谋杀老公的故事时空中，而武松不在此时空之内，导致读者有了先入为主的观念，而忽视武松的思维。

同理，这段故事也是如此。此次，作者把读者带入武松发配的故事时空，而蒋门神殴打施恩、夺快活林的故事，却在完全不相通的孟州时空。读者与武松一样，没有目睹此事件的发生经过，只听了施恩的介绍。

假如，施恩的话是个很大的谎言，那么以上疑点全部解开。事实上，不单施恩知道蒋门神的后台是张都监，全孟州城的老百姓都知道此事，就在蒙武松一个。（在后文中结合故事，再拿出证据。）理解了这一点，自然就懂施恩的小算盘。

施恩就是利用武松而已。施恩始终与武松划清界限、撇清关系，让武松单独出手打人，绝不露面。蒋门神最好被武松打死、打残，最不理想的结果，也会把蒋门神打跑，然后施恩及时出手，把武松拿下，向张都监请罪。

这里面的关键环节，就是施恩及时出手，拿下武松的时间点。去早了，容易被蒋门神认出与武松同谋，若是去晚

了，拖延了时间，武松打蒋门神的真相容易泄露出去。所以，武松前脚走，老管营马上安排人手，随后"慢慢的"跟着。

施恩面对张都监一定会说，张大人，您看，我手下这么一个酒疯子，就是一个缺心眼的傻子，惹了这么大的祸，我把他交给您处理，要打要剐，您随意。然后双手奉上一个被打得半死的武松。

这样一来，既报了仇，又能夺回快活林。而且，以管教不严为借口，向张都监认错，保住张都监的面子，也不会得罪张都监。这就是施恩歹毒的一石三鸟之计。如果是这样，张都监面对既成事实，还能怎么样呢？张都监作为地方最高军事长官，不好意思亲自参与黑社会争夺地盘，无非是纵容张团练带领蒋门神违法乱纪，自己假装不知道。既然假装不知道，也只能吃施恩的哑巴亏。

可惜，事态没有按照施恩的计划进行，主要原因是施恩严重误会了武松。他眼里的武松，既有超人的神力，又像一个低智商的傻子，最适合拿来当打手，还容易出卖。但是，施恩没料到他眼里的傻子，居然先去调戏女人！然后，再砸酒店，打了几个店小二，才去打蒋门神。这个过程和时间，被武松拖延得太长。所以作者说【施恩早到】，施恩没计算对时间，他真的是来早了。

最不可思议的是，施恩来的时候，他眼里的傻子，居然踩着蒋门神讲大道理。【蒋门神便道："好汉但说，蒋忠都依！"武松道："第一件，……。第二件，……。……都来与施恩陪话。"蒋门神道："小人也依得。"武松道："第

三件，……。重则结果了你命。你依得么？"】

重情义又高调的武松，这一番大道理讲出来，施恩彻底傻眼了，他还能脱得了关系吗？所有的计划全部报废。

【带领着三二十个悍勇军健，都来相帮，却见武松赢了蒋门神，不胜之喜，团团拥定武松。】

施恩装得挺高兴的样子，二三十人还没反应过来，都去围着武松，干吗？等着施恩下命令拿人。若是没猜出施恩的小算盘，会以为这二三十人是武松的粉丝。施恩了解武松的神力，当他父亲安排了一二十人的时候，施恩觉得对付不了武松，又增加了人手，所以到达现场的人数，比他父亲的安排多出十人。

武松命令蒋门神给施恩赔罪的时候，顺便又发表了一番很狂妄的演讲。仅从武松的语言来看，能猜出他一脸正气，并且狂傲得要命。蒋门神是什么样呢？【那蒋门神吃他一吓，那里敢再做声。……蒋门神羞惭满面……。】

施恩是什么表情呢？书中没写。作者一贯如此，他把最关键的人物，最尴尬、最有趣的表情给隐藏起来，让读者自己猜。个人猜想，施恩此时看着武松，悔得肠子都青了，心想："当初还不如一百杀威棒，打死你算了，你个兔崽子！"

说起武松像傻子这事，也别怪施恩眼光太差。一者，武松内心伤痛，自己求死，别人自然把他当傻子。二者，施恩酒肉供养牢房里的武松，他吃了睡，睡了吃，连过六天。别人担心吃饱了被"盆吊"，他摆出一个爱咋地咋地的没心没肺。三者，看看书中小故事：

【一般的囚徒，都在那里担水的，劈柴的，做杂工的，却在晴日头里晒着。正是五六月炎天，那里去躲这热。武松却背叉着手问道："你们却如何在这日头里做工？"众囚徒都笑起来，回说道："好汉，你自不知。我们拨在这里做生活时，便是人间天上了。如何敢指望嫌热坐地！还别有那没人情的，将去锁在大牢里，求生不得生，求死不得死，大铁链锁着，也要过哩。"】

这岂不是宋朝版本的"何不食肉糜"的司马衷吗？这样的武松，别说施恩，周围的囚徒们都会说他是天生神力的傻子吧。

武松无意当中的一句话，暴露他是一个不知人间疾苦，只关注自身情感的人。其实不奇怪，整天喝酒打架的少年，有几个能知人间疾苦？成为被人仰望的打虎英雄的人，又有几时低下头来关注社会黑暗的角落？也正是缺少对社会的关注，只注重个人情义的武松，才会助纣为虐，帮助施恩重夺快活林。

【却说施老管营听得儿子施恩重霸得快活林酒店，自骑了马，直来店里，相谢武松，连日在店内饮酒作贺。】

当所有的计划都被武松破坏以后，施恩父子只能倚重打虎英雄的拳头，高调地向敌人表示强硬。这是无可奈何之下的强硬。

【施恩使人打听，蒋门神带了老小，不知去向。】

这事儿没完！蒋门神的报复是迟早的事，所以施恩才关注蒋门神的去向。

【就留武松在店里居住。自此施恩的买卖，比往常加增三五分利息。】

蒋门神若是来报复，先有武松顶着，又可以在收取保护费的时候，起到对民众的威慑效果。有能打死老虎的家伙坐镇酒店，谁敢不交钱？走一步算一步。先使劲捞钱。

【荏苒光阴，早过了一月之上。炎威渐退，玉露生凉，金风去暑，以及深秋。】

作者又开始聊起天气。除了暗示读者形势有了重大转变以外，过去这一个月的时间，还包含了其他许多重要的意义。

当张都监的手下来找武松的时候，施恩看出其中的危险性，但是他毫无办法，又不可能对武松解释。他很滑头地把问题推给武松："哥哥，你看如何？"然后作者写了一句评语：【一夫之勇，终无计较。】武松傻乎乎地说："既然请我，我就去看看。"

武松醉打蒋门神之后，过了一个月的时间，张都监才开始陷害武松。从张都监的角度来看，这一个月期间，他需要解决几个问题：武松是谁？他为何敢打蒋门神？难道他不知道蒋门神是我张都监的人吗？假如武松知道蒋门神的背景，他仍然敢动手打人，还会把我张都监放在眼里吗？假如武松有更大的背景，岂不是冲着我张都监来的？

能想象得出，张都监听到武松醉打蒋门神的消息之后，一定非常惊讶。张都监利用这一个月的时间，在暗中调查武松的背景以及他与施恩的关系。经调查发现，原来武松不过

是施恩利用的一个囚犯而已。虽然他有打死老虎的能力，但是整天醉醺醺的样子，看起来就像一个缺心眼的被人利用的傻子，所以是【一夫之勇，终无计较】。

这样，张都监才开始了陷害武松的过程。这句话是张都监对武松的评价，而不是作者的评价。当武松毫无防范地答应去见张都监，正好印证了这句话。从这一句话能看出张都监蔑视武松的心理和嘴脸。张都监真正的形象，都包含在这一句话里面。

【自从到这里住了，寸步不离，又没工夫去快活林与施恩说话。虽是他频频使人来相看我，多管是不能勾入宅里来。】

进入张都监府后，武松对外的信息沟通全部掐断，无非是怕武松得知他与张团练的关系。表面上看张都监要提防施恩，其实他在断绝武松与所有人的联系。

武松被陷入狱之后，施恩全力营救。并且，【老管营道："他是为你吃官司。你不去救他，更待何时。"】看这一句，似乎施恩父子很仗义，其实从武松高调宣称为施恩出头而打蒋门神开始，武松与施恩就成了一条绳上的蚂蚱。"跑不了我，也蹦不了你。"他们已然成为利益共同体。施恩父子已经得罪了张都监，不会有好果子吃。白道上的陷害，只能通过白道上的手段预防，而黑道上的打击，只能依靠武松来顶着，所以武松入狱，施恩又挨揍了。

武松杀了张都监一家后，官员为何找施恩问责？因为，白道上的官员们早就看透施恩的伎俩，早明白武松只是被施

恩利用的工具，施恩当然是罪魁祸首！所以，施恩不管是白道还是黑道，在孟州城里都混不下去了，只能上二龙山落草当强盗。

施恩利用傻子一样的武松，就是为了避免这样的结局。然而，不受控制的武松，非常高调地炫耀自己重感情、讲义气，完全破坏了施恩的计划。从施恩的角度来看，他的倒霉日子就是武松带给他的。但是，读者们都知道，这事怪不得武松。

施恩最后的结局是跟随三阮打常熟时候，不识水性，落水身亡。这是作者对施恩最好的诠释。不识水性，偏偏跟随水军作战，被淹死有何奇怪？他不了解武松，偏偏想利用武松，被武松拖累得家破人亡，岂不是自找的？施恩的故事告诉我们一个道理：对于自己不了解的人或某种力量，千万不要试图去利用他（或它），否则，倒霉的可能就是自己。所以，我们告诉小孩子不要玩火，就是这个道理。

施恩的外号叫作"金眼彪"。古人说，彪是介于虎和豹之间的一种动物，样子像虎，但不是虎。施恩的星宿名称叫"地伏星"，伏字，就是隐藏的意思。施恩这一生，一直把自己的真实想法、真实情感隐藏得很深。所以，看他像个老虎，但他不是老虎，是彪。

武松被发配。临走时候，施恩带来吃的东西是两只鹅。

武松入狱时，遭到衙役用棍棒、竹片殴打，后背有创伤。中国古人认为，鹅是温补发物，身上有创伤不能吃鹅，容易导致病情恶化。明朝有个传说，徐达得病，后背长疮，朱元

璋知道后表示慰问，送徐达蒸鹅吃，徐达看了鹅就明白皇帝想让自己死，所以服毒自杀。有创伤不能吃鹅的观点，现在也有人相信。

可是，作者偏偏写施恩送鹅给武松吃，其实是告诉读者，施恩表面关心武松，告诉武松要防范押送的差人，实际内心恨武松，希望武松死。

5

武松对于施恩卑鄙的谋划，试图出卖自己的心理知道吗？书中没写。但是我相信，即使武松当时不知道，事后，时间久了，慢慢回忆起当时的许多细节，武松一定会想明白的。他会想明白，自己舍生忘死，为朋友两肋插刀，而换来的结果却是朋友希望他死！

朋友的无义，对武松的伤害，只从施恩的故事体现出一部分而已。看看血溅鸳鸯楼之后，又发生了什么。

【武松一夜辛苦，身体困倦，棒疮发了又疼，那里熬得过。望见一座树林里一个小小古庙，武松奔入里面，……探入两把挠钩，把武松搭住。两个人便抢入来，将武松按定，一条绳索绑了。】

结果在庙里，武松被张青手下四个小混混捉住了。这四个马仔说：【早是张大哥这几时分付道："只要捉活的。"】张青卖人肉包子，必须要鲜活食材吗？

【张青道："贤弟不知我心！从你去后，我只怕你有些

失支脱节，或早或晚回来。因此上分付这几个男女，但凡拿得行货，只要活的。……谁想果是贤弟。"】

张青早就料到武松会"失支脱节"，早就料到他会回到这个地方。所料不错，果然武松就来了。张青为什么能像诸葛亮一样，掐指一算，就能准确算出武松的行踪？武松做什么事了，会有失支脱节？武松离开十字坡到了孟州，在大牢里对衙门叫板，这事当时就圆满解决了，被施恩看中收留。剩下的事，其实只做了一件"醉打蒋门神"，除此之外，武松什么事都没做。

【孙二娘道："只听得叔叔打了蒋门神，又是醉了赢他。那一个来往人不吃惊！有在快活林做买卖的客商，只说到这里，却不知向后的事。"】

孙二娘的话，给读者透露很重要的线索：【那一个来往人不吃惊！】不光是张青夫妻两个吃惊，而是来来往往的所有人都很吃惊。为什么呢？武松这样的人物喝醉了打人，有什么值得吃惊？他很早以前在清河县经常这么干。他是能打死老虎的人，不管把谁揍了都不稀奇。唯一让人觉得吃惊的原因，是他殴打了让人惹不起的蒋门神。逻辑是这样：

施恩的后台是他父亲老管营，相当于我们现在的监狱长，在当地司法系统里面具有影响力的地位。施恩就是典型的黑社会地头蛇。那么，一个黑社会老大的财产，居然被人光天化日之下公然夺了，而且还被一个外地人揍了，请问，当地的老百姓会不吃惊吗？蒋门神公然夺了快活林，在孟州当地一定是轰动事件，绝对会家喻户晓。

蒋门神做得太明目张胆，太猖狂了。当地老百姓会很惊讶地问：这蒋门神是谁啊？什么来头？也太厉害了吧。

总会有极少数人知道蒋门神的背景。在吸引眼球的舆论之下，把事情闹大，蒋门神的背景自然会传播得沸沸扬扬。蒋门神公然用暴力手段夺取快活林事件，会是当地人茶余饭后的热门话题，蒋门神的背景不可能再是秘密。所以说，整个孟州城的百姓，人人知道蒋门神的背景，人人都知道他的后台是张都监。同理，施恩也一定知道，张青夫妻也知道，只瞒着武松一个人。

这就是作者用"时空带入法"的效果。施耐庵先生把读者带入武松的时空，让读者与武松一样，忽视了孟州城里发生的故事以及这个故事的恶劣性带来的影响。作者写【那一个来往人不吃惊！】的真正含义是：人们对武松胆敢去打张都监的狗腿子，感到吃惊。

所以，张青才会对武松说，【从你去后，我只怕你有些失支脱节。】"失支脱节"的本意是指因关照不周而出现失误或差错，但是张青知道，在施恩的"关照"下，武松一定要出差错。张青的话，一不小心暴露出自己真实的心态，把他老婆吓一跳。所以孙二娘在后面补充了一句话：【只说到这里，却不知向后的事。】

这一句明摆着撒谎。如果后来的事不知道，张青怎么能算准武松或早或晚回来？已经算准了武松一定会回来，怎么会不知道武松被张都监陷害呢？武松若不是被陷害而蹲大牢，怎么会回来呢？打虎英雄这样的名人蹲监狱，恐怕也

是孟州一大新闻吧。他们夫妻完全知道武松经历的一切。

作者交代的时间语句是：【荏苒光阴，早过了一月之上。炎威渐退，玉露生凉，金风去暑，以及深秋。】武松打完蒋门神以后，过了一个月，张都监才开始陷害武松。

十字坡离孟州城只有一里路，那么近啊。张青有一个月的时间可以去提醒武松，但是张青没有任何作为，眼睁睁地看着武松倒霉。武松交的朋友，都是什么混蛋朋友啊？当然，有果必有因。

记得武松在张青家勉强住了三天这事吗？从混黑道的角度讲，张青在武松面前有自卑感，因为他本事低微，立足江湖的手段是用下三滥的蒙汗药害人、卖人肉包子。虽然武松喊他哥哥，他却非常恭敬武松。可是，在他非常热情地招待武松的时候，武松莫名其妙地说什么都不在他家住，勉强住了三天，死活要走，宁可去牢房，也不在他家待着。

这种奇怪的行为容易让张青误解。读者知道武松的缘由，但是张青不知道，误认为武松瞧不起他，不愿意与他交朋友。这一点，伤害了张青的自尊。

【张青又置酒送路，取出行李、包裹、缠袋来，交还了。又送十来两银子与武松。把二三两零碎银子赍发两个公人。武松就把这十两银子，一发送了两个公人。】

一般读者都简单地认为，这段话显示武松视金钱如粪土，是武松的豪气。这种看法恐怕有偏差。

从正常角度来看，武松非常需要银子。宋江、林冲能在大牢里过上滋润的日子，都是银子的功劳。十两银子，对

于当时的百姓而言不是小数了。李逵为了宋江的十两银子，还在赌场打架赖账呢。而武松不单不要张青的银子，反而当着张青的面，转手就丢给了差人。你武松什么意思？嫌弃钱少？还是嫌弃卖人肉包子的钱太脏？你不要就算了，也不能当着张青的面，丢给别人啊！这不是当着张青的面打张青的脸吗？本来张青容易误解武松瞧不起自己，这一行为，把张青的误解坐实了。

武松刚刚杀嫂之后，冷静地处理哥哥的遗产，带了银子走上发配的道路。武松在激愤之下，并没有体会出嫂嫂的死对自己的感情带来的伤害有多大。武松在三月初杀嫂，六月底到达十字坡，接近四个月的时间，他的心理产生了何种变化？书中没写，但是，他不是木头人。

到十字坡，受到张青、孙二娘"哥哥嫂嫂"的温情刺激，内心的隐痛一下发作起来。正是四个月的时间，把痛苦累积得越来越多，在十字坡到达顶点，所以，武松到孟州大牢就开始发了疯一样地硬怼所有人。他痛苦得都不想活了！当时，武松的真实想法应该是这样：老子迟早是个死人，要银子何用？所以，他转手就把银子给了差人。他在极度难过之下，根本没考虑张青的感受。

张青不了解武松内心的真实情感，必然认为武松瞧不起自己，所以他从没有去牢房探望过武松。他对武松说的借口是：【我见一向无信，只道在孟州快活了无事，不寄书来。】这话明显带着酸味，还是暗指武松不愿意与他做朋友，所以不写信。

所以在最关键、最重要的时间段，就是武松打蒋门神以后，居然有一个月的时间，张青继续装傻，根本不去提醒武松。他内心一定在想：你武松不是很牛吗？不是本事很大吗？不是瞧不起人吗？被施恩利用了吧！居然敢去打张都监的狗腿子，看你怎么牛下去？！早晚还得灰头土脸地回来！

武松当时未必知道张青的真实想法。可是，时间久了，武松总会想明白：自己交往的朋友，自己的结拜哥哥，眼看着自己走在鬼门关口，就是不吭声。这就是朋友之间的情义吗？武松从此以后，再也没有结交朋友。朋友之间的义气，深深伤害了武松。这种伤害，对于武松出家，起到推波助澜的作用。

武松一生重情、重义，结果被"情义"二字伤得最重。武松的星宿名称叫作"天伤星"，是武松内心的伤，与武松断臂没关系。

故事情节中有对比。武松初次见孙二娘，双方发生了冲突，不打不相识，成为朋友。后来，武松与孔明、孔亮兄弟也发生了冲突，虽然孔家兄弟俩很崇敬武松，但是他们并没有成为朋友。

【武行者道："既然二位相觑武松时，却是与我烘焙度牒书信，并行李衣服，不可失落了那两口戒刀，这串数珠。"】

武松对孔氏兄弟说话，既客气，又小气。客气是因为情感保持距离，但不是真小气。他嘴里说的这些物品都是佛门用品，对别人不重要。对武松自己来说，这些东西非常重

要。对别人来说，那两把戒刀是好东西，可是在他心里，最重要的是那串佛门数珠。佛门已经在他心中处于重要地位。

【宋江坚执要行。孔太公苦留不住，只得安排筵席送行了。次日，将出新做的一套行者衣服，皂布直裰，并带来的度牒、书信、戒箍、数珠、戒刀、金银之类，交还武松。又各送银五十两，权为路费。宋江推却不受，孔太公父子那里肯，只顾将来拴缚在包裹里。】

梁山好汉之间的金钱来往经常是十两、二十两银子，已经不算小数了，五十两银子在当时绝对是一笔巨款。宋江觉得孔太公对自己太好，临行前送巨款，心中过意不去，所以拒绝。武松却没有任何反应。

明眼人一看就明白，武松是借了宋江的光，否则孔太公不可能对毫无交情的人见面就送巨款。但是武松既没有推却，也没表示感谢。这个细节，既反映了武松对金钱的态度，同时，更多反映出武松对人际交往的态度。也就是说，人家对他好一些，或者坏一些，对他是真诚的关心，还是虚假的客气，他已经开始麻木了。武松不仅看淡了金钱的意义，更多的是对尘世间的人际关系毫无兴趣，已经失去与他人交往的兴趣，一心向佛了。

有些读者可能对这种判断不以为然，因为武松后期经常与鲁智深在一起。但是，没有任何文字能够证明，武松与鲁智深感情非常深厚。说白了，他们之间只是工作关系，是搭档不是朋友。

在《三山聚义打青州》一回，鲁智深要去救史进，武

松劝阻，鲁智深不听，独自下山。当时武松说：【不听我言，此去必然有失。】武松的表现非常理智，而没有了早期为了朋友义气不管不顾的作风。武松是从工作角度劝阻鲁智深，而不是从朋友的立场上讲义气，陪同鲁智深一起去玩命。

在与方腊作战的时候：【行者武松见鲁智深战宝光不下，恐有疏失，心中鳌燥，便舞起双戒刀，飞出阵来，直取宝光。】这是武松后期极为少见的具有感情色彩的文字。担心鲁智深要败，出手攻击宝光。但是，同样不能证明武松与鲁智深感情深厚，因为这是在战场作战，搭档如果不是鲁智深，换成任何一个梁山好汉，武松都会出手。最能说明他二人情感的环节，是鲁智深坐化一节。

【宋公明见报，急引众头领来看时，鲁智深已自坐在禅椅上不动了。……宋江与卢俊义看了偈语，嗟叹不已。众多头领，都来看视鲁智深，焚香拜礼。】

鲁智深在六和寺坐化，在梁山内部引起很大震动。众多头领跟随宋江一起来六和寺。武松没有在这些头领当中，因为武松此时就在六和寺。

【二人正在僧房里睡。至半夜，……放了那张纸在禅床上，自叠起两只脚，左脚搭在右脚，自然天性腾空。】

大段的文字都是在讲鲁智深坐化的过程，但是，整个过程没有任何文字说明武松当时的状态，好像武松不存在一样。既然作者不写，就是说明武松没有任何语言和行为。鲁智深在六和寺折腾了好长时间，而武松就和他在一个屋子里睡觉，居然没有任何反应。这不让人震惊吗？

武松很有可能在旁边，漠然地看着自己的室友鲁智深坐化死亡。想象一下武松冷漠的眼神，会有种不寒而栗的感觉吧。

鲁智深的葬礼结束后，宋江顺便来看看武松。【当下宋江看视武松,虽然不死,已成废人。】这段文字似乎告诉我们，武松居然都没有参加鲁智深的葬礼。

这里面"废人"二字很奇怪。其实武松只是断了一只胳膊，还可以正常生活。仔细读这句话会发现，不是作者称呼他为废人，而是宋江！是宋江发现武松已经变成了心死如灰的行尸走肉，人的心死了，才是真正的废人。

【武松对宋江说道："小弟今已残疾，不愿赴京朝觐。尽将身边金银赏赐，都纳此六和寺中陪堂公用。已作清闲道人，十分好了。哥哥造册，休写小弟进京。"宋江见说："任从你心。"】

当武松提出要在六和寺出家的时候，宋江只能答应。对这样的行尸走肉，提出反对意见还有何用？若说起梁山上了解武松的人，只有宋江，只有他才是真正了解武松的人。后面再聊这个话题。

在小说后期，施恩的死，张青的死，都没有任何文字讲述武松的感受。而张青死的时候，他的老婆孙二娘寻找到张青的尸体，大哭了一场，这说明孙二娘对自己老公是有感情的。而武松对自己的结拜哥哥,看不到任何有感情的表现。

以上种种情况都能说明，武松早已经变得冷面冷心，任何人的死，他完全没有感觉。武松在后期，已经变成了完

全没有感情的人。他的心，就这样逐渐麻木下去，直到完全冰冷。所以，鲁智深就在他身边死去，而他居然无动于衷。

在百二十回《水浒传》中，写到施恩的死，增添一句，"武松大哭一场"。这完全是不理解武松的人，模仿孙二娘的情节，在画蛇添足。

6

说完朋友对武松的伤害，再回过头来，看看武松到孟州以后心态的变化。武松在十字坡受到了强烈的刺激，情绪非常低落，对生活已经失去希望，对生命毫无眷恋，所以强硬地面对周围一切压力。这时候施恩的出现，用朋友的情义温暖了武松。但是，这种朋友的情义，并没有从根本上扭转武松颓废的思想。

【武松笑道："我只道他三头六臂，有那吒的本事，我便怕他。原来只是一颗头，两条臂膊。既然没那吒的模样，却如何怕他！"……武松道："我却不是说嘴，凭着我胸中本事，平生只要打天下硬汉，不明道德的人……。拳头重时，打死了，我自偿命。"】

这些话似乎显示武松的豪气。其实，更多的是狂妄。

武松杀嫂，抛弃自己的情感，维护了道德，所以，他口口声声只打不明道德的人，无意当中把自己变成了道德卫士。其实，蒋门神与施恩是一类人，都是欺压民众的黑社会。武松的话，是下意识地为自己杀西门庆找借口，与打蒋门神

毫无关系。

在蜈蚣岭，武松同样用维护道德的心理，挥刀杀人。其实，武松的语言和行为，始终与自己的真实情感在做矛盾的斗争，他自始至终都在回避自己内心的真实情感。而且，他永远都不知道，是他的行为正确，还是内心的情感正确。

【没酒时，如何使得手段出来！还你今朝打倒那厮，教众人大笑一场。】还有：【武松道："那厮必然去报蒋门神来。我就接将去，大路上打倒他好看，教众人笑一笑。"】

武松反复提到"教众人笑"。这种语言，最能反映武松的心态。他把打人当成一件好玩的事，打人变成了快乐的游戏。这明显是不正常的心态。这种不正常的心态，正是武松颓废之下，游戏人间的堕落思想的表现。

【去镇上请十数个为头的豪杰之士，都来店里，替蒋门神与施恩陪话。】

打完蒋门神之后，武松发表了一番狂妄的演讲，并且强行让蒋门神举办了一个屈辱的酒店交接仪式。

武松这事办得太仗义，太痛快了。读者读到此处的时候，大多会有酣畅淋漓的感觉。但是，冷静下来想想这事儿，武松有点过分了。中国人常说，骂人不揭短，打人不打脸，但是武松做的都是打脸的事儿。打了人，夺了酒店也就罢了，何必过分地羞辱人？中国人把面子看得比天大。张青感觉武松瞧不起他，就对武松见死不救，何况武松如此羞辱蒋门神。别说蒋门神有后台，就是没有后台的人，又岂能忍下这口气？

但是，武松似乎根本就没想过，蒋门神一定会报复他。这种现象，一方面与武松意气用事、不计后果的性格有关；另一方面，也与颓废之下的狂妄有关。一个努力向上的人，多是谦虚乐观的人；一个堕落颓废的人，多是狂妄和随心所欲的人。而这些颓废和堕落的后面，隐藏的是武松深深的痛苦。

到了孟州以后，书中多次描写武松大醉，文字不少于五六次之多。武松虽然喜欢喝酒，但是在阳谷县当都头的时候，书中从没有讲武松醉过。

并且，书中有过这样的情节，潘金莲问武松：【"叔叔怎地不归来吃早饭？"武松道："便是县里一个相识，请吃早饭。却才又有一个作杯，我不奈烦，一直走到家来。"】

有人请武松喝酒，武松不爱去，而是要回家。有嫂嫂在，武松是个恋家的好男人。

而武松在孟州，过得就是醉生梦死的日子。用酒麻醉自己，心中的痛也许能忘掉一些。作者故意交代了一句：【从此施恩心下喜，武松终日醉颜酡。】施恩心中的喜悦是假的，武松终日醉生梦死是真的。

【张都监亲自赐了酒，叫武松吃的大醉。就前厅廊下，收拾一间耳房，与武松安歇。】武松刚刚进入张府第一天，当着自己新领导的面，还是一个酒鬼的样子。

【武松见夫人宅眷都在席上，吃了一杯，便待转身出来。张都监唤住武松问道："你那里去？"武松答道："恩相在上，夫人宅眷在此饮宴，小人理合回避。"】在中秋节家宴，武

松的表现很懂规矩。但是，在张都监热情的挽留下，【武松吃的半醉，却都忘了礼数，只顾痛饮。】仍然是个酒鬼的样子。

在他眼里，只有酒才是最好的良药。所谓的前途，只是尽力争取，而不是武松的全部人生。武松虽然明白，进入一个新的社会环境，应该学会规规矩矩地做人，应该努力奋进，但是，心中隐藏的伤痛，还是需要酒来麻醉。

【这玉兰应了，便拿了一付劝杯。丫环斟酒，先递了相公，次劝了夫人。】

玉兰的身份是养娘，一般都说成丫鬟。这种说法有点敷衍。作者在书里的判词：【假将歌女为婚配，却把忠良做贼拿。】玉兰应该是张都监养的歌伎。【脸如莲萼，唇似樱桃。两弯眉画远山青，一对眼明秋水润。……】脸如莲萼，眼如秋水，很清纯的样子。

【武松那里敢抬头。起身远远地接过酒来。】既然没敢抬头，怎么看见脸如莲萼，唇似樱桃的？可见武松是装的，早就偷偷看过了。但是，玉兰的出现，显然让武松收敛了自己的行为，没像刚才那样"只顾痛饮"。随后，张都监许亲，武松客气地推辞一下。

【当时一连又饮了十数杯酒。约莫酒涌上来，恐怕失了礼节，便起身拜谢了相公、夫人……】

武松在刚进张府的时候，当着张都监的面照样喝得大醉，现在却担心自己失了礼节。无疑，是玉兰的出现，尤其是张都监的许婚，让武松认识到自己需要改变了。

【去房里脱了衣裳，除下巾帻，拿条梢棒，来厅心里月

明下使几回棒，打了几个轮头。仰面看天时，约有三更时分。】

这顿酒，让武松内心有了很大的触动，以至于晚上睡不着了。作者没有一个字描述武松此时的内心，不过，咱们可以猜想，大概他的心情此时是很高兴的。

武松经历了伤人，流浪，结识宋江；打虎，当都头，遇见哥哥；杀嫂，后发配，入大牢；打蒋门神，在快活林称霸。这一系列跌宕起伏的生活，其中最让武松怀念的生活，应该还是当都头和潘金莲在一起的生活。虽然与嫂嫂的爱情有关，但最重要的还是那种生活才是正常人的生活。即使没有潘金莲，武松也会本本分分在阳谷县当个好都头，白道再黑暗，能混下去的，也绝不去黑道。这样的例子在《水浒传》中比比皆是。

此时，有了张都监做后台，前途不愁了，有了老婆，生活也稳定了，他是为自己的前途高兴。没有玉兰，是前途似锦；有了玉兰，是锦上添花。武松兴奋得睡不着，与玉兰关系不大，而是武松能像正常人一样，可以憧憬美好的未来。武松在玉兰身上，看到的是希望。

但是，希望居然昙花一地只存在了几分钟，中秋的月亮很快被乌云遮住，武松被陷害入牢。

【武松下在大牢里，寻思道："叵耐张都监那厮，安排这般圈套坑陷我！我若能勾挣得性命出去时，却又理会。"】

武松刚入牢就明白是张都监陷害他。这时候的武松，与刚到孟州大牢的武松，完全是两个心境。那时候的武松内心充满了对生活的绝望，不珍惜自己的生命，破罐子破摔。

而现在的武松，在希望破灭的愤怒中，只有一个念头：报仇！所以，一定要活下去。官府吃了原告吃被告，经过一番扯皮，武松在牢里蹲了两个月，再次发配。

【施恩见不是话头，便取十来两银子送与他两个公人。那厮两个那里肯接，恼忿忿地，只要催促武松上路。】然后，施恩提醒武松：【只是要路上仔细，提防这两个贼男女不怀好意。】

看过《水浒传》的人都知道，大宋朝的差人不收银子就是不正常。所有人都能看出那两个差人不怀好意，武松当然也能看得出来。现在施恩真是关心武松吗？其实，施恩的语言是典型的心理暗示：武松，你该杀人了！

施恩的前途，已经被武松彻底捣碎。他见完武松以后，哭着走了。很多读者都误以为他在哭武松，其实，他在哭自己的命运啊！武松若被差人杀死，算是给施恩出了口气。但是，差人若是无法杀死武功高强的武松，而武松又不能狠心地对付那两个差人，才是施恩担心的事。因为，武松的罪名仅仅是贼，并不是重罪，还有翻身的机会。但是，若杀了公差，武松将彻底走向犯罪的深渊，永远无法回归正常社会。

【武松点头道："不须分付，我已省得了。再着两个来，也不惧他。……我自有措置。"】

不用你说，我知道该怎么办。武松忍了一肚子气，早就想杀人了。飞云浦杀掉四人之后，【"虽然杀了这四个贼男女，不杀得张都监、张团练、蒋门神，如何出得这口恨气！"提着朴刀，踌躇了半晌，一个念头，竟奔回孟州城里来。】

武松的"一个念头",导致十五人被杀。按今天的说法,能连杀十五人的灭门惨案,凶手绝对是个变态杀人狂。武松在极度痛苦之下,用变态的手法杀嫂,现在又在极度愤怒之下,疯狂杀人,都是因为武松对人用情太深,受到的伤害也太深。从来都是情感操控武松,而不是理智,武松在极度愤怒之下,就更没有了理智。在堕落颓废的浸泡之下,对生活彻底绝望之下,失去理智的武松就变成了魔鬼。

任何因为爱或恨而杀人的凶手,在作案的过程中,总会抑制不住情绪,暴露自己的内心世界。武松也是这样,他的杀人手段同样暴露了自己的心理。

如果我们是警察,来到杀人现场,会发现一个现象:一部分人被割下头,另一部分没有。被武松割下头的有七个,分别是:后槽,张团练,蒋门神,张都监,两个亲随,还有张都监的夫人。其他八个人,没有被割下头。分别是:两个厨下侍候的使女,还有玉兰,及玉兰身边的两个小丫鬟,最后,在后房里还有三个无辜妇女。

张夫人自始至终与老公张都监在一起。张都监几乎动员了全家人陷害武松,张夫人若是不知内情,才是违反常理。虽不是主谋也是从犯,割头!只不过,【武松按住,将去割时,刀切头不入。】刀钝了,没割下来。但从武松的出发点来说,也要算进去。

【早剁翻了一个。那一个便跪下讨饶。……揪住,也砍了头。】一个"也"字,说明两个亲随都被割头。

后槽没有明确证据证明他陷害武松。但是,武松柳条

箱子里的赃物是谁放进去的？这七个人都是参与陷害武松的，毫无例外地被割头。只有割下对方的脑袋，才解武松心中的恨。剩下那八个人，是侍候人的使女和小丫鬟，基本算是无辜的，她们不可能参与阴谋陷害，都被一刀杀死了事。纯属泄愤杀人。

只有玉兰很特殊，她显而易见地参与了陷害武松，而且是陷阱的关键环节：诱饵。【只见那个唱的玉兰，慌慌张张走出来，指道："一个贼奔入后花园里去了。"】张都监怕武松不来，由美女出面。哪个英雄能过美女这一关！可是武松并没有像对待其他仇人一样，非得要割掉她的脑袋。【武松握着朴刀，向玉兰心窝里搠着。两个小的亦被武松搠死。一朴刀一个，结果了。】好像和另外两个无辜的小丫鬟一样，简单杀死了事。

看似简单，但是这里多了几个字"心窝里搠着"。而"搠着"两个字显示武松的刀，在那一刻，似乎有了停顿。

武松应该恨玉兰，不恨干吗杀她呢。但是武松没有像对待其他仇人一样割掉她的头，仅仅是软绵绵的一刀，一点恨意都没有。武松对玉兰有情吗？如果有情，武松的恨，会更加强烈。就像对待嫂嫂一样，爱之深，恨之切。武松这一刀，似有情，又无情；似烂杀，又不麻木。既没有表现出恨，当然也没有爱。他这一刀，应该是绝望。

武松对玉兰刚刚有了好感，就被玉兰毁了。武松对生活的最后一点希望被玉兰毁了！这一刀不像插在玉兰的心窝，反而像是武松的心窝被玉兰攮了一刀。这一刀，割断了

武松手里的那根稻草。武松本来以为可以抓住这根稻草，摆脱从前的痛苦。然而这一刀，让武松永远深陷痛苦之中，万劫不复。

疯狂地杀了十五人之后，【武松道："我方才心满意足。"】我们仿佛看见武松满是血污的脸，狰狞扭曲的脸。堕落颓废的武松，彻底走到了魔鬼的行列。这是一个堕落人的必由之路。

【杀人者，打虎武松也。】

对于这八个非常有意义的字，许多人理解是，武松敢做敢当，不想连累别人，是英雄豪气的表现。其实，武松杀张都监全家十五口人，会连累谁呢？中国古代有连坐法，一人犯罪，亲戚、邻居都跟着入狱，都要担责。但是，武松有亲戚吗？有邻居吗？武松孤家寡人一个，想连累一个人都找不到。

连累施恩吗？靠不上边。因为案子很容易破获，飞云浦四具尸体摆在那，犯人武松逃了。逃犯武松被张都监送进监狱，对张都监有作案动机。而且，凶手用的凶器是押送差人的刀。这么简单的案子还不容易侦破？事实证明，即使墙上留下凶手堂而皇之的罪证，施恩仍然被牵连，是因为施恩利用武松的行为，破坏了白道上的潜规则，威胁了白道所有官员的利益，所以官员是逼迫施恩交出凶手，而不是把施恩当成凶手。

"杀人者"这三个字，在任何年代，古今中外，都是反人类的重罪，都是受到正常社会严厉制裁的行为。正常社会

的所有道德和法律，都是为了消灭"杀人者"。

　　武松在杀完人之后，肾上腺素极高，热血澎湃的时候，在墙上写下这八个大字，是向人类社会的基本规则挑战，是在告诉人们：我武松就是恶魔。我武松现在起，就是要站在社会的对立面。我武松就是要与全社会为敌，就是要与全世界人为敌！这是武松在激愤情绪之下的宣泄，是武松在痛苦畸形心理下的告白，是武松对不公平命运的控诉，同样也是武松对所有人类情感的挑战。

　　这八个字，是武松给自己立下的墓碑，埋葬自己以往人生的墓碑。这个墓碑既是给所有人看的，更是给自己看的。武松的肉体还在，灵魂已经埋葬在了墓碑下面。

7

　　血溅鸳鸯楼之后，张青家也躲不下去了。

　　【武松道："……止有一个哥哥，又被嫂嫂不仁害了。甫能来到这里，又被人如此陷害。祖家亲戚都没了……"】

　　自从武松出现在读者的眼中，这是他第一次用悲伤的语调，哀叹自己的命运。但是，这里有四个字应该注意："嫂嫂不仁。"仁，指相互亲爱；或者，指有德之人。不仁，自然是没有爱，没有德。用这种词形容潘金莲也能说得过去，关键是，潘金莲出轨再杀夫，用这些词来表述，有点轻饶的感觉。

　　几百年过去了，世人骂潘金莲的话，可比这难听多了。

实际上，骂潘金莲的人都是吃瓜者，潘金莲出轨杀夫和他们啥关系都没有。但是，武松和潘金莲杀夫这事有关系，武松是受害人家属。因为重大的伤害，亲属之间会改变称呼习惯，但是武松非但没有辱骂潘金莲的词语，还在喊她嫂嫂。

并且，"嫂嫂不仁"四个字，在后来到了孔家庄，武松对宋江讲述的时候仍然出现了。由此断定，武松在经历了如此重大的人生挫折，内心情感被许多人伤害以后，对人对事，甚至对整个社会，有了翻天覆地的变化以后，只有嫂嫂没有变，潘金莲仍然是武松心目中那个心爱的嫂嫂。

后期的武松，对任何人都没有了感情。但是，武松至死那一天，心中如果能够想起某人，那一定是他的嫂嫂。在故事的结尾，梁山军攻打苏州时候，有这样一段文字：

【乌鹊桥下转出武松，赶上一刀，掠断了马脚，方貌倒颠将下来。】

大概听到了人喊马嘶的战斗声音，武松出来正遇上倒霉的方貌，随手就砍了。

【桥下转出】，这几个字能看出来，在方貌来到乌鹊桥之前，武松已经在桥下待着呢。书中没有他受命埋伏在乌鹊桥的情节。如果武松是埋伏此地，应该是"杀出或者打出"，而作者却用了一个"转"字，精妙之极。这一个"转"字，写出了武松故事当中最浪漫的情节。

乌鹊桥是苏州的一处古迹，即鹊桥。在民间传说中，旧历七月初七之夜，乌鹊填天河成桥，以渡牛郎、织女相会。后来乌鹊桥成了情人相会的地方，希望"走过乌鹊桥，永远

不分开"，乌鹊桥成为中国情人的圣地。可惜，现代中国人大多都过西方的情人节，大多忘记了我们中国的情人节，更忘记了中国情人的圣地。这座桥现在已经消失了，只留下一个叫"鹊桥街"的地名。

在鹊桥上相会的这对情人，一个是凡人，牛郎；一个是神，织女。这对情人不是一个世界里的人。相信武松不是偶然来到这里，他一定在盼望另一个世界的她，与传说中的神女一样，会出现在这座神奇的桥上。

"乌鹊桥"三个字，绝对不是作者随手一编的地名，它暴露了武松在故事结尾之时，真正的内心世界。

武松后期麻木地面对所有人和事，但是，他心中念念不忘一个人。他之所以出家，也因为这一个人。甚至说，他在六和寺度过的寂寞的后半生，心中可能也只有一个人陪伴他，就是他的嫂嫂。

当张青夫妻为武松谋划逃亡的方法，孙二娘想起了一件事：【孙二娘道："二年前，有个头陀打从这里过，……年甲貌相又和叔叔相等。却不是前缘前世。阿叔便应了他的名字……"】

这里面出现一个刺眼的词，"前缘前世"。对这个词，武松没注意。【武松道："这个也使得。只恐我不像出家人模样。"张青道："我且与你扮一扮看。"】

【着了皂直裰，紧了绦，把毡笠儿除下来，解开头发，摺叠起来，将戒箍儿箍起，挂着数珠。】

作者又一次非常仔细地把武松穿着、打扮的过程描述

出来。朋友们对上面这句话，千万不要简单地理解成穿衣、打扮的次序。当我们仔细读这句话的时候，字字惊心，字字沉重！这里的每一个字，都是武松迈向佛门的沉重的脚步。

【张青、孙二娘看了，两个喝彩道："却不是前生注定！"】

天啊！孙二娘上一句说了"前缘前世"，现在又来一个"前生注定"。这一次，武松听得非常清楚，这一个"前生注定"，宛如在武松头上炸响了一声霹雳，正是佛语说的那种境界：当头棒喝！

【武松讨面镜子照了，也自哈哈大笑起来。】

武松很奇怪地大笑。读者看不见武松的表情，但是张青在他的身边，看出来他奇怪地大笑。【张青道："二哥为何大笑？"】

这里有什么笑点？小时候被老师和家长打扮一下，然后上台去演节目，小朋友们会彼此嘲笑对方的化妆。现在的武松，可不是化妆表演的小朋友啊！

当武松在鸳鸯楼杀完十五人之后，抱着与社会决裂的心，写上"杀人者，打虎武松也"这八个大字，武松就再也没想过，将来会回归社会。这八个字是武松与社会决裂的宣言。看似武松主动脱离社会，实际他也是社会的弃儿。

当武松哀叹自己孤苦无亲的时候，哀叹命运不公的时候，哀叹情义苦涩的时候，哀叹心爱的人居然会死于自己刀下的时候，突然一声：前生注定！当头一棒，重重地敲在武松头上。原来这一切都是——前生注定！

景阳冈的虎，嫂嫂的丝鞋，哥哥的灵牌，紫石街的鲜血，

鸳鸯楼累累的人头……原来这一切都是前生注定！原来前生注定，武松就是要走进佛门。命运之神早早地就把僧衣摆在十字坡，就等武松穿上它！

武松面对镜子里的行者，哈哈大笑。这个笑声里，隐藏着多少失望，隐藏了多少心酸，隐藏着多少痛苦的眼泪！武松在面对镜子时的悲凉笑声里，坚定了出家的心。从此他去修行，再也不肯脱下行者的衣服。

张青夫妻两个无意的话，制造出一个行者，看似巧合，对武松来说，却是必然的结果。"十字坡"三个字，就是武松人生道路最重要的十字路口。第一次路过这里，激发出心中无边的痛。第二次回到这里，捡起了行者的衣服，走向六和寺。但是，痛苦却永远没有消失。

由现实原因引起的精神刺激可以折磨人的一生，可以使一个人痛苦很久，在这种情况下，有的人出现心理异常，个性改变，有的人却可以在别人无法忍受的逆境中做出光辉成绩。显然，至情至性的武松，无法在逆境中做出光辉的成绩，他的伤痛太深，也太多，无法愈合。武松只能逃入佛门，在修行的路上，自己舔舐自己的伤口。

有人曾说："情深不寿，慧极必伤。"武松因情因慧而伤，却活了八十岁。对普通人来说，长寿是幸福；对武松来说，生命越久，苦痛亦久。在他漫长的生命中，悲伤是望不到尽头的海。

8

武行者来到了蜈蚣岭。【但见:高山峻岭,峭壁悬崖。……弄风山鬼,向溪边侮弄樵夫;挥尾野狐,立岩下惊张猎户。好似峨嵋山顶过,浑如大庾岭头行。】给人的感觉就是四个字:险恶恐怖。再次提醒朋友们,不能忽略描写景物的韵文。

【一个先生搂着一个妇人,在那窗前看月戏笑。武行者见了,怒从心上起,恶向胆边生。便想道:"这是山间林下,出家人却做这等勾当!"】

武松杀了不道德的王道人。可是,在鸳鸯楼滥杀无辜的时候,道德在哪里?现在突然站在道德的制高点指责别人来了。其实,主要原因是,不正常的男女关系是武松痛苦的根源。自己与嫂嫂的爱意,嫂嫂出轨西门庆,都是不正常的男女关系。正是这一点刺激了武松,才导致武松在蜈蚣岭出手杀人。武松隐藏心中的真性情,在行为上,却努力让自己成为道德卫士。

【住了三两个月,把奴家爹娘哥嫂都害了性命,却把奴家强骗在此坟庵里住。】

这女人的话含糊不清,疑点多。四条人命,有无先后次序?还是一窝端?有没有报官?邻居若不报官,也会受牵连。轻描淡写的一句话,就没了案情的下文,不合情理。

【武行者道:"你还有亲眷么?"】这么大的案子,会没人追究吗?【那妇人道:"亲戚自有几家,都是庄农之人,谁敢和他争论。"】武松只问亲属,没让她解释案情。反而

是妇人心虚，强调自己的亲戚都是老实人，主动解释了案情没下文的原因。武松对她根本就没兴趣，没继续追究案情。当武松表示要烧掉杀人现场时候。

【那妇人问道："师父，你要酒肉吃么？"】

这一句话多让人震惊。是有什么样心理素质的人，才能说出这样一句话？咱们还原一下现场的情景：

在恐怖的蜈蚣岭，武松在道童开门的一瞬间，砍掉了他的脑袋，尸体倒在了院门边。又杀死王道士，地点是在院子中。妇人出来，两人在院子中对话。两具尸体，应该是血流满地吧。武松站在血泊中提着滴血的刀，和这妇人对话，这场景不够恐怖吗？在这种血淋淋的场景中，妇人说了一句轻松的话：有酒肉，吃吗？

武松杀嫂时候，请来的四个邻居胆战心惊的，看着潘金莲血流满地，有心情吃饭喝酒吗？所以，当这女人请武松进庵里喝酒的时候，武松自然起了疑心。【武行者道："怕别有人暗算我么？"】武松满不在乎地开玩笑。这女子自然与武松开起了玩笑：【那妇人道："奴有几颗头，赚敢得师父。"】

这些表现，说明杀人场景她见得多了，根本就没当回事。能够在这种情景下想起请人喝酒吃肉的，只会是李逵和孙二娘这种人物。

【那妇人捧着一包金银，献与武行者乞性命。】

武松刚见面就说，不会杀她。并且进屋喝酒，看她收拾金银这一过程，表达了武松对她无害。她完全不用乞求武松饶命。显然，她隐含了不太好表达的其他意图。

【武行者道："我不要你的，你自将去养身。快走，快走！"】

这句"我不要你的"后面显然还应该有一个字，如果是个"钱"字，一切都很简单了，前面呼应乞性命一句，后面承接去养身一句。如果武松省略的字是个"人"字呢？拒绝一个人的爱慕，会说"我不喜欢你"，或者说"我不爱你"，没必要在后面加个"人"字。当然，以上猜测只是对女人意图的假设。回过头来，分析一下武松此时的心理。

抛弃同情武松的私人感情，如果冷静地站在旁观者的角度来观察这件事，很显然，武松在蜈蚣岭上的行为，就是犯罪行为。其一，他不具备执法资格；其二，不正常的男女关系，也罪不至死。

犯罪行为发生时，必不可少要具备三个基本要素，即犯罪动机、犯罪能力和犯罪机会。武松的犯罪动机，是看道士搂着女人就不爽，就想杀人。武松的犯罪能力不用说，没谁比他还厉害。那么，武松的犯罪机会呢？为什么在蜈蚣岭上杀人？犯罪机会是指，犯罪现场存在的有利于犯罪行为实施的人、物、环境的基本条件，及其与上述要素相联系的时间、地点、空间特点及防范特点等诸要素的总和。蜈蚣岭是一个非常险恶的荒山，是一个杳无人烟的恐怖之地，是最适合犯罪的地方，是一个犯罪天堂，是容易诱发人犯罪的地方。

武松杀人从不挑选地方，但是，有些犯罪必须有合适的犯罪环境。别忘了，作者早前写了很多武松对女人的流氓言行，而现在，适合犯罪的蜈蚣岭上就有一个女人！

在一个可以任意犯罪的地方，在一个很容易诱发犯罪的环境，如果武松是一个真正的流氓，他可以在蜈蚣岭上随心所欲。那个女人请武松进屋喝酒，其实就是诱惑武松对她犯罪。所以，她最后拿金银乞性命，是婉转地向武松表达，在王道士死后，试图依附武松。

前面分析了罗森塔尔效应对武松的影响，分析了武松流氓言行的起因，现在，作者插入蜈蚣岭情节，就是对读者做完满的交代：武松不是一个真正的流氓！武松以往的流氓言行，完全是内心痛苦导致的颓废行为，放任自流地游戏人间。

已经一心向佛的武松，心中不会再走进任何女人，所以在蜈蚣岭，武松都没有兴趣看看面前的这位女子长什么模样。但是，人的天性之欲，岂能轻易死灭？古人说，食色，性也。人有性欲是正常的，没有性欲的人才不正常。懂得控制是合格的人，不懂得控制就是鬼——色鬼。

武松最后说：【"我不要你的，你自将去养身。快走，快走！"】武松连续说了两次，快走！快走！这就是武松的控制。

既然知道了武松不是流氓，既然知道了性与肉体不是武松关注的因素，那么，武松对嫂嫂的感情，还显得有多么不道德吗？还是那么的没有伦理吗？其实，读到这里才能感受到，武松对嫂嫂的爱，是多么纯洁的爱。武松在六和寺孤独地修行，明白自己的爱是世界上最纯洁的爱吗？

很可惜，这种纯洁的爱，在当时无法让人接受。即使

在二十一世纪的今天，也同样无法让人接受。这是打从人类进入文明社会以后，古今中外，都无法解决的社会伦理道德和爱情之间的矛盾。这是一个纯洁的爱在人世间最大的悲剧。武松的故事，讲述的就是爱的悲剧，武松是《水浒传》中第一悲剧人物。

施耐庵才是古今中外最了不起的悲剧之王。仅因武松的故事，《水浒传》就可以成为中国文学史上无可企及的高峰。虽然《水浒传》被誉为中国古典四大名著之一，但是，我们依然低估了它的文学价值和社会意义。

在女人面前，武松内心总有个疙瘩，是因为他对嫂嫂的爱而形成的。他内心有爱，所以不会对其他女人动情，往往表现出流氓的游戏，即便是堕落放荡到极点，行为也不会过格。而没有女人的时候，武松就痞赖至极，内心最深处所有压抑的痛苦，全部肆无忌惮地，以颓废的酒疯子的形式释放出来。

到达白虎山，逢孔亮后。

【武行者闻了那酒香味，喉咙痒将起来，恨不得钻过来抢吃。】完全没有了普通人最基本的自尊。

【那里听他分说。一片声喝道："放屁，放屁！"】蛮不讲理地骂人，完全没有了普通人最基本的行为规范。

【武行者听了，跳起身来，又开五指望店主人脸上只一掌……】已经像疯子一样，不分是非。

【武行者道："好呀！你们都去了，老爷却吃酒肉！"把个碗去白盆内舀那酒来，只顾吃。桌子上那对鸡，一盘子

236

肉，都未曾吃动。武行者且不用箸，双手扯来任意吃。】与森林草原上争抢食物的野兽没啥区别。

【武行者看时，一只大黄狗赶着吠。武行者大醉，正要寻事。恨那只狗赶着他只管吠……】武松已经堕落得不像个人样，也只能与狗一般见识。

【那只黄狗绕着溪岸叫。武行者一刀砍将去，却砍个空。使得力猛，头重脚轻，翻筋斗倒撞下溪里去，却起不来。】

同样是喝酒，同样是酒醉，原来赤手空拳打死老虎，现在拿着刀都杀不了一只狗，武松已经不再是原来的打虎英雄。原来披着红缎子，乘坐着轿子，接受阳谷县人夹道欢呼的武松，是一个俊朗、帅气、阳光、骄傲、意气风发的大男孩。现在的武松，就是一个颓废的没有自尊没有自爱的醉汉，就是一个浑身沾满溪水污泥脏兮兮的醉汉。

【冬月天道，溪水正涸。虽是只有一二尺深浅的水，却寒冷的当不得。扒起来，淋淋的一身水。却见那口戒刀，浸在溪里。武行者便低头去捞那刀时，扑地又落下去了。只在那溪水里滚。】

真正喜爱武松的读者，看了这段文字，不心酸吗？

9

谢天谢地，救苦救难的活菩萨宋江，终于出现了。假设，如果武松没有与孔家兄弟发生冲突，假如宋江没有及时出现，颓废到如此地步的武松，结局会是如何？他恐怕像一个

无名的流浪汉，会在某日喝醉了酒，失足跌落在路旁的臭水沟里，悄无声息地冻死。他恐怕走不到二龙山。

【把武松头发揪起来，定睛看了，叫道："这个不是我兄弟武二郎？"】宋江惊讶至极，他无论如何也想不到，武松会是这等模样。

【武行者方才闪开双眼，看了那人道："你不是我哥哥？"】一般好汉称呼宋江为宋大哥、公明哥哥、公明兄、黑宋江，武松却直呼"哥哥"。

【武松见了那人，欢喜上来，酒早醒了五分。】从武松杀嫂以后，他第一次有发自内心的快乐。在武松已经对朋友情义心灰意冷的时候，只有宋江，还是他心中的亲哥哥。

宋江在武松故事的开始与结尾分别出现。两人在一起就是喝酒聊天而已，并没有像其他人一样，经历某种故事。为什么宋江在武松心目中的地位非同一般？

了解武松故事的背景发现，武松是在自私、缺少亲情的武大身边成长。武松从来没有得到过家庭温暖，更没有得到过父兄的关怀。从武松的品质根基来讲，用现在的话说，武松是一个德、智、体、美各项能力，都处于顶级的优秀少年。就因为缺少一个正常家庭的关爱，武松才变成了一个整天在街头喝酒打架的小混混。

当初武松在柴进庄上，躲在屋檐下烤火，饥寒无人问。宋江第一次见武松：【酒罢，宋江就留武松在西轩下做一处安歇，……宋江将出些银两来，与武松做衣裳，……宋江每日带挈他一处饮酒相陪，……相伴宋江住了十数日……】

238

宋江像一个慈祥的大哥哥，又像给他无微不至的温暖的老父亲。这些天，宋江都对武松说了些什么呢？他对武松教导了哪些人生道理？作者不写，只说：【武松的前病都不发了。】

虽然没有直接证据，但是可以认定，宋江是武松一生当中，唯一向他传递正能量的人。宋江真心喜爱和关心武松，换来了武松对宋江亲人般的依赖和信任。正因如此，武松在柴进家与宋江分别的时候，主动提出拜宋江为哥哥，并流下依依不舍的眼泪。

武松第一次得到家庭的温暖，就是在宋江那里。武松能够爱上潘金莲，同样是因为嫂嫂给了武松家庭的温暖。这个因素，估计占了很大的成分。武松一生当中最缺少的，也最渴望的就是爱，而给了武松真挚关爱的人，只有两个人——宋江和被他亲手杀死的嫂嫂潘金莲。

宋江再次见到武松仍然与以前一样。【当晚，宋江邀武松同榻，叙说一年有余的事。宋江心内喜悦。】

【宋江问武松道："二哥今欲要往何处去安身立命？"武松道："昨日已对哥哥说了。菜园子张青，写书与我，着兄弟投二龙山宝珠寺……"】

注意武松的话，"宝珠寺"三个字是武松的重点，而不是二龙山。

从武松说"昨日"一词，能猜测出来，宋江在头一天晚上，已经听武松说过自己的计划。但是，第二天一早，他仍然问武松有何打算，说明他对武松的计划不满意。而武松的答复没有变化，仍然坚持自己的道路。

【宋江道："也好。"】这是很勉强的一句话。然后宋江又邀请武松随他一起投奔花荣，其实，宋江还是希望武松改变主意。

【武松道："因此发心只是投二龙山落草避难……。……天可怜见，异日不死，受了招安，那时却来寻访哥哥未迟！"】

武松拒绝了宋江的提议，并强调去二龙山只是当强盗。此时武松认可招安的行为，与后来反对招安的立场有矛盾。其实，一定是头一天晚上，宋江给武松招安的建议，武松此时表示顺从宋江的想法，但是依然要去二龙山。两个人没达成一致意见，宋江只能要求武松：【"你只相陪我住几日了去。"自此两个在孔太公庄上，一住过了十日之上。】

二人分别的时候，宋江嘱咐了一大篇话。【宋江道："……兄弟，你只顾自己前程万里，早早的到了彼处。入伙之后，少戒酒性。如得朝廷招安，你便可撺掇鲁智深、杨志投降了。日后但是去边上一枪一刀，博得个封妻荫子，久后青史上留得一个好名，也不枉了为人一世。我自百无一能，虽有忠心，不能得进步。兄弟，你如此英雄，决定得做大官。可以记心，听愚兄之言，图个日后相见。"】

宋江的观点，在《水浒传》中不是特例，许多人都曾说出过类似观点，因为这在宋朝是最平常不过的认识。一个普通的百姓要想出人头地，或者想做国家栋梁，做一番事业，只能通过下面四种方法：科举，世袭，买官，有军功。这是大宋王朝的基本制度。像武松、史进、杨志这种学武之人，若不能通过武举考试，只能投军，去边关一刀一枪地挣军功。

宋江说的是当时最平常的人生规划和道路，就如今天，告诉孩子好好学习，去考名牌大学一个道理。

宋江在当时的年代告诉武松，有机会招安的时候，一定要回归社会，做一个正常生活的人，不能永远当强盗。这种生活的观念和政治路线没有丝毫关系，不能指望当时的宋江，要懂得推翻封建王朝，更不能用现代人的政治思维往宋江头上套。

注意宋江最后一句话。【你如此英雄，决定得做大官。可以记心，听愚兄之言，图个日后相见。】好像当了强盗的武松，就不能见面了一样。其实，当了强盗的晁盖他见过，他还去清风山的强盗窝做客呢。

实际上，当武松说：【菜园子张青，写书与我，着兄弟投二龙山宝珠寺……】无意当中暴露自己的目的是去宝珠寺出家。这一点，被一晚上都在聊天的宋江发现了，所以武松后来才强调自己，【因此发心只是投二龙山落草避难】只是去当强盗。他没有对宋江说出自己内心的真实想法。

而宋江发现了武松出家的企图，才会说【去边上一枪一刀，博得个封妻荫子】这种世俗中最普通的人生道理。宋江对武松讲这些浅白的道理，并非是武松不懂，而是劝解武松不要去出家，应该回到世俗的社会中，去努力，去奋斗。

武松没有明确告诉宋江自己要出家的真实想法，所以宋江也只能用拐弯抹角的方式劝慰武松。如果武松出家，彻底斩断尘缘，一心去修行，当然很难再见到武松。如果武松出家，也必将放弃人世间的情感，即使再见面，又能如何呢？

所以，宋江才会说，【图个日后相见】。

【兄弟休忘愚兄之言。少戒酒性，保重，保重】。

宋江看出来武松借酒浇愁，看出来武松的颓废，所以多次劝武松戒酒，又连续说了两个"保重，保重"。宋江是发自内心地关爱武松。

【二人出得店来，行到市镇梢头，三岔路口。武行者下了四拜。】

武松听宋大哥的话，以后真不酗酒了。他还把宋江当成自己的哥哥，行了四拜大礼。但是，武松出家的心早已如磐石一般坚定。宋江此时，只能挽救武松的颓废，无法挽救武松已经冰冷的心。武松没有在宝珠寺出家，而是在二龙山入伙，是尊重了此时对宋江的诺言。后来到了六和寺，武松明确提出要出家的时候，宋江知道，再也拉不回武松了。

三山聚义的时候，武松见到宋江一点都不亲热，与政治观点没关系，是武松自己心理和情感的变化导致。关于武松后来反对宋江的招安政策，应该是一部分人反对招安，但是不敢对宋江明说，暗中鼓动武松讲话。而从武松的性格来说，只要他受人吹捧，没有什么话不敢说。在他说完之后，宋江反驳他：【"兄弟，你也是个晓事的人。我主张招安，要改邪归正，为国家臣子，如何便冷了众人的心？"】武松无话可答，说明武松对政治路线并没有自己完整的想法。其实，回顾武松的故事，会发现他只关注自己的内心情感，从来不关心社会问题。

【武行者下了四拜。宋江洒泪，不忍分别。】

当宋江见到如此颓废的武松，当宋江知道武松一心要出家，这个时候，宋江的内心应该是极为震动的。

宋江第一次在柴进家见武松，【正遇着秋末冬初天气】。然后，武松来到阳谷县，三月初杀嫂，六月底到十字坡，七月打蒋门神，九月初被张都监陷害，十一月初血溅鸳鸯楼，然后，再次于孔家庄逢宋江，正好一年多一点的时间。这一年多一点的时间，就让武松从一个血气方刚的青年，变成了一个颓废的醉汉，变成了一个心如死灰的行者。这么短的时间，居然有这么大的变化，能不让宋江震惊吗？

这一年来，自己的好兄弟遭遇了多么沉重的打击，内心情感遭遇了多么重大的折磨，宋江无论如何也无法温暖自己这个兄弟，无论如何也不能阻止他出家。想到自己的兄弟心中隐藏着许许多多说不出口的伤痛，已经沉沦到这等地步，宋江怎么能不伤心呢？他是在为武松落泪啊！他是在为自己的兄弟武松而伤心。

【且说宋江自别了武松，转身投东，望清风山路上来。于路只忆武行者。】

宋江离开家也一年多了，见过柴进、孔家兄弟等人，这些人个个热爱宋江。宋江走了一路，念念不忘的是武松。因为宋江怎么也想不通，自己的兄弟，在短短的一年时间里，到底受了多少苦，经历了多少磨难，才变成现在这个样子！

【武行者自投西去了。】

佛门，不就是在西边吗？

武松的心路历程，到这里也该结束了。还有一件事：

是谁给武松起一个"行者"的外号呢？这个外号何时第一次出现？

他穿上行者衣服以后，碰上张青夫妻、宋江、孔氏兄弟等人，都没给他起外号，没人叫他"行者武松"，作者也只是叫他"武行者"。直到后来三山聚义的时候，梁山好汉才听说，二龙山后来加入一个好汉，叫"行者武松"。故事应该是这样：

武松离开了宋江，踽踽独行，那天来到了二龙山脚下。

路旁跳出几个拦路的小喽啰，笑嘻嘻地说："大和尚，此树是我栽，此路是我开。要想从此过，留下买路财。"

武松抬头眺望山巅的宝珠寺，淡淡地说："我来拜访你们鲁、杨二位头领。"随手递过张青的信。小喽啰一听是来找领导的，马上毕恭毕敬地接过信，说："我给您通报一声，您稍等啊。"小喽啰转身欲行，想了一想，又转过身来，问道："可是……怎么称呼您呢？"

武松仰着脸，空洞的眼神似乎还在望着宝珠寺。他面无表情，嘴巴里冷冷吐出四个字：

"行者，武松！"

第九章　欲望与罪恶的罗生门

石秀遇上窝囊的杨雄受人欺负，解救了杨雄。他介绍自己：【一生执意，路见不平，但要去相助，人都呼小弟作拼命三郎。】他是个很有侠义的人，至少，戴宗和杨林是这么认为的。

【戴宗道："……流落在此卖柴，怎能勾发迹？不若挺身江湖上去，做个下半世快乐也好。"】戴宗忽悠石秀上梁山，他嘴里的梁山，是个前途无量的地方。

石秀很痛快地接受了戴宗的邀请。上梁山就是当强盗，这辈子也洗不掉贼的名声。由此能看出，石秀是一个敢于冒险的人，为了脱贫，加入强盗毫无心理障碍。强盗的职业特点是"烧杀劫掠"，这四个字写起来很轻松，看电影、看小说，看别人烧杀劫掠也很轻松。但是，一旦轻松地烧杀劫掠，则坠入犯罪的深渊，永远无法回归正常的社会。这道门槛，在贫穷的石秀心中完全不存在。

杨雄受欺负，发现自己一个外地人很需要帮手，主动提出与石秀结拜为兄弟，并把石秀带回了家。石秀见到了结

拜哥哥的媳妇潘巧云。

【布帘起处，摇摇摆摆，走出那个妇人来。生得如何？石秀看时，但见：

黑鬒鬒鬓儿，细弯弯眉儿，光溜溜眼儿，香喷喷口儿，直隆隆鼻儿，红乳乳腮儿，粉莹莹脸儿，轻袅袅身儿，玉纤纤手儿，一捻捻腰儿，软脓脓肚儿，翘尖尖脚儿，花簇簇鞋儿，肉奶奶胸儿，白生生腿儿。更有一件窄湫湫、紧挡挡、红鲜鲜、黑稠稠，正不知是什么东西。】

这一段像顺口溜一样的文字，就是石秀眼睛里的嫂嫂。这段文字不是准确的外貌描写，所有的文字，都是对肉体的描述和想象，比如"软脓脓""肉奶奶"，是触觉才应该有的形容词。

所谓"正不知是什么东西"，是婉转地表达石秀最喜欢的东西，是他梦寐以求的东西，这是石秀脑子里最渴望的幻想。未成年人不要去研究这是什么东西，《水浒传》本身就不适合未成年人观看。石秀梦想的东西，完全是《金瓶梅》里面的小方块。如果不知道石秀想象出来的东西是什么，就不知道石秀有多么下流。理解了这段韵文的内容，石秀的故事就很好理解了。

总之，这段韵文，描写了石秀对潘巧云肉体的垂涎，完全暴露石秀下流的嘴脸。可以仔细想象一下石秀当时的表情。如果认真想象了石秀的表情，看完以下文字，会发现这不单很有趣，还很有意义。

这段表达石秀内心的韵文，是石秀行为的基础。假如

没有这段韵文，单独看后面的文字，石秀完全是一个光辉形象。可是，有了这段韵文，石秀马上又变成一个猥琐的流氓。就如精美的苏州刺绣，可以正反两面欣赏。这段韵文，出现或者抹掉，会让石秀变成两个截然不同的形象。笔者把这种写作技巧称之为"苏州刺绣法"，这样的写作技巧，至今天都极为罕见。当我们赞美《水浒传》为中国第一部白话小说的时候，其实，我们忽略了《水浒传》许许多多应该排在第一的写作技巧。

【次日，杨雄自出去应当官府。分付家中道："安排石秀衣服巾帻。"】

这些事必然是家中主妇来处理。可是，杨雄的老婆没有给石秀做衣服。石秀后来开店卖肉，有了钱之后，给自己做了衣服。从这件小事能看出来，潘巧云根本没把老公的话当一回事，同时也没把石秀当一回事。这能够表现出潘巧云对待石秀的冷淡态度，她根本就不喜欢石秀。但是，杨雄对此事好像没有追究，稀里糊涂混过去了，也没当回事。这是为什么呢？

【杨雄一家，得石秀开了店，都欢喜。】一家三口人。潘公有了得力帮手，自然高兴。结拜兄弟，总在家闲逛不是长远的事，有了固定职业自然是好事，所以杨雄也高兴。那么潘巧云高兴，怎么理解？她不给石秀做衣服，说明不喜欢石秀。不喜欢的人，少在眼前晃，当然值得高兴。

【石秀里里外外身上，都换了新衣穿着。】在他出门三天买猪回来之后，发现店子关门了。【石秀是个精细的人，

看在肚里，……必然嫂嫂见我做了这些衣裳，一定背后有说话。……我自先辞了回乡去休。】

作者单写石秀，里里外外都换了新衣服，说明他比较注意自己的形象。形象嘛，当然是给别人看的。石秀打算让谁看得清爽呢？如果石秀认为做衣服被人疑心贪污肉铺的钱，那么他敏感的对象应该是潘公。只有生意合伙人，才对生意上的钱财去向很关心。可是，他没有疑心潘公，反而是疑心潘巧云。这敏感得有些过分吧。

潘公向石秀解释了关店子的缘故，要为潘巧云的前夫做法事。随后杨雄对石秀说，我要上夜班，你在家多帮帮忙。然后，一个和尚来了。

【石秀看那和尚时，端的整齐。但见：

一个青旋旋光头新剃，把麝香松子匀搽。……仰观神女思同寝，每见嫦娥要讲欢。】

和尚打扮很讲究，不似拜佛修行的和尚，而是一个凡心未了的和尚。石秀收了和尚送的礼物后，潘巧云下来向石秀详细地介绍这个和尚。【那妇人便笑道："是师兄海阇黎裴如海，一个老诚的和尚。他是裴家绒线铺里小官人，出家在报恩寺中。因他师父是家里门徒，结拜我父做干爷，长奴两岁，因此上叫他做师兄。他法名叫做海公。叔叔，晚间你只听他请佛念经，有这般好声音。"】

正所谓情人眼里出西施，在潘巧云的眼里，自己的情人不但很帅，还是"一个老诚的和尚"。而这个"老诚的和尚"，在石秀眼里，则是一个"鬼乐官"。

潘巧云乐呵呵地主动对石秀详细介绍裴如海，其实是完全没必要。裴如海无非就是一个做法事的和尚而已，与石秀有何关系？潘巧云没理会石秀的态度，自说自话，其实反映了裴如海在潘巧云心中的重要地位，尤其最后一句话，潘巧云把自己的心中秘密泄露出来了。

【叔叔，晚间你只听他请佛念经，有这般好声音。】

现在的女孩子比以前开放多了，往往会公开对自己的"男神"表达喜爱之情，会很兴奋地大声嚷嚷："他好帅啊，他的声音好好听哦！"不能把现在的女孩子与宋朝的有夫之妇等同看待。一个女人对一个男人有好感，一般是不会公开说出来，这种话属于闺密之间的语言。而石秀非但不是潘巧云的闺密，潘巧云还很不喜欢石秀，怎么对石秀轻易泄露自己的情感呢？说明：第一，潘巧云见到了心上人，兴奋过头，没能控制住自己的感情。第二，潘巧云很寂寞，她没有知己。每个人心中的秘密情感，其实都希望有知己能够分享，潘巧云也不例外。

通过这事，能感觉到潘巧云孤独、寂寞的心，甚至能联想到，她与自己的老公之间，恐怕很少有心灵之间的交流。她希望自己的内心情感有倾诉的对象，所以，在兴奋过头的时候，无意之间就暴露了自己的内心世界。石秀听着潘巧云的倾诉，眼里看着潘巧云的喜悦，自然就明白怎么一回事了。他意味深长地说了一句话：

【石秀道："缘来恁地。"自肚里已有些瞧科。】潘巧云啊潘巧云，原来你已经有了情人。而兴奋的潘巧云，根本没

注意石秀的心思，赶紧去见心上人去了。

【石秀却背叉着手，随后跟出来。布帘里张看……】发现了潘巧云的心思之后，石秀用偷窥的方式暗中监视潘巧云。【石秀自肚里暗忖道："莫信直中直，须防仁不仁，我几番见那婆娘，常常的只顾对我说些风话。我只以亲嫂嫂一般相待。原来这婆娘倒不是个良人。莫教撞在石秀手里，敢替杨雄做个出场，也不见的。"】

石秀的话中有一个疑点，需要寻找真相。他说潘巧云"常常的只顾对我说些风话"，是真实情况吗？作者在石秀初次见潘巧云的时候，把石秀的下流心理讲得清清楚楚。而这时候，他要站在道德的制高点，决定惩罚不良之人。可笑吗？

在现实生活中，这种可笑的行为经常发生。领导在讲台上大讲反腐，随后因贪污被抓入狱；经理因工人损坏一个螺丝，大骂工人浪费，自己拍脑门搞的几百万工程，说废了就废了；视法律为无物的小混混，车子被碰了，他找警察；某人大讲道德伦理，然后自己去嫖娼……道德与法律，在这些人的眼中就是工具。

自己无耻下流的时候，道德与法律是不存在的；别人无耻下流的时候，就把道德与法律的大棒挥舞起来。石秀就是这样的人。别以为这种人很少，其实很多。然后，他做出了一个很奇怪的行为。

【石秀此时，已有三分在意了。便揭起布帘，走将出来。】在潘与裴甜甜蜜蜜打情骂俏的时候，冷不丁地钻出一个石秀，而且他什么都不干，就这样干巴巴地出来站着。

【那和尚放下茶盏，便道："大郎请坐。"】和尚说了一句客气话，石秀没有任何反应。气氛有点尴尬。

【这妇人便插口道："这个叔叔，便是拙夫新认义的兄弟。"】潘巧云插话打圆场，石秀还是不说话。这气氛让人受不了了吧？

【那和尚虚心冷气，动问道："大郎贵乡何处，高姓大名？"】裴如海明显感觉到了，石秀来意不善。

石秀终于说话了。【石秀道："我姓石名秀，金陵人氏。因为只好闲管，替人出力，以此叫做拼命三郎。我是个粗卤汉子，礼数不到，和尚休怪。"】

从字面上看，似乎与对戴宗的介绍完全相同，其实含义大大不同。对戴宗说这些，是自我吹嘘；对裴如海，这些话明显有威胁含义。我是一个敢玩命的人，你做的那些"闲事"，我可能要管一管，到时候别怪我不客气。所以，"我是个粗卤人，礼数不到，和尚休怪。"

【裴如海道："不敢，不敢！小僧去接众僧来赴道场。"】"不敢，不敢。"四个字很幽默。他是表达自己不敢做"闲事"呢，还是说石秀不敢揍他？反正他听懂了石秀的话，赶紧溜。石秀出来，像木头桩子一样往屋里一站，其实，无非是来搅局的。

书中说：【石秀此时，已有三分在意了。】这个"意"，显然是"醋意"。石秀见二人甜甜蜜蜜的样子，实在受不了，索性走出来，让裴如海知难而退。

【妇人送了和尚出门，自入里面来了。石秀却在门前，

低了头只顾寻思。】注意过程：当心上人走了之后，潘巧云从门口回来，一定会路过石秀身旁。但是，她压根就没搭理石秀，显然对石秀出来搅局很生气，但是又没法抱怨。以此事件，结合以往潘巧云对待石秀的态度来看，潘巧云怎么会对石秀说"风话"呢？她根本就不爱搭理石秀。

应该留心，石秀自己说【常常的只顾对我说些风话】，这种毫无证据的语言，在石秀、潘巧云和杨雄的故事中，将会多次出现。而事态的发展则在不同角色中，有不同的表达，所以笔者才会把他们的故事称之为罗生门。这样的罗生门还有很多重要的谜题。

【且说这石秀自在门前，寻思了半晌，又且去支持管待。】石秀之所以想了很长时间，有点拿不定主意。这事对石秀来说太复杂，关系到自己的结拜哥哥杨雄和自己心仪的女人。这种三角关系，已经很难解决了，现在又出现了自己的情敌，形成了四角关系。

做法事期间，美貌的潘巧云把和尚们迷得神魂颠倒。作者说：【以此上德行高僧，世间难得。】狠狠地讽刺了这些佛教弟子。不直接描写女性的美貌，而用旁观者的神态来衬托，这种写作手法在写小说的中国人中，施耐庵先生又占了一个第一。

做完法事吃斋饭。【海阇黎却在众僧背后，转过头来，看着那妇人嘻嘻的笑。那婆娘也掩着口笑。两个都眉来眼去，以目送情。石秀都看在眼里，自有五分来不快意。】第一次在布帘后面偷窥的时候，是三分不快意，现在是五分不快意。

【众僧斋罢，都起身行食去了。转过一遭，再入道场。石秀心中好生不快意。】

不快意已经不是三分、五分了，而是到了顶点了。为啥呢？作者没写。其实想想就知道，接着做法事，自然就接着"眉来眼去"呗，接着"以目送情"呗。石秀心中当然很不痛快，他醋意大发。

【只推肚疼，自去睡在板壁后了。】眼不见，心不烦。躲了。能睡得着吗？石秀离开了。夜更深了，情更浓了，欲更盛了。潘巧云主动找裴如海约会：【这婆娘扯住和尚袖子，说道："师兄，明日来取功德钱时，就对爹爹说血盆愿心一事，不要忘了。"】

【和尚又道："你家这个叔叔，好生利害。"】石秀对裴如海的旁敲侧击起了作用。他的担心不是杞人忧天。

【妇人应道："这个采他则甚！又不是亲骨肉。"】潘巧云平时与石秀并不来往，根本不了解石秀，只是按照一般常人的思维来看待石秀：又不是亲兄弟，谁会来管这闲事？她没有料到石秀喜欢她，非常贪图她的肉体。正是石秀心中的欲望，让石秀变成了局内人，而不是一般的闲人。潘巧云草率地判断石秀，给自己埋下了祸根。

【海阇黎道："恁地小僧却才放心。我只道是节级的至亲兄弟。"】既然这样啊，无所谓啦。两人嬉笑了一会，散了。他们万万没想到，石秀有偷窥的毛病。

【不想石秀却在板壁后假睡，正张得着，都看在肚里了。】这是作者第二次描写石秀偷窥。偷窥所得到的信息，往往都

是目标方不想公开的信息。而偷窥者利用偷窥的方式得到信息，往往是为了满足自己不能公开的隐秘欲望。

正常人或多或少地有偷窥欲，如看电影、看小说、看图片、看奇闻异事，等等，里面的隐秘图片或者隐秘情节，都会满足人们的偷窥欲。这样的偷窥行为往往会给人带来快感，甚至在生活中，无意看到一些人的隐秘动作、一些隐秘图像，都会让人产生快感。这是一个正常人的正常心理，不算什么大问题。但是，在生活中故意而且经常采用偷窥的方式来获取信息，超出了正常的范围而过度了，心理状态就有问题。

可以设想一下，假如在生活中，某人喜欢在门缝中看你，在锁眼中看你，在窗帘后面看你，或者拿个望远镜，在远处看你……你有何感觉？在某个角落里面总有双眼睛盯着你，不觉得恐怖吗？

但是，石秀没觉得自己很让人厌恶，还很有道德感地说：【"哥哥恁的豪杰，却恨撞了这个淫妇！"】自己的心思说不出口，拿杨雄说事，却可以理直气壮。

【次日，杨雄回家，俱各不提。】潘巧云当然装没事。石秀似乎也只是冷眼旁观。

【石秀起来，自理会做买卖。只见那妇人起来，浓妆艳饰，……石秀笑道："多烧些好香，早早来。"石秀自肚里已知了。】真正到了搅局的时候，石秀怎么又不搅局了？石秀笑着眺望潘巧云去报恩寺，是何种笑容？

潘巧云到了报恩寺。僧房里面山盟海誓，翻云覆雨。

还嫌不足，约了暗号，邀了帮手，时常来杨雄的床上。【自此往来，将近一月有余。这和尚也来了十数遍。】

【且说这石秀，每日收拾了店时，自在坊里歇宿。常有这件事挂心，每日委决不下。】别人的老婆出轨，成了石秀的心病。每天都琢磨这事，还拿不定主意。够心烦啊。

【却又不曾见这和尚往来。】自己已经算准的事，怎么又不见动静？到底咋回事？

【每日五更睡觉，不时跳将起来，料度这件事。】睡得这么晚，居然还睡不着，经常从床上跳起来琢磨这事。由此可见，潘巧云出轨，对石秀的刺激太大了。石秀动辄拿杨雄说事，让人觉得他在为杨雄抱不平。但是，这样的表现，岂能是一个"义气"遮盖得了的？

【只听得报晓头陀，直来巷里敲木鱼，高声叫佛。……当是十一月中旬之日五更，石秀正睡不着……】

像巧合，其实一点都不是巧合。石秀之所以能够发现潘巧云和裴如海的秘密，正是因为他自己为这事闹心，天天睡不着。他仍然是从门缝窥视，终于发现了事情真相。

【巴得天明，把猪出去门前挑了。卖个早市。饭罢，讨了一遭赊钱，日中前后，径到州衙前来寻杨雄。】

这几句话，表面看起来平平淡淡，描写的都是一些生活琐事，实际上，石秀的内心翻天覆地挣扎了很久。"巴得天明"四个字，似乎写石秀希望赶紧天亮，把情况向杨雄汇报这种急迫的心情。其实不是！因为天亮以后，他去挑猪，卖了肉，吃过饭，又去要账，然后才去找杨雄。可见，他并

不是很急迫地找杨雄。

施公是惜墨如金啊。这四个字,实际写石秀内心的痛苦。回想一下,在做法事的时候,他见潘巧云和裴如海眉来眼去。【石秀心中好生不快意。】然后他装肚子疼。眼不见,心不烦,躲了。可是现在,亲眼看见裴如海从潘巧云的房间出来,是何样心情?

是嫉恨在折磨他的心,让他痛苦得睡不着!漆黑的长夜难熬,所以他巴不得太阳赶紧出来。天亮以后,他去挑猪,卖肉。他做这些日常小事儿,是为了通过工作,平复内心的波澜。但是,吃饭的时候发现食不知味,内心还是愤恨不已,心中还是有怒火。所以,去要账!

要账是得罪人的事。为何主动去要账?因为他的心情很不爽。这时候不怕得罪人,甚至说,他会有意找人麻烦,如果有欠债不还的主儿,说不定他会几拳头打过去出出气。今天的早晨似乎很寻常。混了一上午,直到中午,他终于决定找杨雄。

杨雄听过石秀的诉说,大怒。石秀马上给他出主意:【石秀道:"哥哥且息怒。今晚都不要提,只和每日一般。明日只推做上宿,三更后却再来敲门。那厮必然从后门先走。兄弟一把拿来,从哥哥发落。"】

石秀鼓动杨雄半夜捉奸。假如捉奸抓住裴如海,会放过奸夫吗?以杨雄的性格,很有可能把裴如海告到官府。但是,别忘了,石秀在旁边,石秀不会让杨雄把裴如海弄进监狱的。参照翠屏山发生的事,能猜出来结果,杨雄会杀掉裴

如海！因为有石秀在旁边敲边鼓，拱火啊！

假如，杀掉裴如海结果又怎样？石秀会乐得合不拢嘴巴。想想是不是这样？潘巧云的情人，被潘巧云的老公杀死。然后，潘巧云的老公因杀人入狱。挡在石秀面前的两个绊脚石都消失了。潘巧云成了臭名昭著的淫妇，以后只能孤家寡人地独自生活。谁能娶一个淫妇呢？这时候的石秀，是不是有机会了？杨雄如果按照石秀的计谋行事，最终受益者将会是石秀。从他的计划能看出，他对今后占有潘巧云是抱有希望的。

简单说一下石秀捉奸计划的法律背景。在中国古代很多时期，捉奸在床，杀死通奸男女，无罪。照这样看，杨雄杀死裴如海不会入狱。但是，这一条，存在于秦、汉、元、明、清等朝代，唐宋两朝则没有此规定。

《唐律》在对待"私通"的问题上，将重罪变成了轻罪："和奸者，男女各徒一年半。"可捉奸押送官府，不服者则可杀之。对私自杀死通奸者一事，已经有了限制条件。宋朝法律继承唐朝，通奸罪的判处，"徒一年半"，折杖后的刑罚是脊杖十五。也就是说，可以用打板子替代，脊背打十五板子后释放。另外，宋政府又创造性地立法，规定"奸从夫捕"，即妻子与别人通奸，要不要告官，以丈夫的意见为准。

从上面几点可以看出，宋朝对待通奸罪比较宽容。宋朝对待通奸一事，最接近现代人的意识。在这样的法律条件下，不大可能纵容人们杀死通奸者。宋朝以后，从元朝开始到明清两朝，又重新制定了对通奸罪的惩罚。其中，又规定

可以私自杀死通奸者。

【杨雄道："兄弟见得是。"】头脑发热的杨雄，根本没考虑捉奸之后会发生哪些后续问题需要解决，就答应了石秀。

【石秀又分付道："哥哥，今晚且不可胡发说话。"杨雄道："我明日约你便是。"】越是嘱咐杨雄不要乱说话，他偏偏乱说话。似乎巧合，当晚杨雄连续喝了两顿酒，大醉，醉后吐真言，辱骂潘巧云。做贼心虚的潘巧云立即警觉，知道自己的事露出了马脚。

半夜酒醒，杨雄表示关心老婆。之后，他却说了一句很突兀的话：【杨雄道："我不曾说什么言语？"】杨雄的问话简直就是"此地无银三百两"。

【那妇人道："你往常酒性好，但吃醉了便睡。我夜来只有些儿放不下。"】

今天的酒德，是不是像平常一样呢？如果撒谎，否认杨雄骂人，等于承认自己做贼心虚，在装醉的杨雄手上落下把柄。如果承认杨雄骂人，必然顺着此话题说下去，追根究底，就得面对杨雄的底线。这情形风险极大。

对潘巧云模棱两可的回答，杨雄没有深究。随后，他又说了一句突兀的话：【杨雄又问道："石秀兄弟，这几日不曾和他快活吃得三杯，你家里也自安排些请他。"】

杨雄这话太不着调了。你和自己兄弟的感情交往，是你们男人的事，让老婆去陪人家喝酒，算咋回事？只能说，这是杨雄故意试探老婆，想知道老婆与石秀之间到底发生了

什么。既然如此，说明杨雄上面第一句问话，也应该是试探性质的。再往前推，甚至说，杨雄很有可能是装醉骂人。无论如何，杨雄现在的问话，是给了潘巧云一道考试题。在杨雄的催逼下，潘巧云告诉杨雄：

【自从你认义了这个石秀家来，初时也好。向后看看放出刺来。见你不归时，如常看了我，说道："哥哥今日又不来，嫂嫂自睡也好冷落。"我只不采他。不是一日了。这个且休说。昨日早晨，我在厨下洗脖项。这厮从后走出来，看见没人，从背后伸只手，来摸我胸前道："嫂嫂，你有孕也无？"被我打脱了手。】

潘巧云反告石秀调戏自己。第一次面对杨雄的试探，潘巧云既不说真话，也不说假话。那么这一次，潘巧云面对杨雄的试题，给出的答案是真相，还是谎言？

如果从作者一开始描述石秀的下流心理来看，结合石秀喜欢偷窥的阴暗心理，再结合石秀鼓动杨雄捉奸的毒辣计谋，可以认为，以石秀的性格和胆量去调戏潘巧云，符合逻辑。但这仅仅是推论，在没有证据的情况下，不能单凭潘巧云的一面之词给石秀定罪。

这样，杨雄面前出现了两道选择题：一是石秀告潘巧云出轨，二是潘巧云告石秀耍流氓。怎么选择呢？杨雄一点都没犹豫，立即站在老婆的立场，相信了老婆的话。从杨雄的角度看，潘巧云与石秀的语言，都是无凭无据的一面之词，杨雄为什么不信任石秀而相信老婆？提醒朋友们，千万别忽视杨雄的真实心态。

【石秀是个乖觉的人，如何不省得。笑道："是了。因杨雄醉里出言，走透了消息，倒吃这婆娘使个见识，拟定是反说我无礼……"】

为何石秀猜得那么准？怎么不猜：拟定说我，贪污猪肉钱？不尊重潘公？挪用他的家产？……因果关系的联想，就是简单的推理。怎么完成的推理呢？举例说明：甲乙丙三人同时维修一辆汽车。甲，没有给汽车安装一颗重要的螺丝；乙，没有更换损坏的方向盘；丙，没有把刹车油管固定紧。结果，汽车在路上发生严重事故。那么，甲乙丙三人的第一反应是什么？

几乎可以百分百地确定，在三人不知道其他人犯错的时候，他们三人都会判断，可能是自己的失误造成的汽车事故，他们不会猜测出其他原因。因为，所有结论，都是用已知的条件所做的推理和猜测，答案能否正确，与智商高低无关。智商再高的人，在不掌握真实条件的情况下，也无法准确推论出结果。

在前面有类似的情节，作为铺垫和对比。潘公为了给前女婿做法事，关了店子。石秀很敏感地认为："必然嫂嫂见我做了这些衣裳，一定背后有说话。"他曾经有做衣服的行为，只能以此作为已知条件来猜测。在他不知道还有其他条件下，必然猜错结果。

没有谁在推理的时候，会把毫无关联的事物当成条件来推测。那么，条件如何变成已知的呢？废话！当事人自己干的事，自己不知道吗？从理论上说，石秀准确地猜出答案，

260

恰恰证明他调戏潘巧云的可能性比较大。但是，在找不到证据的情况下，不能用推测，草率地给石秀定罪。

【石秀捉了包裹，跨了解腕尖刀，来辞潘公……】石秀离开的时候，带了一把刀。

【石秀却自寻思道："杨雄与我结交，我若不明白得此事，枉送了他的性命。他虽一时听信了这妇人说，心中怪我，我也没分别不得，务要与他明白了此一事。……"】

石秀并没打算真正离开，他为自己留下来找了一个很夸张的理由。老婆出轨，当丈夫的一定就会丢命吗？那么，这个世界上男人死的可太多了。潘金莲杀武大，是因为有武松的因素存在。若是没有武松，武大郎的帽子绿一辈子，也未必能死。出轨杀死亲夫这种事，毕竟是极少的个例，并不常见。

石秀若真是对杨雄很仗义，潘巧云去寺庙还愿的时候，怎么不阻止？怎么不提醒杨雄？反而鼓动去捉奸。杨雄若是按照他的计划执行，恐怕早进监狱了。所以，石秀留下弄出一个结果，并不是为了杨雄的生命安全，而是因为他自己内心的某些痛苦和愤怒。

【当晚回店里，睡到四更起来，跨了这口防身解腕尖刀，悄悄地开了店门。】施老头又在搞笑了，明明去杀人，偏偏写"防身解腕尖刀"。防谁？谁害石秀？

【却好交五更时候。只见那个头陀，……头陀把衣服正脱下来，被石秀将刀就项上一勒，……海阇黎知道石秀，那里敢挣扎则声。被石秀都剥了衣裳，赤条条不着一丝。悄悄

261

去屈膝边拔出刀来，三四刀搠死了。】

石秀杀头陀手法娴熟、快捷，像杀一只鸡。而杀裴如海，则捅了三四刀，明显对裴如海有深深的恨意。

【却把刀来放在头陀身边。将了两个衣服，卷做一捆包了，再回客店里，轻轻地开了门进去，悄悄地关上了，自去睡，不在话下。】

如果说，发现石秀喜欢偷窥，还没觉得他有多恐怖，那么再看看他老到的杀人手法，随后冷静地处理案发现场，然后，没事一样地回去睡觉，还不觉得石秀这人多么恐怖吗？恐怕不是第一次杀人吧。

石秀的星宿名称叫天慧星。书中此回目叫作《石秀智杀裴如海》。所以，很多人认为"慧"字，表示石秀的智慧。的确如此，石秀智商很高。

彗星在古代又被叫作"扫把星"，是带来灾祸的预兆和象征。看看书中死去的四个人物，裴如海、头陀胡道、潘巧云、丫鬟迎儿，谁招惹石秀了？在旁人眼里，石秀是"非亲骨肉"的闲人。可是，这四个人命丧黄泉，追根究底就是因为石秀的出现。扫把星就像死神一样，只要出现就会有人倒霉，何况这四个人还让死神看不顺眼了，岂能不死？

也许有朋友不以为然。杨雄自己的老婆出轨了，因愤怒而杀死老婆，不是很符合逻辑吗？怎么能把责任都怪罪到石秀头上呢？好吧，仔细看看翠屏山事件的"主角"杨雄。他刚出场时自我介绍"二十九岁"，娶了潘巧云还不到一年。潘巧云的年龄书中没说。【那妇人道："奴家年轻，如何敢

受礼。"杨雄道:"这个是我今日新认义的兄弟,你是嫂嫂,可受半礼。"】这里说明她比石秀小。

两个年轻的夫妻结婚不到一年,正是蜜里调油,甜蜜又黏糊的时候。可是,新婚不到一年的杨雄,居然经常不在家。

裴如海给杨雄戴绿帽子的时候,【自此往来,将近一月有余。这和尚也来了十数遍。】三十多天,杨雄至少有半个月都不在家。他在家的时候呢?【却说杨雄当晚回来安歇。那妇人待他吃了晚饭,……当晚无话,各自歇了。次日五更,杨雄起来,自去画卯承应官府。】

好不容易回家睡一觉,居然"各自歇了"。然后,凌晨三点,爬起来上班去了。杨雄二十九岁,正是精盛血旺的时候,日子怎么过得像老年人一样?而裴如海来上潘巧云床时,三十多天,来了十几天,平均两天来一次,这个频率恰好算是比较正常。潘巧云在自己老公身上得不到的东西,被裴如海给补齐了,她怎么会不出轨呢?杨雄,名字叫作"雄",恐怕是雄不起来的男人。

在做法事的前一天,杨雄下午三四点钟回家,告诉石秀晚上还要上夜班,似乎整个监狱就离不开杨雄。假如杨雄真的雄不起来,他的工作状态就有了合理的解释。一个雄不起来的男人是非常痛苦的,尤其面对老婆的时候,心中会充满愧疚。这种愧疚感,并非是晚上才会出现,而是时时刻刻像一块石头一样压在心里。他很少在家,这种情况并非工作需要,很有可能是为自己经常不在家寻找借口。

面对石秀和潘巧云，同时用没有证据的陈诉来攻击对方的时候，杨雄马上站在了老婆的立场上。这种情况，并非是杨雄选择了事实，恰恰是杨雄不肯面对事实的一种表现。这样的选择，是杨雄维护家庭完整最简单、最有效果的选择。最重要的是，在周围人都不知情的状态下，这样的选择能够维护自己的尊严。所以，杨雄根本就没有打算去寻找真相。有人说过：这个世界上，最大的潜规则，就是夫妻关系中的外遇。

在今天，思维正常的人，都应该懂得一个道理，女人同样有追求"性福"的权利。中国古人说，"食色性也"，人的天性没有划分男女之别，女人同样是"食色性也"。但是，对性欲应该有节制，要遵守必要的社会道德。超出道德的范围，就可以称之为淫荡，甚至是犯罪。

潘巧云，【先嫁了一个吏员，是蓟州人，唤做王押司。两年前身故了。方才晚嫁得杨雄，未及一年夫妻。】从性欲产生的条件来看，这段时间，正是潘巧云最容易出轨的时候。话说"食髓知味"，尝到甜头之后容易上瘾。但是，潘巧云在此期间，却老老实实做了一年多的寡妇，没有任何不道德的事情发生。

【他是裴家绒线铺里小官人，出家在报恩寺中。因他师父是家里门徒，结拜我父做干爷，长奴两岁。】从这些内容能看出来，潘巧云与裴如海很早之前就认识。

【却说海阇黎这贼秃，单为这妇人，结拜潘公做干爷。】裴如海很早就为勾搭潘巧云做准备，多年锲而不舍。那么，

潘巧云守寡期间，条件更宽松，他们为什么不在一起？显然，潘巧云并不是天生淫荡的女人。她在道德的约束下，很本分地过日子，没有给裴如海任何机会。那为何在婚后，在婚姻的约束下，她反而与裴如海勾搭成奸？

这恰恰说明，是杨雄的无能激发了潘巧云的欲望。同时，无尽头的婚姻，带来没有希望的未来，婚姻很有可能让她一辈子守活寡。正是这种对未来的恐惧，才让她产生反抗命运的行为，才让她产生追求"性福"的胆量。她是一个对命运不甘心的人。

潘巧云采用不道德的手段来解决这个问题，毕竟不可取。但是，故事带给世人真正需要思考的问题是：潘巧云如何采用合理合法、符合道德要求的手段，来解决这个问题？

试想，在宋朝，潘巧云会以"老公性无能"这样的理由休夫吗？真若如此，下辈子她恐怕会被口水淹死。简单地指责潘巧云为淫妇，不觉得对她是不公平的吗？女人在性和孕育方面，完全没有与男人相同的权利。几千年来，都是如此。

歧视妇女的人，完全看不到潘巧云对肉体的欲望有其合理的一面，他们也看不到潘金莲对精神自由的追求，有其正当的一面。

正是这个社会用道德的压力，束缚女性对精神和肉体的正当需求，她们才会走上邪路，走上犯罪的道路。潘巧云和潘金莲之所以会走上邪路，是因为她们在当时的社会条件下，无法找到合理合法的道路来满足自己的追求。作者描写

潘金莲和潘巧云的遭遇，正是描写了女性对精神和肉体追求的两个方面。这两个方面，是不被社会认可的两个方面。所以，几百年来，她们被打上淫妇的标签，永远也摘不掉。

潘金莲的故事，反映出爱情与道德伦理之间的矛盾。潘巧云的故事，反映的是女性肉体需求与社会道德之间的矛盾。这两种矛盾，是从人类社会成立以来，至二十一世纪的今天，都解决不了的矛盾，是在可以预见的未来也无法解决的矛盾。这些题材的选择，才体现一个作家的伟大之处。施耐庵先生是中国第一个认真思考人性与道德矛盾的作家，也是第一个真正把女性当成人的思想家。

人们常常赞叹《红楼梦》对女性个性和气质的描写精致鲜活，施耐庵先生又何尝不是呢？作者描写这个故事，大体是以石秀的视角来描写，尤其对于潘巧云，几乎很少有正面描写。但是，几个简单的小细节，就生动地展现出她非常可爱的一面。

她刚刚见到猥琐的石秀之后，心生厌恶，不理会杨雄的交代，拒绝给石秀做衣服。到后来，她居然公开地当着石秀的面，像花痴一样赞美裴如海。从这两个细节能看出，她是一个敢爱敢恨、内心直爽的女子，她不会顾及老公的面子来委屈自己的厌恶，也不会防范陌生的石秀，掩饰自己的喜悦。她就是一个简单的人。

她与裴如海约会的时候，用手牵着裴如海的衣袖说话。这一简单的略有羞涩的小动作，把一个情有所属、心有所依的小女生的情怀，鲜灵灵地泼洒在整个纸面。施耐庵先生用

这样简单的细节，就勾勒出一个爱憎分明、毫无心机的怀春女子。就像中国古代的写意画，删繁就简，落笔精准，墨淡而不晦涩，简单几笔线条，就勾勒出一个鲜活生动的人物形象。这种大师的手笔，若不关注女性，怎么写得出？

因对潘巧云肉体的垂涎，毫无疑问，石秀渴望占有她。石秀对杨雄的生活状态，看在眼里。杨雄能否雄得起来未必确定，但是，潘巧云的空虚心理，石秀一定会揣测出来。当他给自己换了一身新衣服的时候，石秀发现潘巧云的眼睛在情意绵绵地望着裴如海。当石秀设计，准备利用杨雄除掉情敌，并且顺带除掉杨雄的时候，潘巧云在向自己的老公控诉石秀是一个流氓。

事态发展到这个地步，石秀终于明白，自己在潘巧云眼里，就是一个下流痞子，自己根本不可能得到潘巧云。石秀如果这个时候抽身而退，反而给自己留下一个调戏朋友妻子的恶名。真是偷鸡不成蚀把米啊！

换成普通人可能就认倒霉了，但是石秀可不普通，他是喜欢从暗处窥视人的拼命三郎，一个阴险、精于算计、杀人毫不手软的亡命徒，所以裴如海、头陀胡道，就成了刀下鬼。石秀用他们的血，来为自己洗脱调戏朋友妻子的恶名。石秀杀人作案，官府傻眼了，无法破案。

【这件事满城里都讲动了。那妇人也惊得呆了。自不敢说，只是肚里暗暗地叫苦。】潘巧云知道凶手是石秀吗？作者不说。

杨雄听说案件发生后，马上判断是石秀干的，并且说：

【我前日一时间错怪了他。我今日闲些，且去寻他，问他个真实。】杨雄错怪石秀什么事？是错怪石秀诬告潘巧云出轨呢，还是错怪石秀调戏潘巧云？别搞混了，这可是两件事。狡猾的施老头一贯如此，关键语言就是不说。

【兄弟，你休怪我。是我一时愚蠢不是了！酒后失言，反被那婆娘瞒过了……】注意杨雄道歉的语言，他依然没有说，是哪件事被老婆瞒过了。

【石秀道："哥哥，兄弟虽是个不才小人，却是顶天立地的好汉，如何肯做这等之事……"将出和尚、头陀的衣裳，尽剥在此。】他把潘巧云诬告自己调戏，以及潘巧云出轨两件事一一向杨雄做解释，并且拿出证据，证明自己没有撒谎。

【杨雄看了，心头火起，便道："兄弟休怪！我今夜碎割了这贱人，出这口恶气。"】杨雄生气，是因为看到老婆出轨的证据。但是，石秀解释自己不会调戏潘巧云这事，杨雄并没有给予回应。兄弟二人的对话，在此时出现微妙的偏差。这种微妙的偏差，似乎是杨雄无意忽视造成的，但是在石秀心中，这个偏差是不能忽视，是不能稀里糊涂混过去的。

【石秀笑道："你又来了。你既是公门中勾当的人，如何不知法度？你又不曾拿得他真奸，如何杀得人？倘或是小弟胡说时，却不错杀了人？"】

公门中人知法度，为何要在翠屏山杀人？奸夫被光溜溜地杀死在潘巧云门外，这样的情形，明知不可能再是胡说，偏偏说自己是胡说。石秀反对的真实原因，就是潘巧云说被自己调戏一事，没有得到杨雄的回应。他需要杨雄的回应。

【杨雄道："兄弟何必说得！你身上清洁，我已知了，都是那妇人谎说。"石秀道："不然，我也要哥哥知道他往来真实的事。"】

石秀通过杨雄早期的行为，发现了杨雄对自己的不信任。所以，当杨雄敷衍地表示相信自己的时候，石秀并不放心。

杨雄带着老婆和丫鬟迎儿到了翠屏山。在翠屏山，不但发生了残忍的凶杀案，还上演了一出精彩的心理暗战。

【石秀便把包裹、腰刀、杆棒，都放在树根前来，道："嫂嫂拜揖。"】包裹是出门带的行李，腰刀是杀人的工具，杆棒是出门防身、拨草打蛇的工具。通过这些物品，作者暗示，石秀已经制订好杀人然后逃跑的计划。在翠屏山发生的凶杀案，其实是石秀精心设计的一场谋杀。但是，智者千虑，必有一失，当石秀再一次完美地完成了自己的杀人计划，会给他带来快感吗？不！某些事情的发生，仍然会让他痛苦一生。

【那妇人连忙应道："叔叔怎地也在这里？"一头说，一面肚里吃了一惊。】见到了石秀，她马上有不祥的预感。

【杨雄道："……今日这里无人，你两个对的明白。"那妇人道："哎呀！过了的事，只顾说什么。"】

石秀杀裴如海不仅除掉情敌，同时也是给杨雄和潘巧云看。杨雄看了，会得出裴如海是第三者的结论。潘巧云看了，会得出什么样的感受？只有恐惧！自己的情人被杀，意味着自以为非常机密的事情，居然全部掌握在凶手的手中，

269

自己的一点一滴，都逃不过凶手的眼睛，难道不够恐惧吗？

看见自己老公竟然与凶手石秀在一起，意味着自己的秘密已经全部被老公知道了。老公也不再是自己的靠山。即便是坚持原则，认定石秀调戏自己，她也逃不脱老公对她的惩罚。即便逃脱了杨雄的惩罚，等在后面的，还有阴险、凶残的石秀。想想自己的每一个言行，都逃不脱石秀阴毒的眼睛，潘巧云能不心惊胆战吗？所以，潘巧云只能说，都过去的事了，别提了。在没有承认自己诬告的同时，还暗示原谅对方。

【石秀睁着眼来道："嫂嫂，你怎么说这般闲话！正要哥哥面前说个明白。"那妇人道："叔叔，你没事自把腰儿提做什么！"】

石秀对潘巧云的暗示非常不满意，紧逼一步；潘巧云坚持模棱两可地混过去，再退一步。在这种情形下，潘巧云始终不承认自己诬告石秀。罗生门出现了！石秀与潘巧云，各说各的话。真相是个谜。

一些人认为，石秀敢于与潘巧云对质，是身正不怕影子斜。未必这样！别忘了，石秀是一个敢于冒险的人。当他掌握了潘巧云的心理，自然就敢面对潘巧云。再说了，冒险失败又能怎么样？在荒芜人烟的翠屏山，出现杨雄、潘巧云、迎儿一家三口的尸体，恐怕也不稀奇！石秀是有意带刀来到翠屏山，而杨雄则没有带刀。

在这样相持不下的时候，石秀突然使出了自己的撒手锏。【便去包裹里取出海阇黎并头陀的衣服来，撒放地下，道：

"你认得么？"那妇人看了，飞红了脸，无言可对。】

其实，石秀拿出来的证据，只能证明潘巧云与裴如海的奸情，它证明不了潘巧云诬告石秀。潘巧云是对自己奸情的暴露无言可对，与是否诬告石秀没有一丁点的关系。但是，顺着两人的对话，人们会产生错觉，似乎在诬告石秀这事上，潘巧云同样是"无言可对"了。

【石秀飕地掣出腰刀，便与杨雄说道："此事只问迎儿，便知端的。"】迎儿证明了潘巧云的奸情，但是她证明不了石秀是否调戏潘巧云。作为第三方的迎儿，仍然无法解开潘巧云与石秀之间的罗生门。

但是，石秀利用潘巧云的"无言可对"，以及迎儿的"眼里不曾见"，巧妙地占据了上风。在潘巧云无话可说的情况下，关于石秀是否调戏潘巧云的对质，终于告一段落。

【"丫头已都招了,便你一些儿休赖。再把实情对我说了,饶了这贱人一条性命！"那妇人说道："我的不是了。你看我旧日夫妻之面,饶恕了我这一遍。"】潘巧云承认发生奸情，求饶。杨雄没有任何反应，既没有饶恕潘巧云的意思，也没有惩罚潘巧云的表示。显然，杨雄在犹豫中。

【石秀道："哥哥，含糊不得。"】石秀看出了杨雄的懈怠，马上加了把火。求饶就能放过她吗？但是，这句话暗示杨雄要严惩潘巧云的意思太过明显，石秀紧跟着又加一句：【须要问嫂嫂一个明白备细缘由。】

在事实已经清楚明白的情况下，潘巧云再亲口复述一遍细节有什么效果？从杨雄的角度看，当众再复述一遍，就

是当众又一次羞辱自己，把自己的伤口又加了一次盐，把自己的脑袋上再涂一把绿，把自己的怒火再浇一点油。杨雄的杀心，则被彻底激发出来。

从潘巧云的角度看，当一个人把自己最见不得人的事，最丑陋的一面，当众亲口坦承的时候，就是这个人的自尊被彻底击垮的时候。当自尊和羞耻心被彻底击碎的时候，也是这个人最无力的时候。潘巧云的心理防线也彻底溃泄。

把潘巧云的心蹂躏一番之后，石秀又回到了原来的问题上：【"你却怎地对哥哥倒说我来调戏你？"那妇人道："……我却把这段话来支吾。实是叔叔并不曾恁地。"】潘巧云终于投降了，罗生门似乎不存在了。石秀终于得到了一个满意的回答。

对于潘巧云来说，是出轨的事严重，还是一个诬告严重？她为何对这个问题抗拒那么久？毕竟，摆在她面前最重要的问题，是如何面对自己的老公。如果石秀调戏自己仅仅是一个谎言，在如此危险和不利的情况下，承认自己的谎言，有那么困难吗？甚至说，在她面对老公要追究和惩罚她出轨的局面下，在对质的一开始，就应该承认自己的谎言，来获取石秀的谅解和帮助。但是，潘巧云为何抗拒那么久？

石秀在得到了满意的回答之后，说，哥，随便你怎么处理了。

【杨雄道："兄弟，你与我拔了这贱人的头面，剥了衣裳，我亲自伏侍他。"】一个男人服侍女人，这种表达方法，在某些情况下有下流含义。

【石秀便把妇人头面首饰衣服都剥了。杨雄割两条裙带来，亲自用手把妇人绑在树上。】

杨雄杀妻的过程很奇怪，不像是一个愤怒的人在暴怒之下挥刀杀人，反而像一个性变态在杀人之前的前戏。杀死一个弱女子，何必非要绑树上？大概是杨雄拖拖拉拉的过程，让潘巧云误以为自己还有活命的机会。

石秀发现杨雄对老婆似乎下不了手，把迎儿塞过来，先热身。

【杨雄应道："果然。兄弟，把刀来，我自动手。"】

果然这个词，一般用在发现自己猜对了某件事，才会说果然。杨雄猜对了什么？杨雄的真实含义应该是在感叹：石秀兄弟，你果然是在逼我杀死老婆啊！不等迎儿呼救，一刀斩为两段。

潘巧云见迎儿被杀，才感觉到大难临头。【那妇人在树上叫道："叔叔，劝一劝。"】

一般人在危急的时刻，是向自己最亲近的人呼救，而石秀恰恰是潘巧云最讨厌的人。看在夫妻一场的情分上，继续向杨雄讨饶，是不是还有活命的机会呢？在潘巧云看来，杨雄已经开始杀人，讨饶也未必收手，而石秀有救助潘巧云的希望和理由，也就是说，石秀挽救她的希望，比曾经的老公还要大。所以潘巧云判断，石秀应该可以"劝一劝"。

石秀在翠屏山步步紧逼，试图让潘巧云承认自己诬告。他不断加压，把出轨丑事烘热，不断拱火，让杨雄懈怠的手举刀。这一切过程潘巧云都看在了眼中，那么，在最后的危

急关头，潘巧云有什么理由，向谋杀自己的主谋石秀求救呢？这个求救是多么的不合乎常理啊。

答案只能有一个：在步步紧逼的最后时刻，潘巧云送了石秀一个"人情"。现在是潘巧云希望石秀回报的时候，所以她才会求助石秀。那么，这个人情是什么？

【石秀道："嫂嫂，哥哥自来伏侍你。"】潘巧云显然高估了石秀的善良。

【杨雄向前，把刀先斡出舌头，一刀便割了，且教那妇人叫不的。】目的是让她发不出声音。

【"你这贼贱人，我一时间误听不明，险些被你瞒过了！一者坏了我兄弟情分，二乃久后必然被你害了性命……"】

杨雄与石秀之间发生了许多微妙状态，这些微妙的状态，将会是两人兄弟关系的裂痕。比方说，杨雄不止一次表现出对石秀的不信任，现在是他弥补两人关系的最佳时刻，所以骂潘巧云给石秀听。

但是，何必割掉潘巧云的舌头？石秀有意挑选荒山野岭来杀人，还怕人听见吗？人都敢杀，还怕被人听到叫声？难道杨雄是以残害人体为乐吗？如果是这样，怎么不割潘巧云的其他器官？至少说明，在杨雄自我表白的时候，需要潘巧云永远闭嘴。

原来推测，杨雄的表现，让人怀疑他是一个雄不起来的男人，但是这仅仅是推测，任何人都无法证明杨雄是雄不起来的人。此事的唯一证人，就是他的老婆潘巧云。而杨雄在潘巧云临死之时割掉她的舌头，杨雄的这个秘密，将永远

是一个谜。

在这个事情上，作者与读者之间，读者与读者之间，也将永远形成一个罗生门。

……

潘巧云死了，杨雄的秘密成了无解之谜。石秀是否调戏过她，似乎还是无解之谜。他们的故事，何止一个罗生门？潘巧云死了，杨雄和石秀和好如初，一起去梁山"替天行道"去了。故事到这儿，似乎该结束了。

不过，有人曾提出这样的问题：杨雄杀死自己的老婆潘巧云，为什么先安排石秀去扒光她的衣服？是什么样的因素，让杨雄产生这样的心理？杨雄的行为显然不符合一般人的心理状态。

在书中，妻子对于丈夫而言，往往就像自己的私人用品，没谁愿意让别的男人去扒光自己的老婆。这种心理状态，与老婆是否犯了错误没关系，与自己试图与老婆分手也没关系。哪怕恨老婆，恨得想杀了她，也不会把老婆与别的男人分享。这才是一般人的正常心理。

而杨雄要石秀去扒光自己的老婆，并且把老婆赤身裸体地绑在树上，他在想什么呢？杨雄当时内心的自白，应该如下：

——兄弟啊，去把她的衣服脱了吧！你会看到她美丽的酮体，你会看见她柔美的线条，你会看见她雪白的肌肤。喜欢吗？别否认，我知道你喜欢。

——兄弟啊，你的手在颤抖，你的眼睛放出闪亮的光。

你还能否认你的心吗？你费尽心机来证明你没有调戏过她，这样有用吗？不觉得滑稽可笑吗？

——你现在的表情，和你初次见到巧云的时候，一模一样啊。你初次见到她的时候，你在想什么？别否认，兄弟。我离你那么近啊，我就站在你的旁边啊，别人看不到你的表情，难道我也看不到吗？你当我眼睛瞎吗？

——兄弟，在你初次见到巧云的时候，我看到你对她无耻的表情，我就知道你喜欢她。别否认啦，兄弟。

——僻静的报恩寺，半夜五更的死巷，这么隐秘的场所和时间，你居然都发现了她的秘密，难道你不是像狗一样时时刻刻盯着她，时时刻刻嗅闻她的踪迹吗？你这么费神费力地盯着她，究竟是为了什么？虽然我不回家，你就当我是傻子吗？

——裴如海也好，你石秀也罢，我都可以假装不知道。可是，你居然要毁了她！你居然要借助我的手杀了她！歹毒的兄弟啊，你自己得不到的东西，就想把她毁掉！

——可是，你知道我的痛苦吗？兄弟。我从来没有真正得到过她，我也从来没有真正占有过她。

——这样的痛苦，你理解吗？兄弟？

——好啦，脱掉她的衣服吧。你的梦想都在你的眼前。她的美，离你近在咫尺，你可以尽情地看，把她的美深深地印在你的脑海中。你可以借助脱衣的手，去抚摸她嫩滑的肌肤，你甚至能闻到她幽幽的体香，让人失魂落魄的香！

——但是，这一切，你都得不到！你永远都得不到！

　　——兄弟，当你看见她的美，当你抚摸她的身体之后，你才能够体会我的痛苦！你的记忆越深刻，你的痛苦也会越强烈。把这一切都深深地记住吧！你一辈子都能记住她的美，你就会痛苦一辈子！因为，在你眼前，让你垂涎的一切，马上就会消失！你能得到的，仅仅是寤寐以求的美丽的幻影。

　　——现在，体会到了，我的痛苦吗？

　　——兄弟啊，是你逼迫我杀了她。这样也好，我的痛苦可以结束了。

　　——而你的痛苦，刚刚开始！

　　杨雄手起一刀，鲜血四溅，烟消云散……

附：分析几个相关名词和疑惑部分

杨雄的外号为何叫"病关索"？星宿名称为何叫"天牢星"？

现在人们对杨雄外号的解释，大体分为两种：第一，像个有病的关索。大概意思，比真正的关索能力差一些吧。第二，"使之病"的含义。也就是说，杨雄会让人很难受。这两种解释，对照书中杨雄的行为来看，都不太搭边，有点太牵强。

关索是关羽的儿子，据说人长得很漂亮，能力也很强。民间传闻，他得了一个奇怪的病，需要"三义须"做药引才能医治。后来虽然医治好了，最终在征孟获之后，旧病复发死掉了。如果把这个传说套在杨雄身上，作者是不是暗示，杨雄也有一种奇怪的病呢？如果认定杨雄是个雄不起来的人，这个"病"字就好理解了。

他的星宿名称是天牢星。古代祭祀的家畜，被称为牢。还有坚固的意思，也叫牢。这两种解释，离杨雄的行为特征太遥远，还是排除在外吧。另外，关犯人的房屋和关家畜的

圈，都叫"牢"，这个牢，是"使之困住"的意思。这样的解释，应该能表达出杨雄的特征，他被外力所困扰，而无法像正常人一样发挥自己的能力。这种状态，称之为牢。

书中一开始，描写杨雄被几个小混混欺负，空有一身本领而无法施展，正是这个牢字的具体表现。这种写法，不仅描写了他外在的社会环境，同时应该也暗示了他的心理环境。他因病而无法施展自己的能力，所以称为牢。

潘巧云为何刚见到石秀之后就不喜欢他？一些人说，是因为石秀长得丑。这样的观点不敢认同。因为书中始终没有石秀的相貌描写。书中有这样的句子写石秀：

【杨雄看石秀时，果然好个壮士，生得上下相等。有首《西江月》词，单道着石秀好处。但见：

身似山中猛虎，性如火上浇油，心雄胆大有机谋，到处逢人搭救。全仗一条杆棒，只凭两个拳头，掀天声价满皇州，拼命三郎石秀。】

"生得上下相等"，似乎写他的身材不好看，除此，这里面没有其他文字说明石秀长得丑。之所以会让人产生这样的观点，大概与杨雄的名字有关。杨雄，名叫"雄"，其实雄不起来，所以也产生了一点惯性思维，认为石秀名字叫"秀"，大概并不秀，应该很丑，但是又没证据。

潘巧云刚刚见到石秀，就很不喜欢他，原因在作者一开始写石秀心理状态的那首顺口溜里。作者非常夸张地写出石秀的心理状态，从侧面说明，石秀当时一定会产生不堪入目的下流表情，就像后来做法事的和尚们一样。

　　潘巧云没有给石秀做衣服，杨雄并没有追究老婆，因为杨雄和老婆当时都清清楚楚地看见了石秀色眯眯的表情。杨雄在那时就对石秀产生了不满，这也是后来杨雄对石秀不信任的原因，同样也是听到老婆控告被石秀调戏之后，马上相信老婆的主要原因。

　　罗生门一词，原意便有"生死徘徊"的意思，后来演化成当事人各执一词，使得故事在"真相"与"假象"之间不断跳跃，从而无法水落石出，无法得到故事真相。"罗生门"一词，现代人们都很熟知，但是却很少有人知道，咱们中国写小说的老祖宗施耐庵先生，在六百年前就是这样写小说的。

第十章　小人物的悲伤

听说杨雄打架，潘公马上来寻找女婿，体现出潘公爱护女婿的心情。

【潘公见了石秀这等英雄长大，心中甚喜，便说道："我女婿得你做个兄弟相帮，也不枉了。公门中出入，谁敢欺负他。"】还是一心为女婿着想。

【又问道："叔叔原曾做甚买卖道路？"石秀道："先父原是操刀屠户。"……潘公道："老汉原是屠户出身。只因年老，做不得了。"】

一问石秀，原来是同行。潘公说，因为年老，所以现在不干了。真这样吗？那后来怎么又屠猪卖肉了？其实这是潘公自谦的说法。他真正不干这行的原因是：

【止有这个女婿，他又自一身入官府差遣。因此撇了这行衣饭。】

据说，历朝历代就数宋朝时候当公务员的工资是最高的，有了杨雄这样的女婿当公务员，工资够养家了，没必要很辛苦地去杀猪卖。所以，潘公才说"因此撇了这行衣饭"。

【潘公，自和石秀商量，要开屠宰作坊……潘公再寻了个旧时识熟副手，"只央叔叔掌管账目。"石秀应承了。】

瞧瞧，刚说自己老了，干不动了，现在又张罗开屠宰场了。为啥呢？当然不是为了挣钱。从前面潘公的言行可以看出，他很喜爱自己的女婿杨雄，也依赖杨雄。既然杨雄认了石秀这个兄弟，又把石秀带回家，那么石秀将以何种状态在家中生活？整天游手好闲，依赖杨雄的工资？不是长久之法。莫说养一个认的干亲，就是自己的亲儿子，整天在家当啃老族也不行啊。

所以，重开屠宰场卖猪，就是为了石秀的生活着想。而且，还不让石秀当小工，让他当掌管钱财账目的老板。潘公这一切的做法表面上看似乎是让石秀来帮自己，其实都是潘公在帮石秀，而且在此过程中，维护石秀的面子，维护石秀的自尊，不会让石秀产生寄人篱下的感觉。这潘公情商很高，很会为人处世。

后来石秀发现某天店铺关门了，产生了误会，要辞职回家。【潘公听了，大笑起来道："叔叔差矣！你且住，听老汉说。"】潘公马上看出石秀的真实想法，挽留了石秀。

从这一点来说，潘公既聪明，又很有爱心，他是真心为了石秀的生活着想。如果对没有血缘关系的陌生人毫不在乎，他完全可以借此机会送走石秀，没必要挽留他。会杀猪卖肉的人多得是。

但是，潘公万万没有想到，自己对女婿的爱心，自己对石秀的爱心，换来自己女儿的惨死！自己的女儿，就是死

在了自己喜爱的女婿和自己在生活中关照的石秀手上！生活就是这么讽刺。

【知府随即差委一员太尉，带了仵作行人，来翠屏山检验尸首已了。回覆知府，禀道："检得一口妇人潘巧云，割在松树边。使女迎儿，杀死在古墓下。坟边遗下一堆妇人、头陀衣服。"知府听了道，想起前日海和尚、头陀的事，备细询问潘公。那老子把这僧房酒醉一节，和这石秀出去的缘由，都说了一遍。知府道："眼见得是此妇人与这和尚通奸，那女使、头陀做脚。想这石秀那厮，路见不平，杀死头陀、和尚。杨雄这厮，今日杀了妇人、女使无疑。定是如此。"】

知府把一切蹊跷事联想到一起，做出了比较准确的判断："潘巧云出轨，杨雄杀妻。"

注意一个重要的细节。潘公把自己在僧房醉酒一事，都告诉了知府。我们在平时，对一些生活琐事或者无关紧要的事，往往都会忘记，潘公怎么会把僧房醉酒这样的小事，与自己女儿被杀联系到一起呢？因为那次醉酒很不寻常，那次醉酒，让潘公在心中深深地后悔。

【和尚道："干爷，多时不来，试尝这酒。"老儿饮罢，道："好酒！端的味重。"……原来这贼秃为这个妇人，特地对付下这等有力气的好酒。】

这酒比一般的酒度数高！故意准备好的。海和尚不停地劝酒，自己不停地喝，结果自己睡着了。自己在寺中睡了多久？不知道。在寺中睡着的时候，自己的女儿在哪里？不知道。但是绝对没有离开报恩寺。那么，女儿在干什么？不

知道。但是，既然在报恩寺，她会做什么呢？……海和尚那么殷勤……天啊……海和尚……

这几个不知道联系起来，不是细思极恐吗？知府作为一个局外人，通过一系列的事情推论出的结果，潘公也能推论出来吧。所以，潘公这辈子不会忘记那天在报恩寺的醉酒！如果那天自己没有醉，是不是这一切都不会发生呢？潘公事后一定醒悟了，自己在报恩寺的醉酒，导致一些不该发生的事情发生了！所以，报恩寺的酒，潘公一辈子都不会忘记。

【潘公自去买棺木，将尸首殡葬，不在话下。】

独自去买了棺木，下葬了女儿，潘公什么话都没说。还能说什么呢？知府判断得很对啊！自己的女儿就是出轨了，世人皆知啊！人人都知道自己的女儿是一个淫妇，多丢人啊！还能说什么？

潘公对待女婿就像对待自己的亲儿子，对待石秀就像对待自己的亲人，可是他们还是杀了自己的女儿巧云，他们还是不会原谅自己的女儿，这一切，都怪自己的女儿吗？自己的女儿是罪有应得吗？不管怎么说，巧云是自己的女儿啊。女儿被杀，应该恨谁呢？

潘公这一辈子最自责、最内疚的事，大概就是报恩寺的这顿酒吧。潘公一生与人为善，懂得尊重别人，懂得关爱别人，可是，就落得这样有口难言的孤苦与凄凉。

图书在版编目（CIP）数据

水浒新论 / 柳忘言著 . — 哈尔滨 : 哈尔滨出版
社 ,2022.7
ISBN 978-7-5484-6519-5

Ⅰ . ①水… Ⅱ . ①柳… Ⅲ . ①《水浒》研究 Ⅳ .
① I207.412

中国版本图书馆 CIP 数据核字（2022）第 080652 号

书　　名：水浒新论
SHUIHU XINLUN

作　　者： 柳忘言　著
责任编辑： 滕　达
装帧设计： 北京和衷文化

出版发行： 哈尔滨出版社（Harbin Publishing House）
社　　址： 哈尔滨市香坊区泰山路 82-9 号　　**邮编：** 150090
经　　销： 全国新华书店
印　　刷： 三河市百福春印刷有限公司
网　　址： www.hrbcbs.com
E - mail： hrbcbs@yeah.net
编辑版权热线：（0451）87900271　87900272
销售热线：（0451）87900202　87900203

开　　本： 880mm×1230mm　1/32　**印张：** 9.5　**字数：** 185 千字
版　　次： 2022 年 7 月第 1 版
印　　次： 2022 年 7 月第 1 次印刷
书　　号： ISBN 978-7-5484-6519-5
定　　价： 78.00 元

凡购本社图书发现印装错误，请与本社印制部联系调换。
服务热线：（0451）87900279